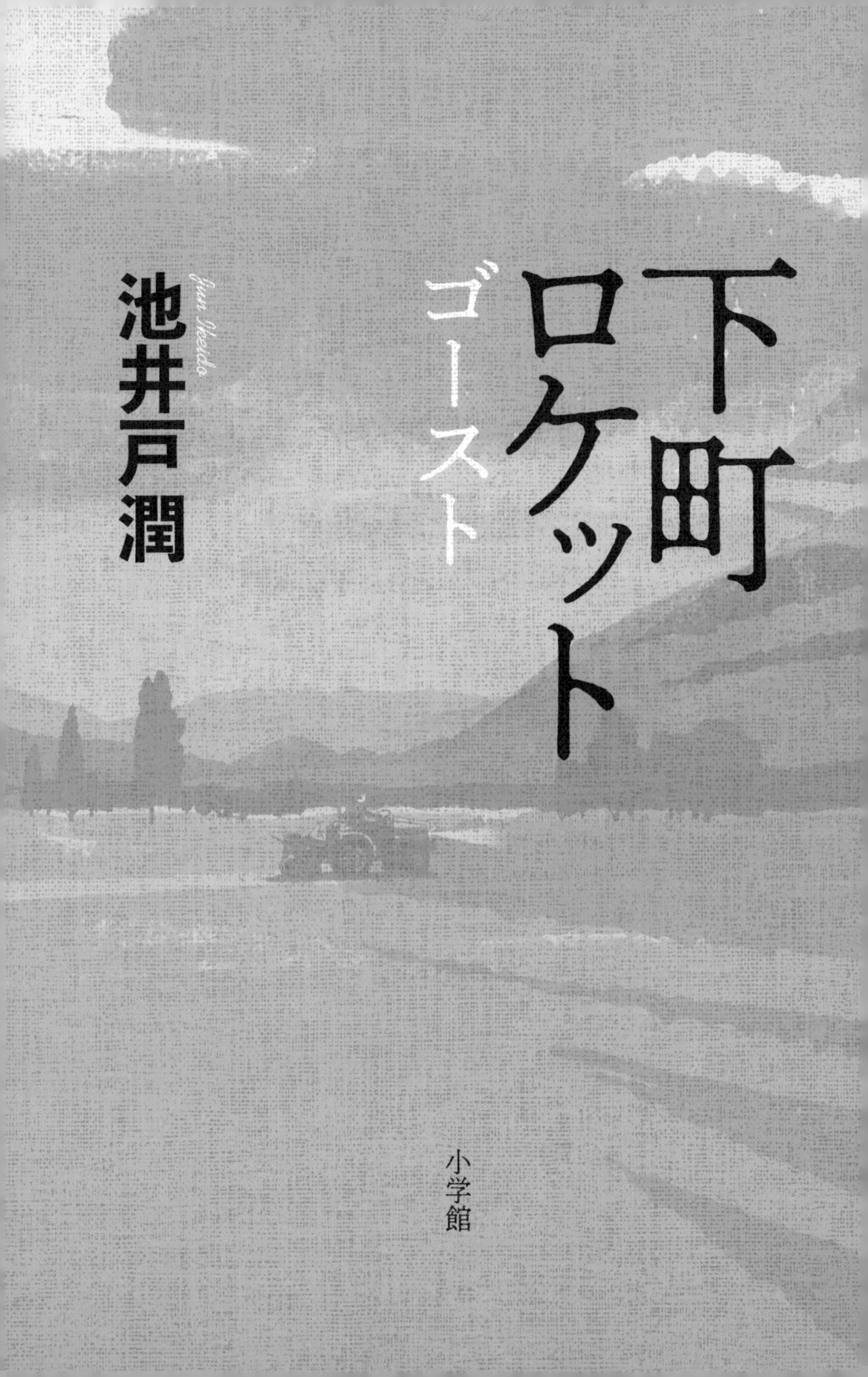

下町ロケット

ゴースト

Jun Ikeido

池井戸潤

小学館

下町ロケット

ゴースト

目次

主な登場人物

佃製作所

佃　航平（つくだ・こうへい）　社長
殿村直弘（とのむら・なおひろ）　経理部長
山崎光彦（やまさき・みつひこ）　技術開発部長
津野　薫（つの・かおる）　営業第一部長
唐木田篤（からきだ・あつし）　営業第二部長
江原春樹（えばら・はるき）　営業第二部
軽部真樹男（かるべ・まきお）　中堅エンジニア
立花洋介（たちばな・ようすけ）　エンジン開発チーム
加納アキ（かのう・あき）　エンジン開発チーム

帝国重工

財前道生（ざいぜん・みちお）　宇宙航空部
藤間秀樹（とうま・ひでき）　社長
的場俊一（まとば・しゅんいち）　役員
水原重治（みずはら・しげはる）　宇宙航空部本部長
佃　利菜（つくだ・りな）　エンジニア。佃の娘

ギアゴースト

伊丹　大（いたみ・だい）　社長
島津　裕（しまづ・ゆう）　副社長

その他

中川京一（なかがわ・きょういち）　田村・大川法律事務所の弁護士
神谷修一（かみや・しゅういち）　佃製作所の顧問弁護士

装丁　岩瀬　聡
装画　木内達朗

――帝国重工、米子会社で三千億円の損失計上　今期赤字転落へ

帝国重工は、三年前に買収した米原子力会社へイスティングス社の資産内容を精査したところ、三千億円近くに上る不正計上が見つかったと発表した。同社では、これ以外にも客船、航空事業の納期遅れによる赤字が膨らんでおり、今期損益見込みを、一千二百億円の黒字から、二千億円の赤字へと下方修正した。（東京経済新聞）

第一章　ものづくりの神様

1

東京都大田区にある佃《つくだ》製作所は、東急池上線の長原駅にほど近い住宅地の中に、幾分老朽化した本社屋を構えていた。

従業員は宇都宮市にある工場勤務の派遣社員やパートを含めれば全部で三百人近くになるが、この本社にいるのは、経理と営業のほか、研究開発部門の技術者を含めた五十人ほどだ。

今年五十四歳になる社長の佃航平《こうへい》は、十数年前、先代社長であった父親の急死にともなって、それまで勤務していた宇宙科学開発機構での職を辞して家業に戻ってきた。最先端のロケットエンジンの技術者から、当時はまだ売上数十億円に過ぎなかった町工場の社長へと転身した変わり種である。

佃製作所の大口取引先のひとつ、ヤマタニから「折り入って話がある」、と呼び出しを受けたのは、梅雨明けの待たれる六月末のことであった。

「お忙しいところ、来てもらって申し訳ないね、佃さん」

応接室で対面した同社調達部長の蔵田慎二《くらたしんじ》の表情は、いつになく硬かった。「どうですか、最近。御社の業績は」

「お陰様で、どうにかやっております」

いつも単刀直入に要件を切り出してくる蔵田のことだ、この日もさっさと本題に入るのかと思いきや、歯切れも悪く、用向きを切り出しあぐねているようにも見える。そもそも蔵田は、佃製作所の業績など気にするような男ではない。

「先日来、お話をいただいている新型エンジンも、ようやく試作が完了しまして、近日中にお見せできるかと思います。従来製品と比べ五パーセント近く低燃費、しかも高出力を実現する予定です。期待してください」

「でも、その分、高くなるんだよね」

蔵田との会話の七割は、コストの話で占められるのが常だ。

「価格についてはおいおい」

佃は苦笑いを浮かべた。「まだテストを終えたばかりですから」

にこりともしないで聞き流した蔵田から、そのとき短い息が吐き出された。

「実はその――お宅の新型エンジンを採用する件、一旦白紙に戻してもらいたいんだ」

「なんですって」

あまりのことに息を呑《の》み、次に反論しかけた佃を、「言いたいことはわかる」、と蔵田は片手で制した。「知っての通り、この四月に社長に就任した若山《わかやま》から、外部調達コストを根本的に見直せという大号令がかかってね。今さらの計画撤回で申し訳ない」

「ちょっと待ってください」

佃は慌てた。「新エンジンの価格はたしかに従来より高くなると思いますが、それを埋めて余りあるほどスペックは向上してるんです。コストパフォーマンスを考えれば、御社にとって高いものにはつきません。コストカットの対象とされるのは勘弁してもらえませんか」

「そういうことは私も説明したよ。ところが、その考え方自体、相容《あい》れないと社長から言われてしまってね」

蔵田は大げさにしかめ面を作ると、「いいですか」、と改まった口調で佃に上体を向ける。「ぶっちゃけていうと、若山新社長は、農機具のエンジンなど動けばいいという考えなんだよ」

取り付く島もないひと言である。

「若山さんは、もともと農機具畑の出身じゃないですか」

色をなして佃は反論した。「それなのに動けばいいだなんて。そりゃ、あんまりですよ」

「逆に農機具畑出身だからこそ、じゃないの」

逆説を、蔵田は持ち出した。「エンジンの性能はたしかに重要だ。でも、多少のことで値段が高くなるぐらいなら、別にいまのままでいいとも言える。高速道路を百キロで走るクルマじゃない。トラクターが走るのは農道や田んぼなんですよ。時速はせいぜい二、三十キロ。そこでエンジンが何パーセントか効率化されようと、そんなことユーザーである農家にとって大した意味もないんだ」

佃は、目の前が真っ白になるほどの衝撃を受けた。

これはまさしく、日々技術を磨き、エンジンの効率化を目指してきた佃製作所の存在意義を真っ向から否定する話ではないか。

「このエンジンを開発するために、ウチがどれだけ苦労してきたか、蔵田部長はおわかりのはずじゃないですか」

込み上げてくる様々な思いを堪《こら》えつつ、佃は訴えた。

「そらわかりますよ」

蔵田は、ばつが悪そうに視線を逸《そ》らして椅子の背にもたれた。「だけど仕方が無いでしょう。それが新社長の方針なんだから。ああ、それでね――これ、今後の発注計画」

テーブルの上に伏せて置かれていた書類を表向きにして滑らせて寄越《よこ》す。今期後半、さらに来期に向けた計画だ。

手に取った佃は、そこに並んだ数字に我が目を疑った。「どういうことですか」

新エンジンを白紙にしただけではなく、既存製品の発注量まで大きく削られているではないか。

「トラクターをはじめ、農機具のラインナップは一新される」

寝耳に水の話である。「御社製のエンジンは一部の高級機向け限定にしたい。それに代わって、エンジンの性能より快適性を追求した汎用《はんよう》モデルを販売戦略のメインに据えることになった」

いったいいつの間にそんな計画が進行していたのか。

「困りますよ、これは」

佃は、激しく動揺した。「受注前提の製造ラインを抱えているし、そのためのひとも雇ってるんです。事前に相談していただければ価格だってもっと検討したのに」

「従来品の値段を下げられたってこと？」

蔵田の目が底光りしたように見えた。

「いったい、どのくらいのコストを考えていらっしゃるんです」

問うた佃だが、蔵田から出てきた金額に思わず二の句が継げなくなった。予想外の低価格だったからだ。それは同時に、そんな低価格でもエンジンを納入する競合相手が存在することを意味する。

「どこですか」

喉を締め上げられるような息苦しさを感じながら、佃はきいた。「どこのメーカーに発注されるんです。ご迷惑でなければ教えていただけませんか。他言はしません」

蔵田は迷っていたが、話したところで問題ないと判断したのだろう、

「ダイダロスですよ」

そう教えてくれた。

「ダイダロス……」

最近ちょくちょく耳にするようになったエンジンメーカーだ。一時は経営も青息吐息だったが経営改革によって復活を遂げたという話は聞いたことがある。ダイダロスの強みは調達力で、〝安さ一流、技術は二流〟が業界の評判だ。

それにしても、これほどまでの低価格とは――佃は同社のコストに驚き、敗北感に唇を噛《か》んだ。技術がコストに負けたのだ。しかも、これは佃製作所にとって痛恨の〝敗北〟であった。

2

「この計画通りなら、来期、赤字になるかも知れません」

帰社してすぐに開いた打ち合わせで、経理部長の殿村《とのむら》直弘《なおひろ》は深刻な顔で腕組みをした。

縦長の顔に大きなぎょろ目、そんな殿村の通称は「トノ」だ。トノサマバッタのトノである。馬鹿丁寧でまどろっこしいところは玉にキズだが、佃製作所にとってなくてはならない経理の要であり、佃が全幅の信頼を置く相談相手でもある。

「赤字」のひと言に、緊急に集まった佃製作所の役員たち——技術開発部長の山崎光彦《やまさきみつひこ》、営業第一部長の津野薫《つのかおる》、営業第二部長の唐木田篤《からきだあつし》の三人が、揃《そろ》って顔色を変えた。

営業第一部は主要製品であるエンジン担当。営業第二部は、それ以外の製品を担当しており、津野と唐木田は互いに競いあう好敵手だ。

山崎が憤然としていった。

「ヤマタニもひどいですね。事前にそれとなくアナウンスぐらいしてくるのが常識じゃないですか。ツンさん、聞いてなかったんですか。こんなの、はしご外しでしょう」

「聞いてないよ、こんな話」

津野が首を横に振った。

「蚊帳《かや》の外に置かれたんじゃないの」

冷ややかにいったのは唐木田だ。「少なくとも、ウチを出し抜いたダイダロスは聞いてたはずだ。新社長の方針というけど、その方針を売り込んだのはダイダロスかも知れない。だとすると、はしご外しというより、単なる負けだ」

元外資系企業の営業部長だった唐木田は、ビジネスには厳しい。津野が怒りに顔を赤くしたが、反論しないのは自分のミスを認識しているからだ。本来、ヤマタニの情報収集は営業第一部の仕事だからである。

「たしかに最近、ダイダロスの名前をたまに聞くようにはなりましたね」

山崎が難しい顔でいい、顎のあたりを撫《な》でている。「最初は、安かろう悪かろうだとバカにしてましたけど」

「そもそもどんな会社なんですか、ダイダロスって。相手のことは調べたの」

唐木田の問いは、殿村に向けられていた。元銀行員だったこともあり、信用調査は殿村の仕事になっている。

「先ほど東京インフォスの担当者に問い合わせて資料を至急送ってもらいました」

東京インフォスは、佃製作所が契約している信用調査会社だ。殿村は手元の資料に目を落としながら続ける。「株式会社ダイダロスは、元は株式会社大徳《だいとく》技術工業という名称で、昭和四十年に品川区で開業しています。創業したのは大日本モーターの技術者だった徳田敬之《とくだのりゆき》氏です。小型動力源となるモーターなどの開発製造から、その後小型エンジンに参入し、長い間、浜松オート工業の専属下請け企業としてエンジン開発に従事してきましたが、業績が低迷。鳴かず飛ばずのまま、十二年前に敬之社長が病気で引退することになり、それまで専務だった長男、秀之《ひでゆき》氏が社長を継《つ》ぎます。その後の業績も相変わらずでしたが、数年前、その秀之氏がついに経営権を手放し、外部の重田登志行《しげたとしゆき》現社長が就任しました。その重田社長の新しい経営方針により業績が急回復し、現在に至っております」

重田という名前を、佃は手元のノートにメモした。殿村は続ける。「昨年度の同社の売上げは五十億円。経常利益六億円、税引き前当期利益四億三千万円と、この規模の会社としては実に良好な収益にあるといっていいと思います。現在タイに新工場を建設中で来年度の操業を目指しており、これが完成すればさらに同社の低価格路線に弾みがつき、いま以上に我々にとって脅威になる可能性があります」

殿村の説明が一段落すると、危機感と疑問の入り混じった沈黙が訪れた。

「その重田というひとはどういう経歴なんですかね」

唐木田が問うた。

「残念ながら、この調査票では詳しいことはわかりません。プロフィールには、実業家とだけ書かれていますね。資料によりますと、ダイダロス株の大半を所有しており、実質的なオーナーです」

「それだけ業績を急回復させるというのは至難の業《わざ》でしょう。どうやったんです」

津野が質問した。

「徹底したリストラと、低価格路線を追求したようです」

殿村はこたえた。「コストを抑えるために生産拠点を海外に移すと同時に、余剰となる正社員を大量解雇したと」

「利益のために社員を犠牲にしたわけだ」

津野は皮肉っぽくいった。「たしかに、すごい経営方針だ」

そのとき——。

ドアがノックされ、経理部の迫田滋《さこたしげる》がひょいと顔を出したかと思うと、殿村にメモを渡して出ていく。

「トノ、どうした」

それを読んだ殿村の表情が強張《こわば》ったのを見て、佃が声をかけた。

「なんでもありません。失礼しました」

殿村はメモを慌ててポケットにしまい、改めて続ける。「いずれにしても、ダイダロスが強敵であることは間違いありません。油断は禁物です」

「ごめん、トノさん。本筋とは関係ない質問なんだけど、ダイダロスってどういう意味なんですか」

そんな山崎の疑問に、

「たしか、ギリシャ神話に出てくるものづくりの神様の名前だったと思うな」

殿村の代わりに唐木田がこたえた。「前職で業種は違うがまったく同じ名前の会社と取引があってね。少なくとも、二流品を大量生産する会社に相応《ふさわ》しい名前とは思えないけど」

「とはいえ、二流品を安く売るのも立派なビジネスです」

津野が認め、頭を下げた。「今回のことは申し訳ありません。今後、他の会社でも競合してくると思いますので気を引き締めてのぞみたいと思います」

「なんとかヤマタニの穴を埋めようや。みんなでがんばろう」

それにしても——。

コストのために、社員たちを切る。

「利益が出りゃそれでいいのか」

打ち合わせを終えて自室に戻ると、自然にそんなひと言がこぼれ出た。

少なくとも佃はいままで、社員をコストだと思ったことはない。ひとりずつがかけがえのない財産だ。最優先で、守らなければならないものである。

「こんな会社に負けてたまるか」

またひとりごちた佃だが、そのときドアがノックされて顔を上げた。

おや、と思ったのは、いつになく蒼《あお》ざめた殿村の表情をそこに見つけたからである。

「あ、あの社長――」

入室してきた殿村は、明らかに狼狽《ろうばい》しているように見える。「こんなときに申し訳ないですが、二、三日、お休みをいただきたいんです。実は、先ほど、父が倒れましてて」

なにっ、というなり、佃は立ち上がっていた。

「どうやら、心臓のようで。これから詳しい検査をして、その後緊急手術になるだろうと」

先ほど打ち合わせの最中、迫田が差し入れていたメモのことを佃は思い出した。きっと、実家からの緊急連絡だったのだろう。

「わかった。すぐに行ってくれ。会社のことは心配しなくていいから、早く――」

「すみません、社長。こんな大事なときに、ほんとにすみません」

表情を歪《ゆが》め、申し訳なさそうに何度も詫《わ》びる殿村に、

「そんなこといいから」

佃はいった。「会社のことはなんとかする。それより、早くお父さんのところへ行ってあげてくれ」

「ありがとうございます。では――」

殿村は、律儀に深いお辞儀をして佃の前を辞去すると、あたふたと部下の迫田に仕事を引き継いで、栃木にあるという実家へと帰っていった。

3

「トノさんからは連絡ありましたか」

その夜、仕事の後に社員たちと繰り出した近所の居酒屋で、山崎が心配そうにきいた。

「心筋梗塞だったそうだ」

父親の病状を知らせる殿村からの連絡は、つい一時間ほど前にあったばかりだ。

「散歩中に倒れてるのを近くを通りかかった人が見つけて、救急車で運ばれたらしい。発見が早くてなんとか一命は取り留めたらしいんだが、なにせ高齢なんで、快復にはしばらくかかるだろうとのことだった」

「殿村部長の実家、たしか農家でしたよね」

営業第二部の江原春樹《えばらはるき》がいった。やはり心配そうに眉根を寄せている。「ご両親が田んぼをやってるって聞いたことがあります。農閑期ならともかく、この時期ですから、いろいろ大変なんじゃないですか」

「そうなんだよ」

佃は渋い顔でこたえると、近くにいる迫田に向かって、「トノが復帰できるまで、頼むぞ」、そう声をかける。「もしかすると、長びくかも知れないから」

「はあ、なんとか……」

突如《とつじょ》降ってきた重責に、迫田はいかにも頼りなげだ。「経理処理はいいんですが、銀行さんとの借入交渉となると部長みたいにはいかないんですよね。さっき部長の帰り際にも、来期以降の経営計画を見直してみてくれとはいわれたんですが、どこをどういじっていいものやら」

「ヤマタニの件があるからな。すまん」

津野が頭を下げた。「なんとかウチで穴埋めできるように、がんばるからさ」

居酒屋二階にある座敷はほぼ貸し切りである。

金曜日の夜、手が空いた連中に声をかけて飲みに出るのは佃製作所の半ば恒例行事だが、この日も二十人近い社員たちがいて好き勝手に飲み食いしていた。自由参加で会費はひとり三千円。それを超える分は、佃が払うのが暗黙のルールだ。

「その件なんだけどさ、ツンさん」

そのとき唐木田が割って入った。「そう簡単なことじゃないと思うんだよな。ヤマさんも聞いて欲しいんだけど、ウチはそもそも、エンジンはより高性能であるべきだというスタンスでずっとやってきたじゃないか。でも、それが本当に顧客ニーズにマッチしているのか、考えなきゃいけないところに来てるんじゃないか」

佃製作所の存在意義に関わる問題提起だ。

「ヤマタニの業績が今ひとつなのも影響してると思うんです」

江原が指摘した。「ここのところ減収減益で、新社長にも焦りがあるんじゃないですか」

「それもあるんだろうけど、新社長の若山さんは農機具畑出身だろ。私はそこに危機感を抱いてしまうんだよ」

唐木田はいった。「いってみれば、〝技術のヤマタニ〟が技術を捨てたんだ。そこには、それなりの重たい事情ってものがあるんじゃないか」

津野を始め、エンジン担当の営業第一部の部員たちがそれぞれに押し黙った。エンジンは佃製作所のいわば米櫃《こめびつ》であり、津野たち営業第一部には会社の屋台骨を支えてきたという自負がある。

佃の隣にかけている技術開発部長の山崎も眉間に皺《しわ》を寄せ、

「つまり、何がいいたいんですか」

苛立《いらだ》ちを滲《にじ》ませてきいた。「エンジンの性能アップを目指すのは意味がないと、そういうことですか」

「意味がないとはいわない。私自身はエンジンは可能な限り高性能であるべきだと思うよ」

唐木田は、あくまで冷静に応ずる。「だけど、性能云々《うんぬん》をいう前に、我々はそれを実際に使うお客さんに目を向けてきただろうかと、それをいいたいわけ」

厳しい指摘に、場はますます深刻な雰囲気になっていく。

「まあそれはわかるけどね、唐木田さん」

山崎が論駁《ろんばく》を試みた。「ヤマタニはさ、エンジンなんか動けばいいっていってるんだよ。動けばいい、はないでしょう。それが日本を代表する農機具メーカーのいうことですか」

「ヤマタニだって、そう言いたくて言ったわけじゃないと思う」

津野が、いつになく神妙な顔で弁明を口にした。「オレは長年ヤマタニと付き合ってきたし、新社長の若山さんのことも実は知ってる。あの連中は、真摯《しんし》にお客さんと向き合っているし、だからこそウチも取引してきた。そのヤマタニがそういうからには、無視できない経営環境の変化があったんじゃないかな。残念ながら、オレは、エンジンを売ることばかり考えて、そこまで思い及ばなかった」

これにはさすがの山崎も返す言葉がない。しんみりした雰囲気の中、

「ウチの仕事を見直すいい機会じゃないか」

佃は全員の顔を見回した。「何が求められているのか。どう変えていかなければならないのかみんなで考えていこうや」

「だけど、ダイダロスと安売り競争になったら嫌だなあ」

そういったのは営業第一部の若手、村木昭夫《むらきあきお》だ。江原と並ぶ、若手のリーダー格である。

「安売りはしない」

佃はきっぱりと否定した。「安くするために劣化版のエンジンを作ることもしない。オレたちの強みは、あくまで技術力なんだ。技術をウリにしている会社が、技術に背を向けてどうする。ユーザーと向き合うことと、ユーザーにおもねるのとは違う」

我が意を得たりと、ようやく山崎が毅然《きぜん》とした顔を上げた。佃は続ける。

「今回の失敗を糧にして、オレたちはオレたちのやり方で、取引先やユーザーと向き合っていこうじゃないか。きっと、ウチにしかできないことがあるはずだ」

果たしてそれが何なのか――。

それを早急に見つけ出すのが、佃製作所に突きつけられた喫緊《きっきん》の課題であった。

4

佃と山崎のふたりが、ロケット打ち上げに向けた会議に出席するため帝国重工本社を訪ねたのは、その翌週のことであった。

小型エンジン製造が佃製作所の主業だが、その一方、大型ロケットの水素エンジン用に供給しているバルブシステムは、いまや佃製作所の代名詞といっていいキーデバイスである。佃製作所の技術力が業界で〝ロケット品質〟といわれるのも、この供給実績あってのことだ。

会議がはねたのは午後五時過ぎ。その後、開発の現場責任者である宇宙航空部の財前道生《ざいぜんみちお》に誘われて向かったのは、八重洲《やえす》にある洋食屋であった。

「次回の打ち上げもよろしくお願いします」

グラスのビールで乾杯した財前は、いつになく硬い表情になって続けた。「もうお聞き及びかも知れませんが、任期満了になる来期限りで、藤間《とうま》の退任が既定路線になりつつあります」

「藤間社長が退任？」

佃は、切っていたローストビーフから思わず顔を上げた。「来期ということは――」

帝国重工は三月決算なので、再来年ということになる。藤間秀樹《ひでき》は、大型ロケット打ち上げ計画「スターダスト計画」をぶち上げ、日本の宇宙航空分野をリードしてきた立役者だ。

「先日、新聞などでも報道されたのでご存じかと思いますが、いま弊社を巡る経営環境は相当厳しいものになっていまして」

「ヘイスティングスの件ですか」

佃はきいた。米ヘイスティングス社は、巨額損失を計上した帝国重工の子会社だ。

案の定、財前は首肯した。

「ヘイスティングス社の買収は、実は藤間が主導したものでして。それだけではなく、受注した豪華客船シースターも設計変更に次ぐ変更で、納期を大幅に遅延して赤字が膨らんでおります。巨額予算を投入したリージョナルジェットも、完成が大幅に遅れ、いまだ実用化の目処《めど》が立っていません。いろいろ不運も重なったとはいえ、藤間への経営責任の声が日増しに強くなっています」

話の成り行きを予測して、佃はフォークとナイフを置いた。

「スターダスト計画は大丈夫なんですか」

「そこなんです」

財前は本題に入った。「スターダスト計画は藤間肝いりの事業で、それなりの打ち上げ実績を残してきました。ただ、大型ロケットの打ち上げ事業が儲かるかといえば、そういうことはない。民間ビジネスとして開花するのは、当分先のことになるでしょう。いまこの事業に対しても、社内での風当たりが相当に強くなっているのが実情です。儲かっているときならいざしらず、この逆境で、継続する意味があるのかと」

「ちょっと待ってください」

山崎が慌てていった。「じゃあ、なんですか。藤間さんがもし社長じゃなくなったら、ロケットの打ち上げ事業そのものから撤退されるかもしれないと。そういうことですか。それは間違ってますよ。ここでやめてしまったら、日本の宇宙航空分野は――」

「ヤマ。ヤマ――」

思わず熱くなった山崎を、佃は制した。「そんなことは財前さんが一番よくご存じのはずだ」

「も、申し訳ない。つい」

頭を下げて口をつぐんだ山崎に代わり、佃はきいた。

「しかし、この早い時期から後継の社長人事が動き出すとは、さすがに帝国重工さんですね」

「お恥ずかしい話ですが、役員同士の勢力争いとでもいいますか」

財前は渋い顔になる。「現会長と藤間との不仲もそれに拍車をかけておりまして」

現会長の沖田勇《おきたいさむ》は、経団連会長も務めた日本経済界の重鎮《じゅうちん》だ。会長とはいえ、代表権をもっていまだ帝国重工内に隠然たる力を持つといわれている。

「本来であれば、藤間が意中の人材を登用するところですが、経営責任を問われている今となってはそうもいかず、反藤間の動きが急速に活発化しておりまして」

「反藤間、ですか」

暗澹《あんたん》たる思いで佃はいった。佃自身、佃製作所の社長になるまで宇宙科学開発機構という国の組織で研究職にあった。そこにも派閥や官僚的な縦割り意識といった悪弊が蔓延《はびこ》っていたが、帝国重工にも同様の、いやそれ以上の様々な思惑が複雑に絡み合っているに違いない。

「藤間の経営責任が問われ、沖田会長の息のかかった者が社長になるとすれば、次期社長として有力視されている役員がひとりいます」

財前はその名を告げる前に、一拍の間をおいた。「――的場《まとば》俊一《しゅんいち》。国内製造部門を統括する者ですが、いわゆるヒラの取締役です。決まれば、二十人抜きの抜擢《ばってき》になるでしょう」

山崎が目を丸くしたが、財前の硬い表情は変わらぬままだ。

「何かあるんですか」佃が問うと、

「かつて、私は的場の下にいたことがあって、実はいろいろと親しい」

そんな返事があった。

「次期社長と親しいんなら、結構なことじゃないですか」

意外そうにいった佃に、

「この組織で、親しいことがいいことだとは必ずしも言い切れません」

財前は謎めいたことを口にする。「的場さんは反藤間の急先鋒《きゅうせんぽう》だ。もし社長になれば、藤間路線を徹底的に否定するでしょう」

「つまり、そのときには、スターダスト計画も存亡の危機だと」

問うた佃に、財前は肯定の沈黙を寄越した。

大型ロケットエンジンのバルブシステムの供給は、佃製作所にとって精神的支柱だ。いまそれが、全く手の届かないところで窮地に追い込まれようとしている。

「覚悟はしておきます」

佃はそうこたえるのがやっとだった。

5

その土曜日の昼前、大田区にある自宅をクルマで出た佃は、途中、品川区内にあるマンションの前で山崎をピックアップして首都高に乗った。

　渋滞を抜け、東北道に入ったのは一時過ぎ。梅雨の晴れ間の、すでに真夏を思わせる強い日差しをフロントガラス一杯に浴びながら下り車線をひた走り、佐野藤岡インターを降りる。

　数キロも走ると、車窓の両側一杯に田んぼが続く田園風景が広がり始めた。初夏の日差しが照りつける無風の水田は、雲ひとつ無い好天を青々と映している。

「トノさん、病院にいるんじゃないんですか」

　直接殿村の自宅に行くと告げると、山崎が不思議そうな顔をした。

「いや、いつも午後は自宅にいるらしい。オヤジさんの代わりに、農作業をしなきゃならないんだそうだ」

「農家はたいへんですねえ。――あ、あの辺りですかね」

　カーナビを頼りに県道を走り、両側を田んぼに囲まれた一本道から、こぢんまりとした集落の中へ入ったところだ。長い塀に囲まれた古い建家が見えてきた。

「あの家かな」

　近づいて「殿村」という表札を確認した佃は、運転してきたクルマを家の前の空き地に駐《と》めた。旧家である。

　中を覗《のぞ》くと、中庭を囲むように土蔵と、シャッターを開け放した倉庫のようなものがある。二階建て和風建築の母屋《おもや》はその奥だ。

「立派ですねえ」

　山崎が目を丸くするのも無理はない。三百年続く農家だという話は以前、聞いたことがあるが、聞きしに勝る豪農である。

静かな昼下がりだった。母屋の玄関で呼びかけると、甲高い返事とともに現れたのは七十過ぎとおぼしき小柄な女性だ。殿村の母親だろう。佃の姿をひと目みると、

「佃社長さんですか」

恐縮したように腰を折った。「遠いところを、わざわざありがとうございます」

「いつも直弘さんには大変お世話になっております」

佃は山崎共々頭を下げた。「このたびは、ご主人が入院されたとのことで、お見舞いにと思いまして」

持参してきたフルーツのかご盛りを母親に渡すと、相手はますます恐縮して小さくなったように見えた。

「それで、ご主人の具合はいかがですか」

佃が尋ねると、

「お陰様で手術はうまく行きまして。順調ならあと二週間ほどで退院できるんじゃないかとお医者様にはいわれてるんです」

「それはよかったですね」

佃は心からいい、「直弘さん、いらっしゃいますか」、そうきいた。

「直弘はいま田んぼに行ってましてね。そのへんにいると思うんですが――」

佃たちを連れて敷地を出た母親は、道路を隔てた向こう側に広がる水田に目をこらした。

梅雨どきの湿気を帯びてそよぐ風は、どこか懐かしい土の匂いがする。

風に乗って小型エンジンの音が聞こえてきた。見れば、遠くの圃場《ほじょう》を一台のトラクターが走っている。

「ああ、いました。いま呼んできますから」

歩きかけた母親に、

「ああ、いいですから。私たちで行きますので。お気遣い無く」

作業をしている殿村のほうへ、田んぼの畦道《あぜみち》を歩いていく。あまりに広いので、近くに見えても歩くと距離があった。

「懐かしい音だな、ヤマ。わかるか」

歩きながら山崎にいうと、「初代ステラですね」、という返事がある。

『ステラ』は佃製作所が製造している小型エンジンだ。

父の死をきっかけに研究の道を諦め、佃製作所を継いで初めてリリースした新しいエンジン、それがこの初代ステラだったのである。水冷二気筒ディーゼル、三十馬力。当時としては、最も効率的な燃費と性能を兼ね備えていた。

強い日差しが降り注いでいるが、それを遮《さえぎ》るものは何もない。湿度が高く、歩いているだけで汗が噴き出し、あっという間にシャツが肌にへばりつく。

「トノさん、我々に気づいてませんよ」

にんまりして山崎はいった。「驚かしてやりますか」

「いやいや。作業が終わるまで待とうや。邪魔をしちゃ悪い」

ちょうどすぐそばの田んぼの脇に、物置小屋があった。庇《ひさし》の下にあるビールケースが椅子代わりになって、座るとひと息つける。

トラクターは、エンジンの回転数を一定に保ちながら、広い区画を直線上に走り、突き当たりまで到達すると引き返す動きを繰り返していた。

周りの圃場には水稲が青々と繁っているのに、そこだけ水が張られていないのは休耕田だからだろう。作業服の上下に、麦わら帽子。首にタオルを巻いてハンドルを操作している殿村は、作業に熱中していて佃たちに気づく様子がない。

トラクターは後ろに、耕耘《こううん》用の回転する爪をもったロータリーと呼ばれる作業機《アタッチメント》を装着していた。

トラクターの構造が自動車と比べて圧倒的に違うのは、エンジンが生み出したパワーが、自動車ではタイヤにだけ伝わるのに、トラクターの場合は、背後に装着したそのアタッチメントを動かすための動力源にもなっていることだ。

いま、田んぼの先端近くまでいった殿村のトラクターのスピードが変わり、ギアが切り替えられたのがわかった。ロータリーは回転し続けている。左へ旋回するために左側のタイヤにだけブレーキをかけて小回りするのはトラクター独特の動き方である。

佃のいるところから、回転する耕耘爪が見えている。土中に刺さる深さは十数センチほどだろうか。

回転する速度は速く、爪は見えない。

「考えてみれば、こうしてステラを搭載して動いているトラクターの作業風景って、見たことがなかったですね」

ふと山崎がそんなことをいった。ロータリーの回転数は維持したまま、今度は右へ旋回していく。何度目だろう。殿村の手が動き、首のタオルで顔をぬぐった。

「しかし、蒸し暑いですねえ」

山崎が誰にともなくいって天を仰いだ。「悔しいですけど、これからの農機具は快適性だっていうヤマタニの主張もわからんではないな」

ハンカチで額をぬぐいながら、「ねえ、社長」、佃に相づちを求める。

返事はない。

見れば佃は、山崎の声など耳に入らないほど真剣な表情で、トラクターの動きを凝視していた。

殿村の手が動いてギアを操作し、エンジンの回転数が変わった。作業機が地中をかき回し、土《つち》埃《ぼこり》がゆっくりとたなびいている。

「なあ、ヤマ。あのトラクターの動きを見て、何か気づかないか」

山崎は、きょとんとした。「トラクターの動き、ですか」

視線をトラクターに振った山崎は、再び殿村の作業ぶりを観察するが、やがて首を傾《かし》げた。

立ち上がった佃が用水路をひょいと飛び越し、畦道を歩き出したのはそのときだった。

「ちょっと、社長」その後を山崎が追いかける。

「トノ！」

歩きながら佃が両手をメガホン代わりにして呼びかけた。「トノ！」

ようやく、殿村がこちらを振り返り、佃に気づいたらしい。トラクターの動きが止まり、「あ、社長！」、そんなひと言とともに殿村が降りてくる。

「来てらしたんですか」

エンジンが切られ、すとんと幕が下りたように辺りが静かになった。

「ああ、ちょっと作業を見せてもらってた。オヤジさん、順調なんだってな」

「ありがとうございます。ただ、退院してもすぐに農作業っていうわけにはいかないんで。やっぱり私が手伝うことになりそうです。この暑さでは病み上がりの老人では無理ですから」

「しばらくは大変だな」

ため息混じりにいった佃だが、「ところで、頼みがあるんだが。このトラクター、オレにも運転させてくれないか」、そう申し出る。

「これを、ですか？」

殿村がトレードマークのぎょろ目を丸くした。「別にかまいませんが、運転の仕方、わかりますか」

「それはわかる。後ろの作業機の動かし方だけ教えてくれないか」

そこはエンジンの専門家である。簡単なレクチャーを受けると、わけがわからないという顔で見ている山崎を尻目に、佃は運転席に乗り込んだ。

いったい何をしようというのか。

佃の手によって、エンジンがかけられる。殿村と山崎が畦に退避するのとトラクターが動き出すのは同時であった。

直進を始め、畦近くになると、教えられた通りにブレーキを踏み、片方の車輪をロックする小径での回転をやってみせる。

「うまいもんだなあ」

殿村が感心するほどの手並みだ。「スジがいいですよ。農家でもやっていけるんじゃないでしょうか」

「根っからの機械好きだからね」

隣にいる山崎がそんなことをいった。「あの手のものなら、見ればおおよそ構造がわかるんだよ、あの人は。天性のものだ」

佃の運転するトラクターは直進を続け、ロータリーの耕耘爪が激しく土塊を掘り返し、細かな土煙を舞い上げはじめた。

エンジンの音が変わり、

「あれ？」

殿村が声を上げた。「あそこは直線だから、別にギアを入れ替えなくてもいいんだけどな」

言い終わらないうちに、また変わった。次にロータリーを上げたり下げたりの動作を繰り返す。

「何やってるのかな、社長は」

山崎が首を傾げた。レバーを操作するたびに、佃は運転席から後ろのロータリーの動きを確認している。

またターンしてこちらに向かってきた。なんどもギアチェンジを繰り返し、そのたびにエンジンの音は高くなったり低くなったりを繰り返している。

十分ほど経《た》っても、佃はいっこうにトラクターから降りる気配がなかった。

最初畦道で見ていた殿村と山崎のふたりだが、仕方がないので小屋の日陰に入って遠くから作業を見守ることにした。

「なにか気になることでもあったんですかね」

半ば呆《あき》れながら殿村がきいた。「この暑いのに、大丈夫かなあ。ちょっと家に戻って飲み物持ってきます」

そういって一旦自宅に戻った殿村が、ペットボトルのスポーツ飲料を抱えて戻ってくる。

「もうちょっといいか、トノ」

佃のところまで飲料を届けた殿村に、佃がいった。

「どうぞどうぞ、気の済むまでやってください」

一旦、何かに熱中するととことんやらないと気が済まない。そんな佃の性格を殿村は知り尽くしている。「私は、草むしりでもしてますから。終わったら声をかけてください。隣の休耕田もやってくれてかまいませんから」

結局、佃がトラクターを降りたのは、それから二時間ほども経ってからだった。

「ありがとう、トノ。おかげで、次になにをすべきか、わかった気がする」

佃から思いがけないひと言が飛び出したのは、休憩のために殿村の自宅に戻ったときであった。

汗だくだからと応接間を断り、母屋の隣に建つ納屋《なや》の作業台に腰掛けている佃は、いまエンジンを止め、そこに鎮座しているトラクターをいとおしげに眺めている。

「あの、社長。次にすべきことってなんです」

山崎がきいた。

「その前に、トノにききたいことがある。作業機の耕耘爪なんだけど、農作業のためには回転数が一定のほうがいいんじゃないか」

「それはもちろんですよ」

殿村は頷いた。「そういうのが一定じゃないと、作業ムラっていうんですかね、よく耕されているところとそうじゃないところができてしまうわけなんです。そうすると、田んぼや畑でも、そこだけ作物の生育状況が変わってくるらしいんですね」

「やっぱりそうか」

そういって佃はじっと取り外されたロータリーを見つめたまま考えていたが、

「もし、作業ムラのできないトラクターがあったとしたらどうだろう。買おうと思うか」、そうきいた。

「そりゃ買いますよ」

殿村がこたえる。「まあ、買うのは私じゃなくてウチのオヤジですけどね。いつも作業ムラを気にしてましたから。でも、そんなものができるんですか」

「できる」

佃はいった。「だけど、いますぐにはできない」

「あの、それはどういう意味ですか」

殿村は、謎々でも出されたような顔になる。

冷たい麦茶を呑んでいた山崎が顔を上げた。ようやく、佃のいわんとするところを理解したらしい。

「もしかして、社長が考えているのは、トランスミッションですか」

「その通り」

佃はようやく手の内を明かしはじめた。「トノの作業を見ていて気づいたことがある。作業機の精度は、トランスミッションの性能に左右されるってことだ」

「トランスミッションの、ですか」

殿村にはピンとこなかったらしい。「いや、トランスミッションという言葉はもちろん聞いたことがあるし、このトラクターにもクルマにもそれがあることは知ってるんです。でも、具体的に、トランスミッションってのはどういう役割をするものなんですか」

「日本語でいうと変速機だね。誰でも知ってる一番簡単なトランスミッションは、自転車の変速機ですよ」

山崎が説明役を買って出た。「切り替えレバーを操作すると、一段とか二段とかギアが切り替わるでしょう。チェーンが小さな歯車から大きな歯車に移動して、ペダルを踏んだときのスピードが変わる。あれと同じ役割のものが、クルマにも、そしてこのトラクターにも搭載されているんですよ」

「わかったようなわからないような……。すみません、ピンとこなくて」

殿村は詫びながら続ける。「それで、次にウチがやるべきことってのは……」

「その、トランスミッションを作る――」

創見《そうけん》ともいうべきひと言を、佃は口にした。「どれだけ高性能なエンジンを開発したとしても、乗り味や作業精度を決めるのはエンジンじゃない。トランスミッションなんだ。その意味では、たしかにエンジンなんか動けばいいのかも知れない。だけど、トランスミッションはそうはいかない。高性能のエンジンと、高性能トランスミッション。佃製作所がその両方を作れるメーカーになれないか、真剣に検討してみる価値はあると思う」

「いいと思います」

鬱勃《うつぼつ》たる闘志を秘めた口調で、山崎がいった。「挑戦のしがいがある。どう、トノさん」

「そうですねえ」

殿村は首をひねり、少々遠慮がちに経理部長らしいひと言を返した。「それって、開発するのにいくらぐらいかかるもんなんですか」

第二章　天才と町工場

1

佃がトランスミッション参入の構想を話したとき、それは漠《ばく》たる計画に聞こえたかも知れない。毎週月曜日の朝開かれる連絡会議でのことである。

「そもそも、ウチのノウハウで参入可能なものなんですか」

早速、ツボを得た質問を寄越したのは唐木田だ。

「現時点では、開発は難しいと思います」

山崎がこたえる。「参入するなら、いまいる人材で時間をかけて研究開発を進めていくか、ノウハウのある人材を外部から集めて新たなチームを作るしかないですね」

「前者を選択した場合、完成品を得るまでにかかるコストと時間は相当なものになるんじゃないですか」

唐木田はいう。「だとすると、現実的には外部の人材を集めたチームを結成する方が早いということになりますよね。どっちにしても、十億やそこらでは収まらない投資が必要になるんじゃないですか」

その金額に、会議に出席している係長以上の社員たちの間から驚きの声が上がった。

「ちょっといいですか」

傍らから挙手したのは、営業第二部の江原である。「いま、ヤマタニの農機具に搭載されているトランスミッションはどこが製造しているんですか」

「ヤマタニの内製品だ」

答えたのは、津野だった。「ヤマタニにしてみれば、トランスミッションに自信があるからこそ、エンジンの性能をカバーできると考えているのかも知れない」

「なるほど。でも、それほど高性能なトランスミッションがすでにあるんなら、そこに参入したところでウチに勝ち目はないんじゃないですか」

「そこなんだ」

佃は、待ってましたとばかり立ち上がると、背後のホワイトボードにトランスミッションの簡単な図面を描いて見せる。

「これが一般的なトランスミッションなんだが、このトランスミッションの性能が果たしてどこで決まるのか――そこがポイントだ」

佃はホワイトボードに注目している社員たちに向かっていった。「設計や構造といったところを脇に置いて考えると、当たり前のことだがそれぞれの部品の加工精度は極めて重要だ。歯車ひとつとっても、研磨の精度はその作り手の、つまりウチの技術レベルに直結しているといっていいと思う。だけども、そうしたもの以上に、トランスミッションにとって重要なパーツが実は存在する。――バルブだ」

　全員が息を呑むのがわかった。

「トランスミッションの性能を左右する大きな要因のひとつは、油圧をはじめとする流体制御であり、それを統《す》べるバルブの性能そのものなんだ」

「だから、ウチなのか」

　そんな呟《つぶや》きがどこかから洩《も》れ、佃は頷いた。

「たしかに、いまのところウチにはトランスミッション全体に関するノウハウが不足している。しかし、バルブがらみとなると話は別だ。トランスミッションに必要なバルブ技術に関しては、ウチにしかないノウハウ、技術の応用でまかなえるところが大きい。ロケットエンジンがそうであったように、トランスミッションでも実は同じことがいえるんだ」

「つまり、こういうことですか」

　唐木田がいった。「バルブを制するもの、トランスミッションを制す、と」

　それはまさに、このビジネスの蘊奥《うんおう》を言い当てたものに違いなかった。

2

「いきなりトランスミッションを作るのはハードルが高い。そこでまず、トランスミッション用のバルブから始めてみたらどうかと思うんだが、どうだろう」

　佃の提案に、

「それはいい考えですね」

　殿村が一も二もなく賛成した。その夜、殿村と山崎を誘っていった、いつもの居酒屋である。

「部品、しかもウチが得意なバルブであれば比較的無理がない。ですが、具体的にどこか発注してくれそうな当てはあるんですか」

「ヤマタニに話を持ちかけてみようと思うんだ」

　佃は、温めていた考えを口にした。「さっきの会議でも話題になったが、ヤマタニは自前でトランスミッションを作っている。そのバルブだけでも作らせてもらえないか頼んでみる価値はあるんじゃないか」

「いいと思います。ちょうど、今週金曜日、ヤマタニの浜松工場に行くことになってましたよね。話してみましょうよ」

　山崎がいった。「そうだ、たまにはトノさんもどうです」

　殿村は、申し訳ない、と突如頭を下げた。

「金曜日、お休みをいただこうと思っておりまして――」

「田んぼか」

「そうなんです」

　殿村はこたえた。「近隣の農家に頼んで最低限のところは面倒を見てもらってるんですが、向こうも手一杯でなかなか――すみません」

「仕方ないですよ、トノさん」

　山崎が気の毒そうに眉をハの字にした。「親の面倒を見なきゃいけないのは、誰だって通る道なんだから。ウチはまだ元気だからいいけど、どっちかが病気になったりしたら、家が北海道なんでどうしていいかわかんないですもん」

「そういっていいただけると――」

恐縮して唇を嚙んだ殿村に、

「しかしトノ。これからどうするんだ」

そう佃は改まってきいた。「オヤジさんが退院してきてもすぐに農作業に出るわけにはいかんだろう」

たちまち、殿村は思い詰めたような、深刻な表情を見せた。

「だましだまし、今年の収穫までいければと思っています」

「トノさんちは三百年続く農家なんでしょう。どのくらい田んぼを持ってるんですか」

「二十町歩《ちょうぶ》ほどあります」

そういわれても、佃はそれがどのくらい広いのかピンとこない。

「一町歩は約一ヘクタールですから、一辺百メートル四方ということになります」

「それが二十個！」

山崎でなくても驚きである。「そりゃあ、ご両親だけじゃあ無理だ――いや、いままでだってよくぞやってきたという広さじゃないですか」

山崎のいう通りであった。

「お恥ずかしい話ですが、それをわかっていて両親に甘えてきました」

「まさか――継ぐんですか、農家を」

驚いてきいた山崎に、「とんでもない」、と殿村は顔の前で手を横に振る。

「これからは農家ではダメだ。オレたちの代で終わりにするからといって、私は大学まで出させてもらったんです。オヤジは、オレがダメになったらそれで終わるからって最初はいってたんですが」

そこで殿村はしんみりと言葉をきり、酒を口元へ運んだ。「自分は死にかけたっていうのに、病院で寝てても田んぼのことばっかり心配してるんですよ。それを見てるとウチの親にとって、田んぼって宝物だったんだなあってつくづく……。親だけじゃなく、三百年もの間、うちのご先祖さまたちが大事に大事に、いままで守ってきたものなんだなって。そう思うと、自分はサラリーマンだから面倒は見られないとはいえませんでした」

「気持ちはわかる」

佃は心の底からため息をついた。「親孝行できるのも親が生きている間だけだ、トノ。いまのうちにできることはやってあげた方がいい」

「ありがとうございます」

殿村は嘆息まじりに顔を下げた。「こんな大変なときにすみません」

「気にすることないですよ、大変じゃないときなんてないんだから」

山崎が笑いながらいって慰めた。「自慢じゃないけど、吹けば飛ぶような中小企業ですからね」

「吹けば飛ぶようなは余分じゃないのか、ヤマ」

佃のむっとしたひと言に、山崎も殿村も思わず笑いを嚙み殺した。

3

その週の金曜日、朝早い新幹線で品川駅を出た佃と山崎、そして津野の三人が向かったのは、ヤマタニで最大規模を誇る浜松工場であった。

浜松駅からタクシーで二十分。ここの工場長を務める入間尚人《いるまなおと》は、佃が長年懇意にしてきた同社製造部門のキーパーソンだ。

「いやあ、ごめん。今回はいろいろ面倒なことになっちゃったね」

人なつこい笑みを浮かべて入室してきた入間は面倒見のいい好人物で、新型エンジンの開発段階では、忌憚《きたん》のない意見をくれる逸出《いっしゅつ》した技術者でもある。

「社長交替で戦略が変わったのはいいんだが、ダイダロスのエンジンを載せることについては、現場でもいろいろ声が上がってるよ」

とはいえ、入間にも、社長の決定を覆すほどの力はなかったということだ。

「いいえ、ウチも今回のことでは反省いたしました。今日は折り入って、ご意見を伺いたいと思いまして」

温めてきた考えを佃が話すと、

「なるほど、トランスミッションですか」

入間は興味深そうにきき、「それでしたら、是非、おやりになったらいい」、とすぐに賛成してくれる。

「特に、トランスミッションのバルブに注目したというのは、悪くないですよ。御社にとって無理がないし、しかも佃さんならとてもいいものが出来るんじゃないか。むしろ、いままでやらなかったことの方が意外なくらいだ」

たしかにその通りで、佃自身にも、社業に対する気の緩みがあったといわれても仕方が無い。

「Ｙ３０２のトランスミッションは、ヤマタニさんが製造されているんでしたね」

Ｙ３０２は、ここ浜松工場で製造している小型トラクターの型番である。四十馬力の主力製品で、殿村が乗っていたトラクターの後継車種にあたる。

「バルブは、どうされてるんですか」

山崎が質問した。新たにバルブを開発した場合、相手が入間であれば適正な評価をしてもらえるのではないかという期待がある。

「いまは大森バルブさんのが入っているよ」

大手のバルブメーカーだ。こいつは手強《てごわ》いぞ、という顔で山崎が静かに息を吸い込んで押し黙る。

「もし、ウチが開発した場合、導入を検討していただく余地はあるでしょうか」

佃の問いに、

「もちろん可能性はあるよ」

入間は即答したものの、「ただ、現行製品は勘弁してくれ」、すぐにそんな言葉が続く。「新型についてては来年ぐらいからパーツ選別に入るつもりだけどね。ただ、どうかな」

入間はそこで手を顎に当てて考え込んだ。「ここだけの話、トランスミッションそのものを、外注に出すかも知れない」

「どういうことです？」

「これも若山新社長の方針なんだよね」

あたかもそれが気にくわないとでもいうように、入間は続ける。「コストダウンできるものは徹底してやるっていう方針でね。内製化と外注に出したときのコストを再評価しろといわれてるんだ。その結果次第では、新トランスミッションの製造計画そのものが消し飛ぶ可能性がある」

「外注というと、どこに……」

津野がきいた。「やっぱり、大手トランスミッションメーカーですか」

「いやいや、いま名前が挙がっている会社は大手ではないよ。お宅よりずっと小さな会社だ」

意外な話であった。山崎も驚きの表情を見せている。そんなトランスミッションメーカーがあるのか。

「その会社に目をつけたのは、若山さんもさすがだと思うけど、なにしろ若い会社でね。下丸子《しもまるこ》の辺りにあったと思うよ」

大田区だ。

「ちょっと待って。資料があるから」

いったん入間が席を外したとき、

「下丸子辺りにそんなトランスミッションメーカー、あったか」

小声で問うと、

「私も初めて聞きました」

津野も首を傾げている。このふたりが知らないとなると、余程《よほど》、小さな会社ということになる。

或《あ》るいは新しい会社か。

「はい、これ。ギアゴーストって会社。知らないかな」

会社案内のパンフレットを手にして戻ってきた入間は、三人の前でそれを広げた。

株式会社ギアゴースト。社長の名前は、伊丹大《いたみだい》。会社所在地は、たしかに大田区下丸子となっている。やはりというべきか、創業五年のまだ若い会社だ。パンフレットの表紙には、大規模工場の写真が派手に使われていたが、下丸子界隈《かいわい》にこれほどの工場を建てられる敷地も、実際の工場もありはしない。

「どこの工場かと思ったら、契約先のマレーシア工場って書いてありますね」

めざとく津野が指摘した。

「ベンチャー企業だよ」

入間がいった。「ユニークな会社でね。同社はあくまで企画設計会社で、全《すべ》ての部品製造と組み立てを契約企業に発注している」

「つまり、ファブレスということですか」

製造拠点を持たないという意味である。有名どころでは米アップルがそうだ。

「それでトランスミッションができるのか」

山崎が首を傾げるのも無理はない。佃にしても目から鱗《うろこ》のビジネスモデルだ。「この、社長の伊丹さんというのは、どういう方なんですか」

佃が尋ねると、

「彼はね、帝国重工の社員だった男だよ」

意外な返事があった。「たしか機械事業部にいたって聞いたな。事務畑でね。それが独立してトランスミッションの会社を作ったというわけだ」

「帝国重工の、しかも事務畑の人間がですか」

馴染《なじ》みの財前道生の顔をちらりと思い浮かべながら、佃はきいた。「どんなトランスミッションを作ってるんですか」

「設立当初はMTでの実績もあるが、名を成したのはアイチモータースのコンパクトカーに採用されたCVTだな。今、売上げのほとんどがそれじゃないかな」

MTとは、マニュアル——手動でシフトチェンジするクルマに搭載されているトランスミッションだ。日本国内で走っている車の多くはオートマチック車でマニュアル車は少ないと思われがちだが、世界的にみて一番多いのはマニュアル車である。

一方のCVTは、MTとはまるで機構の違うトランスミッションで、オートマで走るコンパクトカーなどに搭載されているものだ。最大の違いは、ローやセカンド、サードといった段階そのものが存在しない無段変速機であること。小型ないしは中型のクルマに搭載されることの多い、いわば新しいタイプのトランスミッションである。

それにしても、技術者でもない者が精緻なトランスミッションを製造する会社を創立して成功するというのは、俄《にわ》かには信じ難い話であった。

「要するに彼は、プロデューサーなんだよ」

入間が端的に評した。「彼自身には技術力はない。彼の作った会社の社員は、わずか三十名だ。三分の一が営業、残りは全て優秀な技術者たちだ。ギアゴーストは、企画と設計、営業、そして材料の調達のみを担当し、試作と量産は全て社外の契約工場に委託している」

「技術力を売りに、可能な限り固定費を削減して効率を上げているってわけですか」

感心したように、津野がきいた。

「興味があれば紹介するよ。一度、伊丹社長に会ってみたらどうだい」

入間はこころよくいってくれた。「仮にウチのトランスミッションをギアゴーストに外注することになっても、そっちでバルブが採用されていれば、結局同じことだ。そうだろ?」

そんなうまいこと行くかどうかは別にして、

「よろしくお願いします」

佃たちは三人そろって頭を下げた。

4

その日、ヤマタニ浜松工場から佃製作所本社に戻ったのは、午後四時前のことである。

次のアポがあるという津野と品川駅で別れた佃が、「ちょっと行ってみないか」、と山崎を誘ったのは帰社して一息ついた後のことだ。

「ギアゴーストですか」

山崎も、気になっていたに違いない。

「そんなに近いところにトランスミッションメーカーがあったなんて、意外じゃないか。どんな会社か、事前に見てみようや」

「私もちょっと覗いてみたいと思ってたんですよ」

早速、ふたりで社用車に乗り込んだ。会社パンフレットの住所まで、二十分もかからない距離である。

勝手知ったる住宅街を縫うように走り、夕方、多少混み始めた国道を南下していく。やがて住宅や商店、小さな町工場が混在する準工業地域へと入った。

多摩川沿いに広がる平らな土地だ。しばらく行けば、かつて高度成長期の大動脈であった産業道路が走り、その海側には京浜工業地帯の港湾や広大な工場、倉庫群が控えている。

いま、道路の両側は、昔ながらの下町の光景が続いていた。

駄菓子屋があり自転車屋があり、小さな看板を出した喫茶店がある。ペンシル型の一戸建てやアパートが並んだ一角を抜けると、思い出したように町工場が軒を連ねる通りが現れた。

錆《さ》び付いた看板や、ぱっくりと口をあけた薄暗い町工場は、佃が子どもの頃から馴れ親しんだ下町の面影をいまだ残している。

「こんなところにベンチャーとは、ちょっと意外ですね」

片側一車線の道路を制限速度以下で流しているクルマの助手席から、山崎は道の両側をきょろきょろと見ている。

「この辺りなんだがな」

クルマはうらぶれた町工場の前を通り過ぎようとしているところだった。

ブレーキを踏み、ハザードを点滅させてクルマを止めた佃は、道路の右側に見つけたその建物を、信じられないものでも眺める表情で見た。

「これ、ですか」

山崎がためらいがちな声を出した。

それもそのはず。いま佃と山崎が見つめているのは、木造の、しかも築五十年は経っていそうな古びた建家なのであった。道路に面しているのは四枚扉のガラス戸で、その上に大きく『株式会社ギアゴースト』の看板がかかっている。

「手書きとまではいきませんが、かなり残念な看板じゃないですか、社長」

山崎がいうのも無理はない。社名の上には、〝トランスミッション専門〟の文字が躍り、会社そのものが、昭和からタイムスリップしてきたような感さえあるのだ。

「まいったな、こいつは。昭和の化石だ」

さすがの佃も驚きを隠しきれず、ただそのレトロというより、時代錯誤といったほうがいい社屋を呆然《ぼうぜん》と見やるしかない。

外からでも、開け放したガラス戸の奥が土間になっているのがわかった。

「昔は旋盤とか置いてたんじゃないか。居抜きで買ったのかな」

いまは、旋盤の代わりになにかのショーケースが置かれていて、薄暗い中、そこだけ小さなスポットライトが当たって輝いている。トランスミッションだろうか。

その奥には事務所らしきものがあり、何人かの社員たちが働いている姿が見えた。

「創業後五年のベンチャー、でしたよね」

「創業後五十年といわれても納得するな、こりゃ」

ふたりが乗っているクルマの脇を、何台かの車がすり抜けていく。

ハザードをウィンカーに切り替え、クルマを発進させた。

「いやあ、びっくりした」

山崎からそんな感想が洩れて、思わず佃は笑ってしまった。「なんか、すごいもの見ちまいましたね」

「だな」

思わずニヤリとしてしまう。社歴は浅いのに滑稽なほど歴史を感じさせる、ユニークなベンチャー企業だ。なのに社屋の佇《たたず》まいは妙に堂に入っている。

渋滞しはじめている幹線道路を再び戻りながら、佃はいった。「なあ、ヤマ。まだどうなるかわからんが、あの会社、オレは結構気に入った」

5

入間から改めて連絡があったのは、ヤマタニの浜松工場を訪ねた翌日のことだ。ギアゴーストの伊丹社長に話したところ、是非ご紹介ください、と快諾を得たという。早速、週明けに訪問するアポは取り付けた。

「ギアゴーストの評判は悪くありません」

情報収集してきた江原がそんな報告を上げたのは、直後に開いた営業会議の席だった。

「五年前に創業し、いまでは百億円を超える年商があるそうです。社長にいわれて私も見てきましたが、ちょっとあの社屋からは考えられない業績を上げてますね」

「百億……」

思わず、山崎と顔を見合わせた。「そんなにやってるのか。すげえな」

江原の説明はまだ続く。

「百億円の売上げといっても、ギアゴーストは製造拠点を持ちません。つまり、この売上げの九割近くが、外注や下請けに支払われるとのことで、実質的な売上げと呼べるのは十億円程度ではないかと思われます」

それでも、創業わずか五年で、それだけの会社にしたのは、大したものだと佃は思う。さらに、江原は続けた。

「社長の伊丹大さん、それに副社長で技術担当の島津裕《しまづひろし》さんはともに帝国重工出身だそうです。伊丹さんは、帝国重工入社後、機械事業部で事業企画を担当、同僚だった研究職の島津さんと共に帝国重工を退社し、ギアゴーストを立ち上げたと」

「あの帝国重工からベンチャーに身を投じるとは、そのふたりとも、なかなか気骨のある人物ですね」

殿村も感心した口ぶりになる。

「同社の技術水準は、小体《こてい》ながら業界でもトップクラスだということです。それを支えているのが島津さんで、帝国重工にいる頃には天才エンジニアと呼ばれていたとか」

「天才エンジニア？」

その言葉は、山崎の対抗意識を刺激するのか、「世の中に天才なんてのはいないんだよ」、そんな呟きになる。

「天才かどうかは別にして――」

苦笑まじりに江原は続けた。「ギアゴーストというのは、その島津さんが企画設計する最先端のトランスミッションを、伊丹社長のビジネスモデルで市場に供給している会社なんです。最初は苦戦していたようですが、三年前、ついにそれがアイチモータースのコンパクトカーに採用され、軌道に乗りました。まだまだこれからの会社のようですが、技術力はありますし、ビジネスモデルも優れています。ウチが組むには最適の相手かも知れません」

そういうと江原は、結論めいたひと言で締めくくった。「今回の話、なんとしてもまとめてください、社長」

江原の激励を胸に、佃と山崎、そして担当営業部長の唐木田の三人がギアゴーストを訪れたのは、小糠雨《こぬかあめ》が降り注ぐ、鬱陶《うっとう》しい日の午後だった。

唐木田が運転するバンに乗り込んで向かったギアゴーストの社屋は、薄墨を刷《は》いたような空の下、朝から降り続く雨に看板を濡らし、どこか殺風景な町並みに溶け込んでいる。

「ごめんください」

表に面した引き戸を開けると、コンクリートの床に染みこんだ油の匂いが微《かす》かに香った。懐かしい匂いである。

前回外から覗いたときには詳しくわからなかったが、さすがに内部は、薄汚れた町工場と一線を画した作りになっていた。綺麗《きれい》にレイアウトされ、何の工場だったかは知らないが当時のレトロな構造をうまく生かしながら、先端を行くオフィスとして息づいている。

佃が名乗ると、三十代半ばの男が現れ、応接室に案内してくれた。

佃たちを迎えてもにこりともしない、刈り上げの無愛想な男だ。職人を彷彿《ほうふつ》とさせる頑丈な体に、鋭い眼光。スラックスにギアゴーストという社名の入った上っ張りを羽織り、二の腕のあたりにあるポケットにボールペンを二本、差している。

「社長の伊丹です」

名刺を交換すると、佃たちにソファを勧め、自分は肘掛け椅子にどっかとかけた。

昭和の時代から抜け出してきたような部屋だ。黒の革張りソファに、白いレースの背カバーのかかった肘掛け椅子が二つ。ある意味〝由緒正しい〟応接室である。

「この社屋は、自前ですか」

ぶしつけかと思いつつ佃がそんな質問を向けると、「実家です」、と意外な返事があった。

「ご実家？」

意外な答えだった。「つまり、町工場を経営されていたということですか」

「オヤジが昔、機械加工をやっていました」

伊丹はいった。「そのときは伊丹工業所っていう名前だったんですが、十年前に他界しまして」

「お父様の会社は継がなかったんですか」

佃が尋ねると、

「継げませんでした」

という返事があった。「大手の孫請けで、大した技術もないし、設備もない。社員は皆高齢で、競争力といえば賃金が安いことだけですから」

伊丹は真顔だ。佃もそれに納得してしまうのは、それが多くの零細企業の実態そのものだからである。

「母も高齢ですし、私が戻ったとしても結局は共倒れになるのは目に見えていました。結果的に伊丹工業所は父の一代限りで看板を下ろしたんです。三十年やって、最後に残った従業員は三人。この社屋をとられずに会社を畳めただけマシです」

畳もうにも畳めない。そんな会社が、実は世の中にゴマンとある。会社や自宅を売却しても返せないぐらいの借金を抱えているからだ。

「晩年の経営はジリ貧《ひん》でしたが、それでも父は社員のことは最後まで守りました。苦しい中、借金を返して退職金を払えるぐらいの蓄えは残したんです。贅沢《ぜいたく》もせず、旅行ひとつ満足にしたことがない。そんな父は、私の誇りです」

佃を真正面から見据え、そう明言する伊丹は真っ当な男に違いない。佃は、伊丹のことが気に入った。

「伊丹さんも、五年でここまでの会社にされたのは素晴らしいですね」

世辞でもなんでもなく、思ったままを佃は口にする。

「いや、まだ軌道に乗ったとは言えません」

謙遜だろうか。「三年前にアイチモータースさんに採用していただいたおかげでやっと創業赤字を解消して、ようやくスタートラインに立ったところです」

応接室のガラス越しに見えるオフィスには、いまも十人程の社員がいた。技術職なのかラフな格好が多い。

「工場を持たない経営をされていると聞きましたが、トランスミッションの開発はどのようにされているんですか」

「島津という者がリーダーになってやってるんですが、この開発費がバカにならなくて。――あ、噂《うわさ》をすればだ」

　振り向くと、ひとりの女性が事務所の入り口で傘についた雨を払っているところだった。

　三十代半ばの、ぽっちゃりとしたひとだ。髪を後ろに団子にまとめ、柚色《ゆずいろ》の袖無しシャツに麻のハーフパンツを合わせている。

　山崎が驚いて目をまん丸に開いていた。唐木田もまた唇を半開きにして瞬《まばた》きすら忘れているふうである。驚いたのは佃も同様であった。

　だが、そんな佃たちの驚嘆など気づくふうもなく、

「ああ、どうも。いらっしゃい」

　応接室を覗いたその女性は、まるで旧来の知り合いであるかのように明るく佃たちに声をかけてくる。そして、伊丹に、

「私もいた方がいい？」

　ざっくばらんな調子できいた。

「こちら、佃製作所さん。バルブの」

　伊丹がいうと、

「ああ。はいはい――ちょっと待ってて」

　彼女は、提げていた小さなトートバッグを無造作に置いたまま部屋を出ていく。口の開いたバッグに、丸められたニットとスマホが入っているのが見えた。デザインされた可愛いクマのプリントが佃を見上げている。

「私、島津。島津裕《ゆう》です。よろしくお願いします」

やがて名刺を持って戻ってきた島津はぺこりと両手を膝において頭を下げた。

名刺を交換した佃は、改めてその名前に視線を落とす。

——島津裕
ヒロシではなく、ユウと読む。たしか、先だっての会議では江原がヒロシと読んでいたはずだ。男だとばかり、勝手に思い込んでいた。だが——。

天才エンジニアは、女だった。

しかも彼女は、どこにでもいそうな、ごく普通の女性であった。

6

「ヤマタニの入間さんに聞いたんですが、佃製作所さんは帝国重工のロケットエンジンのバルブを作られているんですって？　なんでそんなものが作れるんですか」

着席した島津は、遠慮のない、興味津々といった顔で素朴な質問を投げて寄越した。

「以前宇宙科学開発機構で水素エンジンの開発に携わっていたんです」

今に至るまでの経緯を簡単に説明した佃は、ふたりにきいた。「おふたりとも帝国重工さんのご出身と聞きましたが、宇宙航空部との関係は——」

「残念ながらありません」

伊丹がこたえる。「我々、ふたりとも泥臭い機械畑出身で。それも会社の水に馴染めず飛び出した口なんで。だよな」

と隣の島津に相づちを求める。

「まあ、そうですね。でも正直、帝国重工にいるより、こっちの方がずっと楽しいです」

島津はそういって屈託なく笑った。「お金もないし、自由にならないことも多いけど、それでもあの組織で理不尽な思いをしているよりはずっといい。苦労はするけど、自分が作りたいものを作れるって、本当に幸せなことなんです」

そのことばには実感がこもっていた。ところが、一方の伊丹はどういうわけか眉を顰《ひそ》めて感情を消している。島津と違い、伊丹にとって帝国重工は、あまり振り返りたくない過去なのかも知れない。

「いずれにしても、勝負はこれからですよ」

話を戻して伊丹はいった。「ヤマタニさん向けに開発しているトランスミッションが採用されるかどうか。それで、ウチの将来はかなり変わってくると思います。うまくいけば、農機具のジャンルに本格的に進出する足がかりになる。農機具はクルマと比べたら遥《はる》かに市場は小さいですが、それだけに大手との競合も少ない。ウチぐらいの規模の会社が、安定的に成長するためには是非とも進出したい市場なんです」

「わかります。ウチが小型エンジンを手がけているのも同じ理由ですから」佃はいった。

「ひとつ、伺いたいんですが。なんで佃さんは、トランスミッションのバルブを作ろうとお考えになったんですか」

島津は、直球の質問を投げてきた。

「将来の危機から脱出するためです」

「危機？」疑問の表情を島津は浮かべた。

「ええ、そうです」

隠し立てをせず、佃は正直に話した。「今までのように、小型エンジンだけを作っていたのでは先がない。そこで注目したのがトランスミッションでした。こんなことをいま申し上げるのはどうかと思いますが、私の夢はトランスミッションメーカーになることです。ただ、現時点でウチができるのはバルブを作ることぐらいです。そこでヤマタニの入間さんにお願いして御社を紹介していただきました」

「つまり、御社は将来的にウチのライバルになるかも知れないということですか」

伊丹は前かがみになって佃を覗き込んだ。むっとしたような愛想のない顔だ。山崎と唐木田が緊張して息をひそめるのがわかる。

断られるか。

「いつになるかはわかりませんが」

身構えた佃であったが、出てきたのは、「そのときはお手柔らかにお願いします」、というひと言だ。

「将来はともかく、現時点ではバルブメーカーとしてお付き合いさせていただく。それでいいんですよね」

「もちろんです」

こたえた佃に、

「でしたらいいバルブを作ってください。期待していますから。なあ、シマちゃん」

伊丹は島津に声をかけた。

「もちろんですよ。やっぱり、バルブがよくないと、いいトランスミッションはできないからなあ」

快活に言い放つ島津は、聞いていた〝天才〟のイメージからはかけ離れている。

「ところで、いままでのトランスミッションではどちらのバルブを採用されているんでしょうか」

唐木田が問うと、案の定、「大森バルブさんです」、と強敵の名前を島津は挙げた。ヤマタニが製造中のトランスミッションにも採用されていると、先日聞いたばかりである。

「今回も大森バルブさんとコンペになるということでしょうか」恐る恐るきいた唐木田に、

「そうなります」

当然の口調で伊丹がこたえた。「ウチのトランスミッションは、基本設計以外、全て外注です。そして全パーツがコンペになっています。国際的なコンペになることも珍しくありません」

それがギアゴーストのビジネスモデルなのだ。「バルブの場合、お金と手間暇をかければいいものができる。でも、それだけではウチの要求水準はクリアできません。コストも、発注から納期までのリードタイムも、きっと想定よりも厳しいと思います。技術水準を維持しながらこの条件をクリアするのは、そう簡単なことではありません。チャレンジしていただけますか」

「もちろんです」

佃に異存はない。難しかろうと厳しかろうと、やってみないことには未来の扉は開かない。挑戦あるのみだ。

7

「お前と飯を食うのは久しぶりだな」

浅草橋駅に近い店の小間《こま》は、広さ三畳ばかり。かつて茶室として使われていた名残か、部屋にはにじり口があった。

「この店に来るのも何年ぶりでしょうか」

そういいながらビールの瓶を手にした財前は、テーブルを挟んで上座に座っている相手、的場俊一の半分ほど空いたグラスに注ぎ入れる。そのグラスを戻すや、今度は的場が財前のグラスに注ぎ返した。

金曜日の夜ということもあって、店内は客が多かった。小間にいてもカウンターで盛り上がっている客の声が聞こえる。

「実は調べてみた。十年以上前だ。お前がいまの部署に異動していく前に来たのが最後だった」

的場の馴染みの店である。老夫婦がやっている店で、表向きはとんかつ屋の看板を出しているが、それ以外の酒肴《さかな》も旨《うま》い。的場がこの店を使うのは、ここが大手町から離れていて顔見知りと出くわす可能性がまず無いからだ。さらにクルマなら会社から二十分とかからぬ利便性もいい。

そして、的場がこの店に人と来るときには、内々の話があるときと決まっていた。少なくとも、いままでの財前との間ではそうだ。

「ところでどうだ、いまの仕事は」

酒がビールから冷や酒に代わり、刺身を盛り合わせた皿が運ばれた頃だ。的場の質問に、財前はひそかに身構えた。

「お陰様で、気持ちよくやらせていただいています」

当たり障りなくこたえたが、返事はない。ちらりと財前に向けた視線が逸れたかと思うと、的場は口に運んだ冷酒のグラスをトンとテーブルに置いた。そして、

「正直なところ、海外勢に勝てると思うか」

単刀直入の一問を投げかけてくる。親しさ故《ゆえ》のやりとりだ。

次期社長候補の筆頭と目される的場俊一はスターダスト計画に懐疑的である――そんな噂は、あらゆるところから財前の耳に入ってきていた。おそらく、社長の藤間のところにも聞こえているに違いない。それでも的場が次期社長レースの先頭を走れるのは、他を寄せつけない実績と、藤間をしても動かせぬ後ろ楯《だて》があるからだ。

「勝負の決着がつくのはまだまだ先のことです」

財前はこたえた。「現状では不採算かも知れません。ですが、将来を考えればこのビジネスには様々な可能性があります。十年、二十年、あるいは半世紀先を見越したとき、必須の投資といっていいでしょう」

偽りのない思いだが、的場にどう響いたか。

「壮大な話だな」

冷ややかな口調であった。「お前の発想は、藤間さんのそれと全く変わらない」

藤間の名を出したとき、的場の表情がかすかに歪んだ。「夢だ未来だ、大義名分だと、いっていることは華々しいが、足下の実績は惨憺《さんたん》たるものだ。本当にそんなものに巨額の投資を続ける

意味があるのか。私は正直、半世紀先どころか十年先のことすら考える必要は全くないと思っている。我々が見据えなければならないのは、長くて五年先の採算までだ」

「的場さん――」

財前は静かに、的場と対峙《たいじ》した。「いま、このビジネスを手放したら、宇宙という広大な空間で、
ウチは何一つビジネスらしいビジネスを主導できなくなります。それでいいはずはありません。

ものづくりのこの国が、無限の可能性を秘めたビジネスジャンルで主要なプレーヤーになれない
とすれば、それを支える多くの技術、ノウハウだけでなく、数多くの下請けメーカーの仕事と将
来まで奪うことになるでしょう。それは帝国重工らしくない。帝国重工は、日本の社会、そして
国家とともにあるはずです」

「お前は相変わらずだな」

的場はせせら笑って酒を酌《く》んだ。「別に宇宙ビジネスから撤退するといってるわけじゃない。

ロケットはやめるといってるんだ。あんなものは他にやらせておけばいい」

「ウチだからこそ挑戦できるビジネスがあるはずです」

なおもいった財前であったが、

「スターダスト計画だのなんだのと、コスト百億円の打ち上げ花火じゃないか」

痛烈な揶揄《やゆ》だ。「それを去年、何機打ち上げた。五機か、六機か」

さらに痛いところを、的場は突いてくる。打ち上げ実績ベースで比較すると、競合相手である
先進諸国の中で、日本は――つまり帝国重工の打ち上げ実績は低位に甘んじているからだ。

「お前は認めたくないかも知れないが、大型ロケットのビジネスで、日本はすでに負けているん

じゃないか」

歯に衣《きぬ》着せぬ評価だった。「ロケットを打ち上げるには、それなりの需要が必要だ。ところが、気象衛星にせよ準天頂衛星にせよ需要は限定的で、一年に何十機も打ち上げるだけのものは少なくともわが国にはない。つまりこのビジネスは、国際的に見ても数少ないパイの取り合いなんだ。そしてこの競争は、強者がより強く、弱者がより弱くなる。いま日本の宇宙ビジネスが置かれた状況は、残念ながら後者だ」

「いいえ。まだ日本の宇宙ビジネスには十分な可能性が残されています」

ここで的場の主張を認めては全てが終わってしまう。財前は粘り強く訴えた。「まずは打ち上げの成功率で、日本は競合他国を上回る実績を上げています。大型ロケットの打ち上げコストも徹底して見直した結果、十年前の二百億円から、いまではその半分の百億円にまで圧縮できました。打ち上げ費用の引き下げは、同時に宇宙ビジネスへの参入を促すことになります。いまはまだ顕在化していませんが、今後、コストのさらなる削減とともに様々な商業ニーズが誕生してくるはずです。いま撤退すれば、水面下に眠る巨大市場を袖にしてしまうことになるんです」

「ああいえば、こういうか」

的場に納得した様子はない。ぐいと財前を見据えると、「その埋没しているビジネスとやらはどのくらいあるんだ」、と問うてきた。

財前をしても答えようのない質問である。

「それは、まだわかりません。ただ、それがあることだけはわかっています」

財前の回答に、的場はしばし考えを巡らせる。

「もし宇宙ビジネスの裾野が広がるのだとすれば、ロケットの打ち上げそのものより、むしろその派生ビジネスの方だろう」

「その可能性はあります。ただ、そのとき打ち上げるものがなんであれ、ロケットは帝国重工製であって欲しい。そう願っています」

「君は、いまの仕事を何年やった」

再びグラスを手にしながら、的場は質問の方向を変えた。

「十一年、ですが」

いったい何を言い出すのか。少々戸惑いながら財前が答える。

「藤間社長のぶち上げたスターダスト計画における君の働きは見事だったと思う。だが、そろそろいいんじゃないか」

財前は自分の頰《ほお》が強張るのをどうすることもできなかった。的場からそんな話が出ようとは、予想だにしていなかったのである。

「お前の実績については役員の誰もが認めている。スターダスト計画という、なんというか――ある意味荒唐無稽な計画をよくぞここまで推進したとな。だが、そろそろ次のキャリアに移るときなんじゃないだろうか」

的場にしてはやんわりとした言い方だが、ここまで口にするには、すでに何らかの地ならしが終わっているに違いない。

「実は先日、水原《みずはら》君と話をした」

宇宙航空部本部長の水原重治《しげはる》は、財前の直属の上司に当たる人物だ。帝国重工という巨大組織で本部長の要職にまで上り詰めるには、単に能力だけではなく、社内政治に知悉《ちしつ》した策士でなければならない。その意味で水原は、この的場かそれ以上の戦略家である。

「本来、こんな話は水原君から君に伝えるべきところだろうが、財前――」

両手を膝に置くや、的場は改まった態度になった。「切りのいいところで――といっても、もう少し先になるが、お前はいまのポストから離れろ。水原君の考えでは、準天頂衛星七号機を花道にしてはどうかということだ。私もそれに賛成だな」

あまりに唐突な、異動の内示であった。しかも、直属の上司である水原からではなく、次期社長候補の的場の口からそれを聞かされた。的場の胸中ではとうに、宇宙ビジネスに関する考えと方向性が固まっているに違いない。的場がこの会食の席を設けたのは財前の意見を聞くためではなく、自らの意見を知らしめるためだったのだ。

財前は、いま胸の底から一気に押し寄せてきた感情を持てあました。驚き、落胆、失望。それに――怒り。宇宙ビジネスに対する的場の無理解は、そのまま財前がやってきたことに対する否定に近い。

もし、的場がロケット打ち上げビジネスからの撤退を決めたら、財前が尽力してきたこの間の努力も成果も、全て無に帰すことになる。いや、財前個人だけの問題ではない。そこで培われた技術的ノウハウ、研究成果、それと同時に、それに携わった全てのひと、そして会社の努力さえも踏みにじられるのだ。

「私は組織の一員に過ぎません」

財前はいった。「辞令が出れば、それには従うまでです。ただもう一度、ロケットの打ち上げビジネスについて冷静な評価を下していただけませんか」

「私が冷静じゃないというのか、君は」

的場の目から光が消え、昏《くら》い怒りの焔《ほのお》が揺れ動いた。

それに動ずることなく、財前はじっと的場の瞳の奥を見据えている。

あなたは単に藤間社長の功績を否定したいだけなんじゃないですか――。

だが、その思念は結局、言葉にはならなかった。

「――いえ」

財前のこたえに、的場の視線が逸れていく。

会話が途切れ、店内の賑やかさが再びふたりのいる室内に戻ってきた。

第三章　挑戦と葛藤

1

「伊丹さん、今度のトランスミッションのバルブ、よろしくお願いしますよ」

その夜、ギアゴーストの伊丹は、店の奥まったテーブル席でふたりの男と向き合っていた。

荒木町にある四川料理の店である。ダークトーンの照明に、白いテーブルクロスと生ビールのグラスが美しく映えている。

辛みのある前菜が終わり、次のひと皿を待つ間に相手の男が常温の紹興酒《しょうこうしゅ》をオーダーし、小振りのドリンクメニューを壁に戻した。

「こちらこそ、いいバルブをいただけると期待しています」

伊丹のこたえに、その男――ひょろりとした瓜《うり》を思わせる顔をした蒔田《まきた》は、真意を見透かすように伊丹を見つめ、

「それじゃあダメだ、伊丹さん。約束していただかないと」

そういって三つ運ばれてきたグラスに紹興酒を注ぐと、ひとつを伊丹の前に、そしてもうひとつは自分の隣にいるさらに年配の男の前に置く。最後に自分のグラスには少量だけ注ぎ、

「辰野《たつの》部長、ひと言お願いします」

隣の男に芝居がかって軽く一礼してみせた。

「伊丹社長」

野太い声を出した辰野の肩書きは、大森バルブの営業部長だ。ゴルフ焼けした顔を伊丹に向け、

「まさか、バルブもコンペだなんて考えていませんよね」、と疑わしげに牽制《けんせい》してみせたが、

「一応、弊社のスタンスはコンペですから、そこはご了承ください」

一歩も引かない伊丹のこたえにむっとした顔になる。

「『T2』用のバルブの実績は考慮されないんですか。御社とわが大森バルブは、すでにパートナーとして信頼関係にあると認識してるんですがね」

「もちろんです。日頃、素晴らしいバルブを供給してくださいまして、その点については深く感謝しています。ですが、今回はまったく違う案件ですので、何とぞ、ご了承ください」

伊丹が頭を下げると、居心地の悪い沈黙がテーブルに落ちた。

「お宅のスタンスはわかるよ。しかし、『T2』がアイチモータースに採用されたのも、ウチのバルブあってのことでしょう。そもそも、ウチ以外で、あれだけ高性能のバルブがありましたか。他はどれも品質とコストで劣る、箸《はし》にも棒にもかからないものばかりだったはずだ。違いますか」

「箸にも棒にも、かはわかりませんが、大森バルブさんの製品が一頭地を抜いていたことは確かです」

当然だといわんばかりに、辰野は鼻で笑った。

「バルブではね、伊丹さん。ウチの技術力は世界トップクラス。いや、トップといっていいと思う。今度もがんばりますよ、ウチは。たとえ相手がどこであろうと、一旦ビジネスをご一緒すると決めれば手抜きはしない。御社との取引もです。いまここで採用するといってくれてもいいんじゃないかな」

「そういっていただけるのは有難いのですが、一応、すでにコンペティターに名乗りを上げた業者がありますので」

「コンペティター？」

辰野は眉を顰めた。「どこですか、それは」

「大田区にある佃製作所という会社が参加表明されています。トランスミッション向けのバルブを作るのは初めてということですが、とりあえず試作品を見て、評価させていただこうかと」

「佃製作所？」

辰野は、隣席の蒔田に目をやる。「知ってるか、お前」

「いいえ」

蒔田が首を横に振ると、辰野は苛立ちのこもった目を伊丹に向ける。

「手を上げればどこでもコンペに参加させていいというものではないと思いますがねえ」

「もちろん、それは心得ております。ただ、佃製作所さんは、ヤマタニさんの紹介でもありますし、無下《むげ》にはできないんです」

取引先筋の紹介で断れない。伊丹の口にした理由は、およそビジネスをする者なら納得せざるを得ないものだ。

「バルブ業界で技術力のある会社であれば我々が知らないはずはない」

辰野は強引な男である。「そんな会社の評価をするだけ時間とコストのムダ遣いだ。おやめになってはいかがです」

「まあまあ。いいじゃないですか」

伊丹は、やんわりと右手で辰野を制してみせた。「大森バルブさんの品質はよく存じ上げております。評価は絶対公正。裏はありません。それだけで十分なんじゃないですか」

辰野は、相手の意図を測るようにしばし伊丹を直視する。

やがて、ふっと脱力して目を逸らすと、肩を揺すって小さく笑った。

「その通り。それだけで十分です。うちのバルブをきちんと評価していただければ、そんな無名の会社に負けることは絶対にありませんから」

「期待しています」

伊丹は、紹興酒の入ったカラフェを手に取ると、辰野のグラスを満たした。

2

内線で山崎から連絡があって三階の技術開発部のフロアに上がると、そこに一台のトランスミッションが解体されていた。パーツごとに整然と並べられ、開発部のメンバーたちがメモを片手にそれぞれ手に取ったりしている。

「ケーマシナリーのトランスミッションか」

ケーマシナリーは、大手トランスミッションメーカーだ。ひと目見てきた佃に、「なかなか興味深いですよ」、傍らにきた山崎が油で汚れた布の上に載せたパーツを見せた。

「これが例の大森バルブの製品です」

受け取ったバルブをじっくり観察した佃は、「テストしてみたか？」、とフロア奥にあるテストスタンドを一瞥《いちべつ》する。

立花洋介《たちばなようすけ》が、テスト結果のプリントアウトをすっと佃に差し出した。

「なるほど」

並んだ数値に目を通した佃は、改めてバルブを眺め、思い浮かんだ印象を口にしていく。

「意外に小さいし、見かけよりも軽量だな。この弁の配置とクリアランスとの関係に特色がありそうだ。特許、調べておいてくれよ。バルブだけじゃなく、バルブボディも大森バルブ製なのか」

バルブなどは単体で存在するのではなく、複雑な油圧回路を持つバルブボディと呼ばれるものに組み込まれて作動し、これらはまとめてコントロールバルブと総称される。クルマなどのギア変速時に必要不可欠な油圧を制御、つまりコントロールするバルブという意味だ。

「バルブ単体だけでしたら性能面はクリアできると思うんですけど……トランスミッション全体となると難しいな。弾性変形とか、難題が山積みです」

そういったのは、加納《かのう》アキだ。立花とアキのふたりは、佃製作所が参画したプロジェクト人工心臓弁ガウディ計画の開発担当者だったが、そちらが臨床試験段階になったタイミングでロケットエンジンのバルブ開発チームへと復帰していた。

佃はバルブを戻し、足元の部品から一個の歯車を取り上げた。「この素材はおそらく耐高面圧歯車用鋼だ。この高性能鋼にしても、たしかにアキちゃんがいうように、弾性変形を予測するのは極めて難しい。難しくしているのは、弾性変形を引き起こす原因が多岐に亘《わた》ることだ。だが、ウチにとって有利なこともある。たとえばこの歯研《しけん》――」

歯研とは、歯車を削り加工することである。「この研磨精度だけでも相当の差が出るが、ここはウチの得意分野だ。さらにウチの場合は、様々な素材に対する経験と理解がある。弾性変形は厄介だが、帳尻を合わせるまでのスピードと確からしさでは、我々には一日の長があるんじゃないか」

自分を見つめる部下たちに向かって、佃は砕けた口調で語りかけた。「あのなみんな。苦労もなくさっさと作れちまうものに、何の価値があるよ。ノウハウと経験の蓄積がある者でさえ苦しんで、悩んで作る。だからこそ、良《い》いものが出来るんだ。簡単に出来るものを作ったところで嬉しくもなんともないだろ。オレたち自身が、すごいもの作っちまったぞって誇れるようなもの、一丁やってやろうじゃないか」

腕組みをしたまま俯《うつむ》いている立花の口許《くちもと》が笑っている。

他の部下たちも、笑いを噛み殺していたり、気の抜けたような顔をしていたり。聞いていないようなフリをして、ひたすら分解した部品を覗き込んでいたりする者もいるが、これから始まる新しい挑戦に、全員の気持ちが急速に収斂《しゅうれん》していくのがわかる。

「このバルブ作りは挑戦の第一歩だ。さて、誰にやってもらおうか」

佃はその場の全員を見回した。

「もし誰もやらないんなら、オレがやりたいところだが――」

佃がいうと、

「ダメですよ」

傍らにいた山崎がニヤリとして制止してきた。「おいしいとこだけ、いつも持ってこうとするんだから。私がやります」

そのとき、

「オレにやらせてもらえませんか」

手を上げて申し出た男の登場に、なんともいえぬ空気が流れた。

いま分解されたトランスミッションの部品に屈《かが》みこんでいた中から、ひとりの男が立ちあがったところだ。髪を長く伸ばし、眼光は鋭い。痩せさらばえた狼《おおかみ》を思わせる男である。

軽部真樹男《かるべまきお》。

佃製作所の中堅エンジニアだ。しかしその一方で、なにかと物議を醸すことの多い男であった。

「トランスミッションがらみのことなら、オレ以上の適任者はいないと思うんですがね」

そういった軽部は、「だよな？」と呆気に取られて自分を見ている仲間たちを見回した。

「ヤマ、どう思う。軽部のことだけど」

その夜のことである。佃に誘われ、近くの居酒屋で飲んでいた山崎は、持っていた箸を置いた。

「本当に、あいつで大丈夫か」

「いいと思います」

山崎は、真正面から佃を向いてこたえる。「あいつだって、いつまでもくすぶってるわけにもいかないですから」

「そりゃそうだろうけどさ。この前もやらかしてたよな」

「上島《うえしま》との一件ですか」

ステラの開発中、若手の上島友之《ともゆき》ととっくみあい寸前の大げんかになって、周りが慌てて止めた。

「そういえば、あの場に社長もいらっしゃいましたね」

山崎は苦笑いして、「要するに不器用なんですよ、あいつは」、そう軽部をかばった。

「どうも、優しく若手に接するってことができない性格でして。照れもあるんですかねえ。ぶっきらぼうだし口も悪いし、人にきく前に徹底的に考えろってタイプですし。自分もそうやって育ってきたからってのが、あいつの言い分なんですが。一方でいまの若い連中は知ってるんなら教えるのが当たり前だと思ってるところ、ありますからね」

「どっちが正しいって話じゃないけどな」

難しいところである。

「でも、悪い奴じゃないんですよ。上島は知らないと思いますが、上島が目先の仕事で手一杯になってたもんだから、軽部が裏でなにかとフォローしてたんですよ。本来は上島に回すような細かな仕事まで自分で片付けてましたしね。あの大げんかの後もです。ああ見えていいとこあるんですよ、軽部は。そんな不器用な奴が、自分からやりたいと申し出たんですから、私としてはなんとかやらせてやりたいと思うんです」

「なるほどな」

佃は嘆息し、きいた。「しかし、なんであいつ、今回は自分からやりたいっていったんだろうか」

「ウチに来る前に勤めていた台東エンジニアリングで、トランスミッションの開発を経験してるんですよ。社内では自分が一番詳しいという思いがあったんじゃないですか」

軽部が入社したのはかれこれ七年近く前のことで、いわれるまで忘れていた。「口下手、付き合い下手。いままで思うようにいかなかったという、忸怩《じくじ》たる思いが軽部にもあるんじゃないですか。この話は、あいつにとってまたとないチャンスなんです」

山崎は改まった態度で佃に頭を下げた。「社長、お願いします。面倒くさい奴ですけども、やらせてやってもらえませんか」

「話はわかった」

佃の返事に山崎がほっとした顔になる。「だが、問題は誰と組ませるかだな。上島のように真っ当すぎて遊びのない性格じゃあ、ぶつかるのが目に見えてる。もう少しおおらかで、明るい方がいいかもな」

佃の脳裏に、ふたりの顔が浮かんだのはそのときであった。

3

会場は、蒲田《かまた》駅に近いいつもの焼肉屋の二階席であった。

江原が時々企画する若手中心の親睦会だ。この日はいつになく参加人数が多かったが、それは前日が給料日だったという懐事情も大いに関係しているに違いない。

「オレは専門外だからよくわかんないけど、軽部さんで大丈夫なんかな」

微かな疑問を口にしたのは、経理部の課長代理、迫田だ。

ギアゴースト向けバルブユニット開発のリーダーに軽部真樹男が指名されたのは、この日の朝、緊急で開かれた朝礼でのことである。

「そうですねえ」

思わず腕組みをして考え込んだのは、朝礼で、加納アキとともに軽部とチームを組んでくれと直々に指名された立花だ。「たとえば、佐伯《さえき》さんがリーダーだったら、何の不安もないんですけど。あんまり軽部さんと仕事したことないから」

「だいたい、立花もいいようにコキ使われてるよな。アキちゃんも」

そんなふうに評したのは、製造管理課の川本浩一《かわもとこういち》だ。「『ガウディ』をやっと軌道に乗せたと思ったら、今度はトランスミッションだ。お前たち、何でも屋か」

「私は別に構わないな」

アキは持ち前の明るさで、あっけらかんとしている。「新しいことやるのは楽しいですよ。心臓の人工弁を待ち望んでる子どもたちと接したことは私の宝物だし、そんな経験、ロケットエンジンのバルブ作ってるだけじゃできなかったと思うんです。この仕事だって、軽部さんが適任かどうかはわからないけど、何かおもしろいことありそうじゃないですか」

「オレは立花やアキちゃんがやることについて、違和感はないんだよな」

江原がいう。「だけど、今回の仕事はウチの将来を左右するかも知れないビジネスじゃないか。その重要なミッションのリーダーが軽部さんでいいのかという思いは、正直ある」

「軽部さんも、ここのところ腐ってたからなあ」

本田郁馬《ほんだいくま》がいった。立花の同僚で、入社以来バルブシステム一筋の硬派な研究者だ。「ここらでひと花咲かせてやろうっていう、社長の親心じゃないの」

「親心でいいバルブが出来るのかね」

迫田が再び疑問を呈する。「コンペなんでしょ。相手、大森バルブなんだよね。リーダー、軽部さんなんだよね」

畳み掛けた迫田に、

「やってみなきゃわかんないですよ、そんなこと」

アキは、真顔で反論した。「やる前から色眼鏡で見るの、やめませんか。これから新しいことを始めるんだから。もっと温かく見守れないんですか」

「お前は軽部さんのこと、あまり知らないからな」

意味ありげにいったのは、技術開発部の上島だ。エンジン開発部隊で、先日の新型ステラでは軽部とチームを組み、燃料噴射周りを担当したのが上島であった。

「ぶっきらぼうだし、エラソーだし。質問してもロクにこたえもしない。それが部下の教育だとでも思ってるんだろうけど、いい迷惑だよ。技術者としては優秀でも、チームプレーには全く不向きだな、あのオッサンは」

「ふたりでしょっちゅう、やりあってたもんな」

そのときのことを思い出して本田がいうと、上島は鼻に皺を寄せ嫌な顔をしてみせてから、立花の肩をぽんと叩いた。「ま、がんばっていいバルブを作ってくれ。すごいもの作っちまったぞって、そう思えるようなものをさ」

最後は佃の口調のモノマネのようだったが、場のどこからも笑いは起きてこなかった。

4

「最近思うんだが、時間というものは、歳をとるほどに早く過ぎていくものらしい」

水原重治はいうと、白ワインの入ったグラスを持ったまま、目を細くして何事かを考えている。

こういうときの水原が何を考えているのか——財前は、長くこの男に仕えているというのに、いつもまったく想像がつかなった。

それとなく向けられた視線の先に見えているのは、水原行き付けのこの店の壁ではなく、この男の心の深層で揺らいでいる思念そのものに違いない。

「まあ何にせよ、月日が経つのはあっという間だ。そのあっという間に、我々は実に様々な要求を会社から突きつけられ、慌ただしく駆けずり回り、幸運にもそれなりの結果を出してきた」

壁に張り付いていた視線が財前へと飛んできて、「そうですね」、という曖昧《あいまい》な返事になる。

禅問答のようなやりとりで相手を煙に巻くのは水原の常套《じょうとう》手段だが、この夜に関していうと、そこにある種の感慨が込められているようにも思えてならなかった。

この日、水原が食事に誘ってきた理由を、すでに財前は知っている。

水原もまた、その理由を財前が知っていることを知っているわけで、要するにこれは本題に入る前の、〝枕〟のようなものである。

「ヤタガラスの最終機打ち上げは、来期末だったか」

自問したようにいい、しばし横を向いて間を置いた水原は、おもむろに顔を財前のほうに戻す

と、

「もういいんじゃないか」

そういった。

帝国重工の大型ロケットで打ち上げている「ヤタガラス」は、日本版GPSと呼ばれる準天頂衛星システムだ。最終的に七機の「ヤタガラス」が打ち上げられることになっており、これによって日本における測位の誤差は、数センチにまで精度が向上する。

黙ったままの財前に、水原は続けた。

「難しいと思われていた藤間社長のスターダスト計画が軌道に乗ったのは、他でもない君の功績に負うところ大だ。とはいえ我々は組織人だ、財前。仕事も地位も、いつまでも同じところにとどまっているわけにはいかない。どんな使命も、組織人である以上、どこかで終わりを迎える。そんなことはいまさら説明するまでもないだろうがね」

そういうと水原は改まって財前に向き合った。「――財前。君はその『ヤタガラス』七号機の打ち上げを花道にしてくれ――新しい世界へ踏み出すときだ」

要するにこれは体《てい》の良い異動の内示に他ならなかった。先日の会食で的場に仄《ほの》めかされてからひと月も経っていない。財前の目の届かないところで、的場体制に向けた地ならしが着々と進んでいるということか。

「そうせよということでしたら、もちろん従います」

財前は、ずっと胸に抱えてきた疑問を水原にぶつけた。「しかし本部長、このまま、大型ロケットの打ち上げ事業を縮小させるおつもりですか」

的場が大型ロケットの開発延長に否定的であれば、スターダスト計画の本丸である宇宙航空部本部長である水原とて、その立場は決して安穏としていられるものではなかろう。

水原の目は、シャッターが降りたように蔭《かげ》になり、感情の読めないそれとなって、個室の空間をゆっくりと彷徨《さまよ》っている。

「おそらく、私もまたこの計画から離れることになるだろうな」

やがて水原から出てきたのは、消え入るように掠《かす》れた声だった。「私だけじゃない。スターダスト計画に携わっている者の多くが早晩、大型ロケット開発という現場を離れることになるかも知れない。そうなれば、壮大な夢の終わり。兵《つわもの》どもが夢の跡《あと》だ」

日頃、感情表現の乏しい水原にしてはめずらしく、悔しさを滲《にじ》ませる。

「ただ、勘違いしないでくれ、財前」

水原はあえて付け加えた。「君の異動は、そうした方向性と連動したものではない。これはあくまで、君のキャリアを慮《おもんぱか》っての内示だ」

暗に的場の影響を打ち消しておきたかったのだろうが、水原にしては安っぽい弁明に聞こえる。

「道半ば、ですが」

そう応じた財前に、

「じゃあ、あと何年やればゴールに到達する？」

水原は反問した。「三年か、五年か。はたまた十年か。宇宙開発は際限のない戦いだ。どこまでいっても、ゴールなどない。宇宙が無限であるように、この分野の競争もまた無限に続く。我々サラリーマンの都合など、その遠大さに比べたら、微細な塵《ちり》のようなものじゃないか」

何事も煙に巻く水原らしいレトリックに苦笑しつつ、財前もまたそれについては認めるしかなかった。

5

東北道を走って栃木市内の病院まで、クルマで一時間半ほどを要した。

病室は四人の相部屋で、殿村が入ったとき、父、正弘《まさひろ》は入り口右手のベッドで目を開いたまま、ぼうっと天井を見上げていた。テレビを見ているわけでもラジオを聞いているわけでもない。布団を撥《は》ね上げ、いつのまにか痩せてしまった足を組んで、胸の上で骨張った手を組んでいる。そんな父の姿は、殿村の知っている父より十歳以上も老けて見えた。

「どう、気分は」

ベッド脇のパイプ椅子を広げながら、父親を見下ろすと、「こんなもんだろ」、という素っ気ない返事がある。

心筋梗塞の緊急手術で運ばれたのは二ヶ月近く前。経過は良好で一旦は退院したものの、その後、別の血管も〝グレー〟だということになり、再入院してステントを入れる手術に踏み切ったのが昨日のことであった。本来なら一日経過を見て退院の手続きになるはずだが、七十八歳という高齢でもあるので、余裕をみてこの夜もまた病院で過ごすことになったのである。

「田んぼ、どうだ。何もないか」

ベッド脇のパイプ椅子に座るや、正弘はそんなことをいって殿村を呆れさせた。「入院する前に見たら、キシュウスズメノヒエが繁殖してたのが気になってな。取れるか」

キシュウスズメノヒエは、畔などに生える質《たち》の悪い雑草だ。殿村は嘆息し、

「それはオレも気になってた。除草しとくよ」

父は農薬を嫌い、除草は手作業だ。この暑さの中での作業は激務である。退院しても、いまの父にやらせるわけにはいかない。

「トモさんとこも手一杯だから頼めなくてな」

北田智宏《きただともひろ》は、殿村家の近隣に住む男で、同業の稲作農家だ。父の正弘とは子どもの頃からの友人で、気の置けない酒飲み仲間でもある。

「困ったときにはお互い様だよ。前、トモさんが事故ったときには、ウチが見てやったじゃない」

「何年前の話だよ」

もうそれから随分歳をとったんだぞ、正弘はそういいたげだ。「もうトモさんも、オレも若くないからな。あのときはオレも体力まかせにやってやれたけど、いまのトモさんにはちょっと荷が重い」

田んぼを心配する父の気持ちがわかるだけに、殿村は胸が痛くなった。

「オレが全部できればいいんだけど」

「お前はお前で、やれることはしてくれてる。感謝してるよ」

いつにない言葉に、殿村は返す言葉もなく黙った。自分に向かって感謝などという言葉を口にするなんて、おそらく父は相当弱気になっている。

「トモさんもオレもみんな歳をとる。やれるところまでやって、それで引退さ」

三百年続く農家の父が十二代目。殿村は十三代目になるが、その家業もいよいよ途切れるかど

うかの瀬戸際だ。

経過は良好とはいえ、心臓に不安を抱えた父が退院しても、以前のような働き方はもう難しいだろう。父が農作業を諦めたとき、殿村家の家業はその幕を下ろすことになるのだ。

「先祖代々やってきたけど、昔と今は違うさ」

父はいった。「農業で食うのは難しい。だからお前には大学を出させたんだ。うちが田んぼをやめるのは、お前のせいじゃない。オレがそう決めたからだ」

それが父自身に言い聞かせた言葉だということは、わかっている。

本当は父だって農業を続けたいはずだ。

農作業が終わった後、父は一升瓶を抱えてトモさんの家へ行くのを楽しみにしていた。トモさんが酒をもって殿村家に来ることもある。

ふたりの話題は、いつだって米づくりのことだった。

土や肥料、天候の話題から始まり、お互いの農機具の性能や新たに仕入れてきた農作業のやり方、そしてお互いの田んぼの稲の発育状況に至るまで、よく飽きないと思えるほど語り合う。農家に生まれたから農業をやっているのではない。父は、農業が好きだから農業をやっているのだ。

こうして寝ていても、父の頭の中は、置いてきぼりにしてきた自分の田んぼのことで一杯に違いない。

「こんな調子で今年の収穫、できるかなあ」

父はぽつりという。「できたとしても、いよいよ来年は無理かも知れないなあ」

殿村は、どういっていいかわからず口を噤《つぐ》んだ。

オレが代わりにやるから。

そういいたいのは山々だが、そうはいかなかった。殿村は農家ではなく、サラリーマンの道を選んだのだ。かつては銀行員として、そしていまは佃製作所の経理部長として、それなりに重要な仕事を任されている。

「オレもできるだけ手伝うから」

そういうと、父の唇に哀《かな》しげな笑いが挟まった。

「無理すんな。お前はお前の仕事がある。それを一所懸命やったらいい。田んぼはお前の仕事じゃない。お前じゃそもそも無理だしな」

「そんなことないだろ」

無理といわれて、思わず言い返した殿村に、

「片手間でできるほど米づくりは甘くない」

父は毅然《きぜん》といった。その言葉は、殿村の農業に対する無知を暗に嘆いているようでもある。

「お前はサラリーマンでいいんだよ」

父はいったが、そこには、サラリーマンしかできないんだから、というフレーズが省略されているような気がする。実際、いまの殿村にできるのは、せいぜいトラクターを運転して休耕田や荒れ地を耕耘したり、雑草をむしったりするぐらいのものだ。

胸が痛むのは、そのサラリーマンしかできないはずの自分の人生が、必ずしも成功しているとはいえないからであった。

大学を出してもらって名門の白水銀行に入行したまでは良かった。だが、その銀行の水が殿村には合わなかったのだ。営業目標にあくせくしつつ、取引先よりも上役の顔色を見ながら仕事をする日々。組織の論理に馴染めず、困っている会社をなんとか助けようと頑張ってみるものの、いつも最後に貧乏くじを引かされて終わる〝残念なひと〟。どんどん出世していく同期の中で、四十歳を過ぎても殿村は課長のまま据え置かれ、その後同期で最も早く取引先——佃製作所への出向が決まった。

元来が世渡り下手である。性格は生真面目で小心者。周囲が苛々するほど不器用で、おべんちゃらのひとつも言えない男が、どだい、生き馬の目を抜く金融社会をうまく泳げるはずはなかったのだ。

三百年続く農家はそうそうあるものではないが、サラリーマン殿村直弘の経歴など、それに比べればなんの価値も意味もない、田んぼの畔道に生える一本の雑草である。

「オレは、オヤジになんの恩返しもできなかった」

我が身を振り返った殿村は思わずそうつぶやいた。

「元気でやってればそれが一番の恩返しさ」

その言葉を真に受けるほど若くもない。殿村は心に広がる苦みに耐えなければならなかった。

第四章　ガウディの教訓

1

「どうですか」

立花が問うたが、検図をしている軽部からはしばらく返事がなかった。

午後四時過ぎ。疲労の蓄積した軽部の目がじっとバルブの設計図を映したモニタを眺めている。

やがて、

「まあ、そうだな……」

軽部は椅子の背にだらしなくもたれた。「要求された構造的な問題はクリアされてると思うんだが、これだとたいした性能は出ないんじゃねえか」

率直な感想を口にする。

「あの、どうしてですか」アキがきいた。

「構造に無駄が多い。ソレノイド部の仕様は、安定性を重視してのことか」

「ええ。トランスミッションの安定性が重要だと思いましたので、そうしてみたんですが」

立花のこたえに軽部はしばし考え、

「これだと流入の吸引力が低くなりすぎるだろ」

そんな指摘をした。「シューティングコイルで動作を安定させる方法を工夫してみろや」

アキが慌ててメモを取っている。「それと、気になるのはこの素材だ――」

ふうっと小さな吐息を漏らすと、軽部は改めて立花とアキのふたりに目をやった。「このバルブ、うるさいと思うぜ」

「は？」

想定外のひと言だったのだろう、立花が口をぽかんと開けた。「音、ですか」

「そう。音だ」

軽部はこたえた。「そこそこの音がするんじゃねえかな。まあ田んぼの中だし、エンジン音もあるし、気にならないだろうといえばそれまでだがよ。ただ、バルブ全体の静粛性は、ひとつのテーマになるんじゃねえか。解決策としては――そうだな」

しばし考える軽部を、驚嘆の眼差《まなざ》しで立花とアキのふたりが見ている。口も態度も悪いが、技術者としての軽部の実力は本物だ。「もうちょい構造を工夫して樹脂パーツを入れてみたらどうだ。それと――その大森バルブ製のバルブ、ちょっと見せてくれ」

立花が近くのテーブルに置いてあったバルブを手渡すと、軽部は設計図が表示されているモニタを眺めながら、右手で持ったままそれを二度、三度と上下させた。

重さを量っているらしい。

「この設計だと、こいつよりも重たくなる」

立花は驚き、アキと顔を見合わせている。

軽部は手にした部品を「ほらよ」、と立花に返しながらいった。「この大森バルブのバルブは外面は薄いスチールでカバーしているが、おそらく内部の構造はアルミ合金じゃねえか。見た目の構造よりちょっと軽いのはきっとそのせいだ」

「ええそうです。おそらくA2017かと」

立花のこたえに、軽部は頷く。

「わざと重くしたのか、立花」

「重くしたかったわけじゃなくて、ウチはもう少し剛性を高めた方がいいんじゃないかと思いまして」

「それだと軽量化が犠牲になるし、燃費にも影響が出る。それと、エコじゃねえ」

軽部からエコという言葉が出るのは、どうも似合わないが、指摘は的確だ。「ただし、そのあたりの匙《さじ》加減は難しい。いくつかパターンを試作してみないと。正解を見つけ出すのには難儀すると思うぜ」

「静粛性に軽量化、ですか」

アキから深いため息が洩れてきた。「目の前にすごい壁が出現した感じなんですけど」

「オレもです」立花は深刻な表情で設計図を再見している。

「そう簡単にいくわけねえだろうが」

軽部は、若手ふたりを睨《にら》み付けた。「こういうのはよ、ウチの社長もよくいってるが、泥臭くやるしかねえんだよ」

「泥臭く……」

そういえば、何年か前、佃にそんなことを言われたなと立花は思い出した。アキとふたりで、人工心臓弁を開発しているときのことだ。

「それともうひとつ――」

軽部はいった。「もっとオリジナリティ出せや。このバルブにはお前らしさがどこにもねえ」

軽部の言葉にはふたりとも呆然と立ち尽くすしかなかった。こてんぱんな言われようだ。

「あの、軽部さん」

遠慮がちに、アキがきいた。「そのオリジナリティって、どうやって出すんですか」

「そんなこと、オレにきくな。自分で考えろや」

肝心なところで、軽部は突き放す。「それを考えるのがお前たちの仕事じゃねえのか」

「とかいって、軽部さんにもわからないんじゃないんですか」

疑い深くいったアキに、

「うるさいんだよ」

軽部は怖い顔になって睨み付けた。「とにかくやり直しだ」

さっさとモニタを切り替えてしまった軽部に、アキが肩をすくめてみせる。

立花とアキがバルブ本体を設計し、軽部がそのバルブを搭載するバルブボディを設計するという役割分担を決めたのは二ヶ月前だ。そうはいうものの軽部も何かと手こずって、いまだバルブボディの設計は完成していない。

作業が難航している苛立ちが、検図のコメントの端々に滲んでいるような気もする。

「やり直すか」

ため息まじりにいって自席に戻った立花の後を追ってアキも戻り、いま指摘されたことを念頭に再び設計図と向き合う。

「オリジナリティかよ」

ぼそりと立花がつぶやいた。「オレたちのオリジナリティってなんだ？」

「わかりません」

アキはこたえ、背後の軽部を一瞥してから続けた。「軽部さんも同じところで苦しんでるんじゃないんですかね。だから答えがわからないんですよ」

2

「どうですか、トランスミッションチームの進捗《しんちょく》は」

殿村にきかれ、

「まだ先が長そうだな」

率直にこたえた佃は、そのときのれんをかき分けて入ってきた山崎に手を上げた。

会社近くのいつもの居酒屋だ。その片隅のテーブル席を囲んでいる。

「お疲れ」

山崎のために新たな生ビールが運ばれてくるのを待って、佃はグラスをひょいと持ち上げた。

「いま軽部たちのことを話していたところだ」

「正直、かなり難航してまして」

山崎はグラスを握り締める指に力を入れ、すっと重い息を吸った。「立花もアキちゃんも頑張ってはいるんですが、軽部も手取り足取り教えるタイプではありませんから」

「自分で考えろ、か」

相手が山崎と殿村ということもあって、佃もつい本音を口にする。「だけど、それじゃあ若い連中はついてこない。悪い奴じゃないんだが、つい憎まれ口を叩いちまう。人間関係の作り方が下手クソなんだよな」

佃の軽部評に、

「昔気質《むかしかたぎ》の職人タイプですからねえ」

やれやれとばかり、山崎も嘆息した。「ただ、あいつが抱えている課題も実は結構なもんでして」

「軽部くんの課題というのは何なんです」

殿村が尋ねた。

「バルブボディっていってな。要するに立花たちが作ってるバルブ本体の容《い》れ物みたいなもんだ」

佃の説明だけではピンとこない殿村に、

「こんな奴ですよ」

山崎がスマホで検索した写真を見せる。蜂の巣を真横に切断したような複雑な回路に殿村が口をすぼめた。

「こりゃあ複雑だ」

「複雑なだけじゃなくて、ここには先行メーカーの特許が張り巡らされていまして」

山崎はいった。「既存の特許を掻《か》いくぐって新しいことをするのは至難の業なんです」

「それで、軽部くんはなんていってるんですか」

「我々に相談もせず、毎日黙ってパソコン睨み付けてますよ」

殿村にこたえた山崎は、自身に解答があるわけでもないもどかしさがあるのだろう、大きなため息を洩らした。「声はかけてるんですが、もう少し考えさせてくれというばかりで」

「困った奴だな」

仕事を抱えてしまうタイプの社員にどう胸襟《きょうきん》を開かせるか、特に相手が軽部となると佃にも思いつかなかった。

「意固地とプライドの超合金で出来てますよ、あいつの心の中は。かといって、きかれても正しいアドバイスができるか、自信はないんですがね」

バルブボディの構造は、かつてトランスミッション設計に関わっていた軽部にしか解決し得ない専門領域でもある。

「彼の気持ちはわからんではないんですが、軽部くんひとりのプロジェクトではありません」

殿村は経理部長としての真っ当な意見を口にした。「何を悩んでいるかわからないブラックボックスに、会社の将来が左右されるのはどうかと思います」

殿村の言う通りだと、佃も思う。

「ヤマ。明日にでも軽部と話し合って、論点を整理してみてくれないか」

「すみません。ご心配をおかけして」

頼む、と頷いた佃は、

「ところでトノ、オヤジさんの具合はどうなんだい」、そう話題を変えた。

「お陰様で二度目の手術も無事に終わって退院は果たしたんですが、なかなか仕事に復帰、というわけにはいきませんで」

気づけば夏が過ぎ、いつのまにか稲刈りのシーズンになっている。近隣の農家にも手伝ってもらいながら、今週末には殿村夫婦も出向いて収穫を手伝う予定になっているらしい。

「ずっと休みなしじゃないですか、トノさん」

これには山崎も心配そうに眉をハの字に下げた。「体、大丈夫ですか」

「なんとか稲刈りまで終われば、農閑期に入りますから」

自分に言い聞かせるかの口調に、苦労しているに違いない現実が透けてみえる。軽部だけではない。ここにもひとり、戦っている男がいた。

「差し出がましいことをいうようだが、周りの農家に少しカネを払ってでもやってもらうわけにはいかないのかい。慣れないトノが週末やるより、その方がずっと効率的だろう。トノまでダウンしちまったら、ウチは本当に困っちまうんだよ」

「一応、お願いはしているんです。ただね、そう思うようにはいかないんですよ」

外部からは想像しづらい事情というやつが、そこにはあるらしい。「周りの農家といっても、みんなウチのオヤジとどっこいどっこいの高齢者ばかりでして。農家継いでる友達もいないではないんですが、聞いてみるとどこも手一杯でなかなか手伝ってくれとはいいにくい。かといってウチの母親では力仕事はできませんし。結局、私がやるしかないんです」

殿村はひとり息子で、作業を分担できる兄弟もない。

「簡単な作業であれば、週末、ウチの若い連中に頼めば喜んで手伝うと思いますよ」

山崎の提案を、「いや、それ程のものではありませんから」、と殿村は丁寧に辞退した。

「いつかこうなることは、私もウチのオヤジも覚悟していたことです。体調が戻らなければ、今年はなんとか収穫までこぎつけても、来年はちょっと難しいんじゃないかなあ……。とにかく、収穫までもう少しですし、そこを乗り切ればなんとかなりますから」

「三百年続く農家をやめるのか、トノ」

佃の改まった問いかけに殿村は刹那《せつな》、悲愴《ひそう》感を漂わせたが、「はい。オヤジの代で農業は終わりにします」、そうきっぱりといって唇を一文字に結んだ。

その態度が決然としていればいるほど痛々しく見える。それは、殿村が胸の内に秘めた悔しさを、佃自身が察しているからに他ならなかった。

3

「週明けにウチの試作品を納品させていただきますので、よろしくお願いします」

ギアゴーストのレトロな応接室で頭を下げたのは、大森バルブの担当者、蒔田であった。

「まだコンペはかなり先なんで、それまで結果は待っていただくことになりますけど」

異例に早い納品に、調達担当の柏田宏樹《かしわだひろき》は戸惑い、傍らの上司、堀田文郎《ほったふみろう》の表情をそれとなく窺《うかが》った。

この申し出には、それなりの思惑があるのではないか。そう勘繰らずにいられないのは、大森バルブという会社の営業体質をよく承知しているからだ。

「その件ですがね、コンペの結果、待たなくていいんじゃないですか」

案の定、蒔田は腹に一物《いちもつ》有る目を堀田に向けた。「堀田さんが見てくれたら、一発ゴーサインいただけるだけのバルブですから。ウチの自信作ですよ」

「ちょっと待ってください」

堀田も困惑して右手を差し出して制した。「これ、一応コンペですから」

「わかってますって」

ふてぶてしい笑いを浮かべた蒔田は、「でもねえ。無駄なことはよしませんか」、とアタッシュケースからファイルを取り出して堀田の前に置く。ギアゴーストは大森バルブにとっての、いわば客だ。本来ならば当然、客が強いはずだが、そこは大企業と中小企業。交渉の力関係はとかく主客逆転しがちである。

「これ、ウチの研究所からの評価書です。御社のコンペ、評価はモーター科研さんに依頼されるんですよね。どうせ同じ結果が出ると思いますが、先に渡しておきます」

当該コントロールバルブの仕様と評価についてまとめた書類である。

堀田とともに覗きこんだ柏田は、そのスペックに驚いた。

「どうです。いいでしょう」

大森バルブの目的はコンペを骨抜きにすることだろうが、そこに記載された数字はその自信の根拠となるに十分だ。だが、

「すばらしいバルブですね」

ひと通り書類に目を通した堀田の反応は、淡々としたものであった。「ですが、コンペはウチ

のビジネスモデルの根幹でもあります。期日までのお時間はいただかないといけません」

蒔田の顔からにやけた笑いが消え、不機嫌に頬が垂れ下がる。

「競合相手は、初めてトランスミッションのバルブを作るような会社なんでしょう」

小馬鹿にしたように、蒔田はいった。「そんな会社がウチと勝負になるわけないじゃないですか。コンペなんか止めて、コスト削減しましょうよ。モーター科研に送って評価を並べてみたところで結果は目に見えてるじゃないですか」

「いや、佃製作所さんに参加していただくのはヤマタニさんからの口利きもあってのことですから。それは伊丹からもお話ししているはずです」

その言葉を無視し、

「いま決めていただければ、価格はもう少しダウンしますから」

蒔田は前のめりになって声を落とした。「これだけの性能のバルブはそうありません。現行の『T2』にも納めさせていただいている信頼関係があるじゃないですか。その佃製作所なんて、量産体制すらまだ整っていない会社でしょう。そもそもコンペになるんですか」

「お気持ちはわかりますが、少々お待ちください」

こうした交渉には慣れっこになっている堀田は、一歩も退《ひ》かなかった。「コンペのスケジュールは、ヤマタニの新型トラクターの開発スケジュールに合わせて設定されています。いま決めたところで、動き出すのは結局のところ来年以降になる。逆に、こんなに早く出していただかなくていいので、もう少し検討していただけませんか。仕様の変更とか後でいってこられると、それこそ二度手間になってしまいますので」

「仕様の変更なんかするもんですか」

プライドを滲ませ、蒔田は吐き捨てた。「弊社は技術力には自信を持っていますから」

そして突如、蒔田は内緒話でもするように口の脇に手を添えた。「ウチの辰野が決めてもらえとうるさいんですよ。なんとかお願いできませんか。辰野を怒らせると面倒なんで」

果たしてどんな面倒なのかは口にしなかったが、どうやら蒔田自身にではなくギアゴーストにとっての面倒だと言いたいらしいことは、それとなく理解できる。要するに、体のいい脅しであった。

さすがにうんざりして、堀田は胸をかすかに上下させた。

「失礼ですが、佃製作所さんのことはお調べになりましたか」そう問う。

「バルブメーカーじゃないということはわかっていますからそれだけで十分です」

蒔田は、だからどうした、といわんばかりだ。

「佃製作所はたしかに、トランスミッションのバルブを製造したことはありませんが、優秀な小型エンジンメーカーです。それだけではありません。帝国重工の大型ロケットエンジンのバルブシステムは、佃製作所が開発し、製造してるんですよ」

「帝国重工の？」

蒔田が顔色を変えた。「なんでそれを早くいってくれなかったんですか」

舌打ちした蒔田はその場でスマホを取り出すと、会社にかけはじめた。

「ああ、すまん。さっきのギアゴーストさん向けのバルブ、ちょっとストップしてくれるか。は？　いいから止めてくれ！　辰野部長には、私から事情は話しておくから。頼むよ」

一方的に電話口にまくし立てると、蒔田は苦々しい顔で電話を切った。

4

夕方からどれだけの間、モニタ上の図面を睨み付けていただろう。

時間の感覚も、周囲の干渉も、さらに空腹すらも感じなかった。だが、その思考の森から現実の世界に戻るときの感覚は、ついぞ感じたことのない不思議な調和と充実感に溢《あふ》れていた。

アキは佃製作所三階の技術開発部のフロアの自席にいて、壁の時計がとうに午後七時を回っていることに驚いた。かれこれ一時間近くも、設計図に没頭していたことになる。

「どうだった？」

立花にきかれ、こたえる前に小さな深呼吸をひとつする。そして改めてメカニカルな構造美と胸躍る知的な冒険の世界に思いを馳《は》せてみた。胸中には様々な論理や感情が渦巻いていたのだが、出てきたのは、

「素晴らしいと思います」

嫌になるほど平凡な表現でしかなかった。

「静粛性や軽量化がどれぐらいのレベルで達成できているのか、すぐに試作してみましょうよ。私、このバルブ見るの、すごく楽しみです」

立花が浮かべたのは軽い失望の面差しだ。

「そういってくれるのは嬉しいけど、どうも足りないんだよな」、そうぼんやりといい、頭の後ろで手を組む。

「足りないって？」

「オリジナリティ」

立花は、腕組みをして天井を見上げたまましばらく答えない。「……このバルブ、オレたちらしいバルブっていえるのかな」

それはアキにというより、立花自身に向けた問いであった。

「あのとき軽部さんにいわれてから、ずっと考え続けてるんだよね。オレたちらしさってなにかって。でもさ、考えれば考えるほど、自分が何者かわからなくなってくる。空き箱みたいに、中味のない存在に思えてくるわけさ。このバルブはたしかにいい物になったと思う。だけど、それ以上でも以下でもない——そんな気がするんだよな」

そのとき、

「なに贅沢なことといってんだよ」

突如、薄暗い闇の中から声がして、ふたりは驚いて振り向いた。

技術開発部のフロアはぼちぼち社員たちが帰宅して、あちこちの明かりが部分的に消えている。その薄暗い、誰もいないと思ったところに、いつのまにかひとりの男が立ち、どうやらふたりのやりとりに耳を澄ませていたようだった。

軽部だ。

「とりあえず形になったんなら、それでいいじゃねえか」

「まだ、残ってらしたんですか」

驚いて椅子の背から体を離した立花にこたえず、軽部はゆっくりした足取りで自席へと歩いて行く。どこかでタバコを吸っていたのか、鼻につくほど強いニコチンの匂いがした。

「バルブの設計データ、共有ファイルに上げてありますから」

立花が声をかけると、「とっくに見たよ」、という大儀そうな返事があった。

「どうでした」

「悪くない」

軽部にとってそれが果たして賞賛なのか、それとも言葉通りの〝並〟評価なのか、立花には判じかねた。

「どこか改善すべきところがありますか」

「よく出来てんじゃねえの」

首をぐるぐる回しながら、いかにも軽部らしい返事がある。

「なんなの、まったく」

小声でこぼしたアキは、ぐるりと椅子を回して軽部を振り向くと、「そっちはどうなんですか」、と鋭く聞き返した。「そろそろ試作に入らないと間に合わないんですけど」

「共有ファイルに入ってんだろ。見てねえのかよ」

立花とアキは、思わず顔を見合わせた。慌てて確認すると、たしかに軽部の設計データが入っていた。アップロードされたのは、三十分ほど前だ。

「出来たら出来たで、早くいってくださいよ」

アキは怒りのこもった顔を、軽部に向けた。「私、待ってたんですけど。知財関係のチェック、必要ですよね」

「いや。必要ない」

「必要ないって、どういうことですか」

怪訝《けげん》な様子で問うたアキにかまわず、軽部はデスクの上を片付けはじめている。

「一応、オレが自分でチェックして、念のため神谷《かみや》事務所にも確認してもらった。問題ない」

「あの膨大な量、自分でチェックしたんですか」

アキが目を丸くする。

「お前ら、忙しそうだったからな」

それだけいうと、軽部はデスクの下にあるリュックを引っ張り出し、「お先に」、と歩き出したところで、ふと足を止めた。

「あのな」

立花とアキを振り返ると、何かをいいかけて、さて口にしたものか迷うような素振りを見せた。

「立花、お前、自分たちらしさが何とかっていってたよな。知りたかったら、お前らの『ガウディ』と向き合ってみな」

立花もアキも、どう返事をしていいかわからない。軽部は背を向けると右手をひょいと上げ、そのまま三階の技術開発部のフロアから出ていく。

「『ガウディ』と向き合う……」

意図を計りかね、アキがふうと頬を膨らませる。「まったく。いっつも混ぜっ返すようなことばっかりいうんだから。立花さん、意味、わかります？」

軽部が消えていった方に視線を向けたままの立花は、いや、と首を横に振ってから背後のボードにある写真を振り返った。

「『ガウディ』の技術で、このバルブに転用できるものでもあるのか」

ボードを見上げたまま、立花は虚《うつ》ろな声で自問を繰り返す。どれだけ考えても、そんなものあろうはずはなかった。「ガウディ」は「ガウディ」なのだ。心臓の人工弁とバルブは全くの別物である。

「気にすることないんじゃないですか」

アキが自分も帰り支度をしながら、いった。「軽部さん、要するに捻《ひね》くれてるんですよ。優れてるものを優れてるって、きちんといえない。この設計にはなんの問題もないし、それどころか大森バルブの製品と比べても遜色《そんしょく》ないと思います」

立花はそれでも少し考えていたが、やがて諦めたように短い息を吐いた。

「まあ、そうだといいけどね」

5

稲本彰《いなもとあきら》と酒を飲むのは、久しぶりであった。

自宅から徒歩で十分ほどのところにあるその店は、田んぼの中の一軒家というロケーションながら、酒も料理も旨《うま》いというのでこの辺りでは人気の居酒屋だ。

その土曜日、農作業を終えた殿村が店に着いたのは午後六時過ぎ。店はすでに七、八割の客の入りでその繁盛振りが窺える。

民芸調のテーブル席に陣取った稲本は、同じ高校を卒業し、東京の農業大学を出た後地元にU

ターンして家業の米づくりを継いだ男だった。今ではこの地域の農家仲間のリーダー的な役割を果たしているという話は以前に母から聞いたことがある。

この夜、飯を食わないかといってきたのは、その稲本の方からだ。稲本と会ったのはかれこれ十年ほど前に出席した同窓会以来である。

「お前が毎週帰って来てるって聞いたもんでさ。オヤジさんの具合、どうだ」

誰から聞いたか、稲本は殿村家の事情を知っていた。この辺りは、代々この土地に住んでいる者も多いから、親同士の集まりでそんな話が出たのかも知れない。土地は広いが、付き合いは狭い。

「まあ、なんとか落ち着いてきたよ。一事はどうなるかと思ったが、発見が早かったんで助かった」

「それはよかったなあ。心配してたんだ」

破顔して、殿村の空いたコップにビールを注いだ稲本は体格に恵まれた逞《たくま》しい男で、秋だというのに真っ黒に日焼けしていた。

「そりゃどうも」

いまひとつ釈然としない気持ちで殿村は小さく礼を言った。高校の同級生といっても、さほど親しくしていたというわけでもない相手である。会えば話もするが、サシで呑むほどの間柄かというとちょっと違う。

それは稲本も承知しているはずで、つまり今日声をかけてきたのは何か用事があってのことだろうと思うのだが、それがわからない。

「田んぼはどうしてたんだ」

「北田さんに無理いって面倒みてもらってさ。週末はこうやってオレが来てる。母親が出来ればいいんだけども力仕事も多いし、なにせ歳だからな。それに家にオヤジひとりおいといて何かあったらマズイっていうんで、長時間外出することもできなくてさ」

「そりゃ困っただろう。オレも手伝えればよかったんだが、なんせこっちも手一杯でさあ」

親身な口調で稲本はいったが、あまり親しいわけでもない稲本に手伝いを頼むのは元来、気が引ける話である。

「でも、もうそろそろ終わりだから」

おそらく明日一日で稲刈りが終わる。その後のことは、これから父親と話し合うつもりだ。

「で、オヤジさんはなんていってるんだ」

稲本にきかれ、殿村はしばし口を噤《つぐ》んだ。

「来年一年だけやりたい。そういってるよ。近くのひとに手伝ってもらって、週末はオレと嫁が来て手伝えば、一年ぐらいはできるんじゃないかってさ」

「でもそれじゃあ、お前が迷惑だろう」

直截《ちょくせつ》に問われ、殿村は返答に窮した。

たしかに迷惑といえばそうかも知れない。だが、父から米づくりを取り上げてしまったら、生きる気力を失ってしまうのではないか。そんな気がするのだ。

「まあ、オヤジがやりたいといえば、一年ぐらい付き合ってやろうかとは思ってる」

殿村は自分に言い聞かせるようにいい、コップのビールを口に運んだ。いつから呑んでいるのか、少し離れた席ですでにできあがった酔客たちの笑い声が弾《はじ》け、対照的に気持ちは沈んでいく。

「それはそうだな。あれだけの田んぼを、オヤジさん、いままでやってきたわけだからな」

いったい何をいおうとしているのか。訝《いぶか》しんだ殿村に、

「あのな殿村。実は折り入って相談があるんだが——」

稲本はようやく本題を切り出した。「実はオレ、この辺りの農家仲間と農業法人っていうのを作ろうと思ってるんだ。いま仲間が三人いて、それでちょうど三十町歩ほどの田んぼがあるんだけど、もし、オヤジさんが引退するということであれば、お前んちの田んぼ、ウチらに譲ってくれないだろうか」

突然のことに、殿村はどう答えていいかわからなかった。「来年も米を作るっていうんなら、その後でもいい。考えてくれないか」

「すまん、稲本。譲るっていうのは、田んぼを売ってくれと、そういうことか」

「どんな形にするかは相談させてくれ」

稲本はいった。「できれば、年間の賃借料を支払う形にさせてもらうと嬉しい」

この話が殿村家にとって、いや殿村の父親にとっていい話なのか悪い話なのか、利する話か損する話かさえ見当がつかない。

「まったく相場観が無いんで教えてくれ。たとえば賃借料っていくらぐらいだ」

申し訳なさそうに稲本が口にしたのは、驚くほどの少額であった。

「田んぼだから」

果たしてそれが安い理由になるのかならないのか、殿村にはわからない。稲本は続ける。

「離農して田んぼを荒地にしておくぐらいなら、ひとに貸して作ってもらった方がいいというお年寄りも結構多いんだ」

「まあ、その辺りの事情はよくわからないけど、せめてウチの親が細々とでも喰えるぐらいのものは払えないのか」

「農業法人っていっても、一杯いっぱいなんだよ」

稲本はいった。「米づくりってのは十町歩の田んぼを作ったからといって左団扇《ひだりうちわ》で暮らしていけるような仕事じゃない。三人集まって農業法人を作ったといっても、いま自分たちが持ってる田んぼだけじゃひとりでやるのとさして変わりはしない。もっと作付け面積を増やさないことには法人として立ちあがっていかないんだ。補助金もらって、それで三家族がやっと暮らせるぐらい取れればいい方だと思う」

農家仲間と法人を立ち上げたからといって、それで利益が増えるわけではないということなのだろう。寄り添ったところで弱者は弱者だ。

「要するに、作付け面積を増やすために、離農する高齢農家の田んぼを集めてるってことか」

殿村の要約に、

「実はそうなんだ。検討してくれないか」

この通り、と頭を下げる稲本に、「まあ、オヤジには話してみるが……」、とあまり気乗りしない口調になる。もしこの話を受ければ、親たちは収入の道をほぼ閉ざされ、心細い国民年金での暮らしを余儀なくされるだろう。

稲本は「ひとつ聞きたいんだが」、と改まって両手を膝の上に載せた。

「殿村は、農家は継ぐ気、あるのか」

「いや、それはまあ、ないだろうな」

きっぱりと断言できないのは、やはり三百年の農家という、ありもしない「のれん」が頭をかすめたからだ。

自分の代でその歴史にピリオドを打つとはどういうことなのか、この期に及んで気持ちがひるんだといえば、そんなところかも知れない。

「そもそもオレ、サラリーマンだし」

そうひと言付け加えると、「だよな」、といういかにもわかったような返事があった。

「それとも、他に誰か田んぼやらせる話があるとか、そういうのは」

「それは、聞いたことないな」

稲本の熱心さというより必死さに気後れしながら、殿村はこたえた。農家の懐事情はよくわからないし、農業法人の仕組みもいまひとつピンとこないが、作付け面積の拡大はどうやら稲本たちのグループにとって死活問題のようであった。

「なんとか、オヤジさんを説得してくれないか、殿村」

稲本はいった。「殿村家の田んぼがなくなるわけじゃない。オレたちに貸すだけだから。休耕して荒らすより、その方がいいだろう。ひとつ前向きに検討してみてくれ。頼む」

酔客が騒ぐ居酒屋の片隅で、稲本は深々と頭を下げた。

「なあ、オヤジ。稲本って知ってるよな。オレの高校の同級生でさ」

稲本の話を父親にしたのは、その翌朝のことであった。

「ああ、サクロウさんとこの息子さんな」

父親は視線を斜め上に向けて思い出すと、「それがどうかしたか」、と殿村にきいた。

「友達の農家三人と農業法人作るらしいんだよ。もしオヤジが田んぼやらないんなら、貸すか譲るかしてくれないかって」

半世紀以上にわたって米づくりに丹精を込めてきた父親に切り出すには、単刀直入すぎたかも知れない。

「貸すか譲れだと？」

ゆっくりと台所の椅子に座った父の前には、朝食のおかずが準備されていた。台所には母と、殿村の妻も立っている。妻の咲子《さきこ》も毎週殿村と一緒にきて、母のする軽作業を手伝っていた。

母がご飯をよそって父の前に置く。自分では〝半病人〟とかいっているが、父の食欲は、以前程度には戻ってきていた。

「へっ」

箸を握り、汁椀《しるわん》を口に運んだ父は、「よくいうよ」、と吐き捨てた。ある程度予想はしていたが、父の見せた嫌悪感はそれ以上だ。

「夕方から雨になるかもなあ」

父はさっさと話題を稲刈りに変えた。「それまでに刈っちまえるか」

「まあ、なんとかなるんじゃないか」

「すまんな」

そんな会話の後、作業服に着替えた殿村は、麦わら帽子をかぶり、首にタオルを巻いた。最初、この格好には違和感があったが、最近では板についてきた気がする。

玄関で長靴を履き、

「いってくるよ」

家の中に向かって声をかけると、「頼むぞ」、という、どこか嬉々《きき》とした父親の返事があった。あれこれといってみたところで、息子の殿村が農作業をしてくれることが、父は嬉しいのだ。

「いってらっしゃい」

玄関先まで見送りに出てきた母親と咲子に見送られて田んぼに出ると、どこかひやりとした秋の風が稲をそよがせていた。父が心配したよりも早く、雨になるかも知れない。風は思いの外重く、湿気を含んでいた。

6

「ちょっと来てくれないか。例の試作の話だ」

立花とアキのふたりが内線電話で会議室に呼び出されたのは、バルブボディの設計が一段落した数日後のことであった。電話の相手は、調達課の光岡雅信《みつおかまさのぶ》である。

急いで二階の小会議室に向かうと、すでに軽部がいて、不機嫌に黙り込んでいた。何かが起きたらしいことは、その雰囲気でわかる。

手振りで隣に座るように勧めた軽部は、椅子をひいた途端に、一枚の書類を滑らせて寄越した。コスト試算表である。バルブの設計データに基づいて調達課で作成したものだ。

そこに記された金額を見た立花は一瞬息を呑み、軽部のふて腐れた表情の意味を悟った。

「なにが予算オーバーだよ、光岡」

ため息混じりにいった軽部は、「それをなんとかするのが調達の仕事なんじゃねえのか」、と毒づく。

一見険悪なやりとりだが、軽部と光岡は歳も近く、プライベートでもちょくちょく飲みに行く仲である。

「無理無理。とてもじゃないけど、希望予算内で収まるような仕様じゃないもん」

「だけど光岡さん、このバルブ、ウチの戦略製品といっていいと思うんです」

立花は、はげ上がった頭に黒縁の眼鏡という光岡の個性的な風貌に訴えた。「とりあえず受注優先で、儲けを削ってもやるべきじゃないでしょうか」

「お前さ、儲け削るなんて、簡単にいうんじゃないよ」

イヤな顔を、光岡はした。「そういう考えで仕事してたらな、ウチみたいな中小企業はあっちゅう間に赤字になっちまうんだ。わかるよ、お前の考えてることは。とにかく最初の受注だけは儲け抜きでも実績作ろうってんだろう？　ダメダメ」

光岡は顔の前で右手をひらひらさせた。「一旦仕切った価格を上げるなんて、大森バルブみたいな大手ならともかく、ウチみたいな会社ができるはずないじゃんか。それはわかってるよな、軽《かる》ちゃんも」

軽部は押し黙っている。光岡のいっていることが正論だからだ。

「相手はその大森バルブなんです」

アキがいった。「ウチとしても、ハイスペックなバルブで勝負しないと勝てません。ただでさえ実績のない分野なのに」

「だけど、ギアゴーストの要求するコスト内に収めるためには、この仕様じゃ無理だ。オレもいろいろ検討したし、仕入れ先と交渉してみたんだが難しい。設計変更してくれ」

「いや、それは……」

立花は渋り、そこに何か解決先を見出そうとでもするように、じっと試算表に視線を落としている。

「設計変更したら、このスペックは維持できなくなってしまいます」

アキも必死だ。「本当に何も方法はないんですか、光岡さん」

「気持ちはわかるけどさあ」

光岡も困った顔になったが、だからなんとかするとはいわなかった。素材の調達や工程管理に長年携わってきた光岡は、いわばコストのプロだ。考え得る可能性はほとんど検討した上での結論に違いない。

「すまんが検討の余地はないな。その試算で目一杯ってところだ。逆にギアゴーストにコストアップの要求をしてみたらどうだい。ハイスペックに見合うコストだといえば、先方も払うかも知れない」

「それは無理です。与えられたスペックとコストは絶対クリアが条件ですから」

それはギアゴースト側から重々言われていることでもある。いま立花は絶望的な気分になって首を横に振った。

ドアがノックされたかと思うと、佃が返事をするより早く、慌てた様子の山崎が顔を出した。

パソコン画面に表示していた設計図から視線を剝がすように立ちあがった佃は、黙って山崎にソファを勧め、テーブルを挟んだ反対側にかける。

「例のあれ、ご覧いただいてますか」

「いま見てたところだ」

バルブの設計図である。佃に送られてきたのは一昨日のことで、それから暇を見つけては眺めてきた。「よく出来てるとは思うが――」

続く言葉を一旦呑み込み、「想定コストに収まるのか」、と真っ先に気になっていることを口にする。

「実はそのことでして」

案の定だ。

「光岡から何か指摘されたか」

山崎は手にしていた書類を、つと佃の前に置く。調達課の試算表である。

黙ってそれを眺めた佃は、やれやれと椅子の背にもたれた。

「この素材に関してうちの仕切り値はかなり安い。それでもコスト内に収まらないなら、設計変更するしかないぞ、ヤマ」

素材の仕入れは、単発の発注では難しく、コストも上がる。長年にわたって一定以上の量を発注してきた佃製作所には、それなりの価格と割り当ては保証されており、大森バルブとの調達コスト差はほとんどないはずであった。

「素材の調達コストは同じでも大森バルブは赤字覚悟で安値を提示してくるかも知れません」

山崎はいいにくそうに佃を見た。「要するにそれを見越してウチの値段を下げるという考えもあるということですが」

「儲けを削ってか」

佃は目を見開いてきいた。「光岡は何ていってるんだ」

「赤字になる値付けは絶対反対だそうです」

「だろうな」

いかにも光岡らしい判断だ。佃は続けた。「だけどな、ヤマ。オレの予想だが、大森バルブは赤字にしてまで値段を下げたりはしないと思うぜ」

佃は、いままで自分が聞きつけた大森バルブの評判について山崎に話した。ギアゴーストのコンペが決まって以来、大森バルブと関係のある取引先を回るたびに同社の取引ぶりを聞いて回り、いまでは大森バルブとはどういう会社なのか、佃の中ではおおよその像が結ばれている。

「営業は強引だが、値段を下げてまで取引を取りに行ったという話は聞いたことがない。そもそもそういう商売をやるような会社じゃなさそうだ」

「といいますと」

安売り競争を警戒している山崎には、佃の情報は意外だったはずだ。

「あそこはバルブでのシェアは国内トップだ。技術力にも定評があって、プライドも高い。新参者のウチと競合する程度のコンペで安売りするぐらいなら、取引関係の強みを生かしてハイスペック通りのバルブを適正価格で買ってくれと申し入れるだろうよ」

「でも社長。それじゃあ、コンペをやる意味がありませんよ。向こうに取られるってことですか」

山崎は慌てたが、佃は平然と構えていた。

「取引ってのは、縁だ」

十年以上の社長業経験で得た真実だ。「コストは絶対だといいながら高価な高性能バルブを通すのなら、ギアゴーストは所詮《しょせん》、その程度の会社だったということだ。ウチが相手にする先じゃない。儲かりもしないものを作って何になる」

「それはまあ……」山崎の悔しげな表情からは、軽部や立花、アキたちの努力をなんとか結実させてやりたいという思いが滲んでいる。

「なあヤマ。オレだってなんとかしたいと思う。だけどな、儲けを削ればモノは安くなるのが当たり前だ。それでいいのか」

佃は問うた。「商売ってのはさ、自分の仕事にいかに儲けを乗っけるかが腕の見せどころなんじゃないのか。安易な安売りは、結局のところ商売を細らせちまうだけなんだよ」

佃は、改めて山崎にいった。「軽部たちにもう一度考え直すよう言ってくれないか。いいバルブだと思うが、これでは商売にならない。商売のなんたるかを考えてもらいたい」

7

「商売のなんたるか、か」

その夜、立花は自席で腕組みをして考え込み、ひとりごちた。

「私たちがやろうとしてることは所詮、お金儲けだってことですよね」

アキは、気に喰わなそうにいい、頬杖《ほおづえ》をついている。「私は儲けより実績だと思うけどなあ。取りに行くべきですよ、この仕事。儲けだなんだっていってたら、あっという間に大森バルブに持ってかれます」

立花の視線がアキから、子どもたちの写真を貼り付けた背後のボードに向けられた。

「ガウディと向き合え、か」

先日軽部にいわれた言葉だ。その軽部は、具体的な指示を出すでもなく、自分もまた思案に暮れているところだ。

「なんか頼りないなあ、軽部さん。自分がリーダーなのに」

少し離れたところにいる軽部を一瞥したアキは恨みがましくいったが、立花は反応しなかった。

「そう思わないんですか、立花さん」

「バルブボディの設計、軽部さん、かなり悩んでただろう。あれ、実はオレたちのためだったんじゃないかな」

思いがけない言葉に、アキは椅子の背から体を起こした。

「私たちのためって、どういうことですか」

「実はあの打ち合わせの後に光岡さんから聞いたんだけど、軽部さんが担当したバルブボディのコスト、ギリギリまで押さえられてるらしい。設計段階から何度も軽部さんから素材とコストのことをきかれたって。安くするために、素材を厳選したんだ。それってさ、オレたちのバルブがコスト高になることを見越してのことだったと思うんだよな」

そっとアキが窺った軽部は相変わらずの横顔を見せている。

「ああ見えて、やることはやってたってことですか……」

「言い方はともかく、軽部さんは軽部さんなりに努力してたんだよ」

「面倒くさい人」アキがため息をついた。

「まったくだ」

立花も応じ、「結局、オレたちは『ガウディ』で何を学んだんだろう」、そう自問する。

「私は、人の命の大切さかな」

思案する立花に、ボードの写真を見上げたアキはいった。「私にはそれがモチベーションでした。この子たちと向き合ってがんばるんだって」

「この子たちと向き合う、か」

つぶやくように立花が繰り返す。「この子たちと……」

横顔を向けていた立花が再びアキを見た。「だったら、いまオレたちが向き合ってるのは何だ」

自問か、アキへの問いか。立花は視線をフロアの空間に泳がせている。

「それは、バルブでしょう」

アキのこたえに、返事はなかった。

瞑目《めいもく》した立花はお腹《なか》の上で指を組み、突如、深い思考に彷徨《さまよ》いはじめた。何かのきっかけを摑《つか》むと、ところ構わず思索にふけるのは立花の悪癖である。

どれくらいそうしていたか、

「さっきの質問なんだけど——」

「質問？」

　ふと目を開けた立花に、それまでとは違う表情をアキは見出した。

「いまオレたちが向き合っているのは、って質問。アキちゃん、バルブっていったよな。それ、もしかして間違ってるんじゃないか」

　果たして立花が何を思いつき、何をいいたいのかさっぱり見当がつかない。

　立花は続ける。

「オレたちが向き合ってるのは、バルブじゃなくて、お客さん――つまりギアゴーストなんじゃないかな。『ガウディ』計画でオレたちは子どもたちに寄り添ってきただろう。いま寄り添わなきゃいけないのは、ギアゴーストという会社であり、そのトランスミッションなんじゃないかな」

「まあ、たしかにそれはそうでしょうけど……」

　まだピンとこないままのアキに、興奮を帯びた口調で立花は続けた。

「オレたちはさ、ハイスペックのバルブを追究してきたけど、本当にそれがギアゴーストのトランスミッションにとって必要だったんだろうか」

　投げかけたのは根本的な問いだ。「実はそれって、ウチのエンジンがトラクターにとってハイスペックすぎてニーズを摑み損ねてたのと同じことなんじゃない？」

　ようやくアキにも話の筋道が見えてきた。

「つまり、お客さんを無視したハイスペック競争を繰り広げていたということですか」

　返事はなく、再び立花の意識はどこか別の世界へと飛んでいったらしい。やがて、

「静粛性、軽量化、低燃費、耐久性――」

呪文でも唱えるかのように、そんな単語がこぼれ出てくる。

「要はトランスミッションの性能に合わせればいいんだよ」

立花はいった。「ギアゴーストは、ひたすらハイスペックを目指すんじゃなく、農機具のトラクター用トランスミッションとして最適な仕様に設定してるんだ。だったらバルブもそれに寄り添うべきだろう」

「じゃあ、私たちのいまのこのスペックは――」

アキは、刮目《かつもく》するや言葉の続きは呑み込んだ。口にするのが憚《はばか》られる気がしたからだが、立花はいともあっさり、その続きを口にした。

「そう、こんなスペック――無駄なんだよ」

8

接待相手と自分のグラスにそれぞれビールが注がれるのを待って、神田川敦《かんだがわあつし》は、手元のグラスを高々と掲げた。

「このたびはありがとうございました、中川《なかがわ》先生。そして今年一年、お世話になりました」

「いいえ、こちらこそ」

余裕の表情でそれを受けた中川京一《きょういち》は、余裕の笑いを浮かべた。「特許承認、おめでとうございます。これで、次の段階へ進めますね」

師走《しわす》に入るや、忘年会シーズンが始まり、連日クライアントとの退屈な会食が続いている。とはいえ、大手トランスミッションメーカー、ケーマシナリーの知財部長である神田川との席には、特別な意味があった。いま手がけている仕事を成功させ、ケーマシナリーとの顧問契約を獲得するという究極の目的があるからだ。そうなれば田村・大川法律事務所にまたひとつ大手顧問先が加わることになる。

「先生のおかげです。さすが、田村・大川法律事務所の看板弁護士といわれるだけのことはありますね、中川先生は」

「何をおっしゃる。今回のようなケースはウチの事務所では日常的なものです」

中川はゆったりとした口調でいい、「もしこの後もうまく行ったら、その節は是非とも、弊所と顧問契約を締結していただきますよう、お願いします」、と軽く頭を下げた。

「もちろんです。真の技術力を磨き、それを武器とするために、必要な戦略を的確なタイミングで仕掛けて行く。それこそが、業界での我が社のプレゼンスをより高めてくれます。そのためにより強い法律事務所《ローファーム》と組む必要があることは、経営陣も重々承知しておるところです」

「知財は武器になります」

中川は持ったままのグラスを掲げながら誰にともなくいった。「武器は使ってはじめて武器になる」

「おっしゃる通りでございます。今回の特許を踏まえ、中川先生には早速、次のステップに着手していただきたく、よろしくお願いします」

他に誰もいない部屋なのに、神田川は声を潜めた。「弊社にとってライセンス事業戦略は、今後重要な収益の柱になっていくに違いありません。ついては大至急、ご教示いただいた対象企業に対してアクションを起こしたいと考えております」

「かしこまりました」

その顔を上目遣いで眺めた中川は、「ところで、相手への請求金額は私どもで提案させていただいた当初の予定通りでよろしいですね」

そろりと問う。

「異議はありません。是非、それでお願いします。ただ――」

ふと怪訝の色を神田川は浮かべた。「私どもで調べたところ、あの会社の支払い余力は知れています。果たしてそんなところからどうやって金を取るのか――」

「無論、そこまで考えた上でのことです」

「ほう」

意外な答えだったのだろう、神田川の表情に好奇心が浮かんだ。

「詳しくはおいおい」

中川は、ただにんまりとした笑いを浮かべただけだ。「あとは大船に乗った気持ちで、我々にお任せください。決して悪いようにはいたしませんから」

低く尾を引くような笑いが、中川から洩《も》れた。

第五章　ギアゴースト

1

ギアゴーストの柏田宏樹のもとへ、モーター科研の担当者、竹本英司《たけもとえいじ》から佃製作所が試作したバルブの評価結果が届いたのは、年が明けた一月のことだった。

竹本はモーター科研のベテラン評価担当者で、そのコメントには何かと勉強になることが多い。この日も、返却されたバルブには、評価結果とは別に柏田がいつも楽しみにしている簡単なコメントが付いていていた。

〝柏田さんが本評価をご覧になってどう思われるかはわかりませんが、いいバルブですね。無論、性能では先日の大森バルブさんには到底、及びませんが、性能以上にしっかり作り込んである印象を受けました〟

性能以上に作り込まれているという指摘はおもしろいが、具体的な理由が明示されているわけではなく、今回の竹本評はいつもの精彩がないように感じられる。

「いいバルブねえ」

評価内容をじっくりと検《あらた》めた柏田は、ひとりごちた。「まあ、たしかに悪くはないけど、しかしなあ……」

作りの善し悪《あ》しはともかく、大森バルブとの性能比は埋め難いものがある。

ともあれ、これでバルブの評価は揃った。

「佃製作所の評価、どうだった」

そのとき、向かい合わせになっているデスクから課長の堀田が声をかけてきた。

「まあまあですかね」

プリントアウトした評価書を書類越しに堀田へ差し出す。堀田はしばらくそれを眺めていたが、

「こんなもんか」

興味無し、とばかりにさっさと返して寄越す。「どんなすごいのが出てくるかと思ったら、大森バルブの方が遥かに高性能だな。サプライズがあるかと思ったのに」

佃製作所は、小さな会社ながらもロケットエンジンのバルブシステムを手がけている会社である。いわゆるロケット品質のハイスペックバルブが登場するかと思いきや、テスト用として送られてきたバルブのスペックは、想定の範囲にすんなりと収まるものであった。

「残念でした。でも、どうします、堀田さん」

柏田は、堀田の判断を仰いだ。「佃のバルブは予算内には収まってますけど、スペック的には劣る。一方の大森バルブの方は文句無しのハイスペックですが、値段が高い。迷いどころですよね」

「大森バルブだ」

堀田はあっさりと結論を出した。「バルブの重要性を考えると、ハイスペックに越したことはない」

「ですが、予算オーバーですよ」

「事前に社長のところに大森バルブから連絡があったらしいぜ」

堀田は意外な情報をもたらした。「気合い入れたバルブを出してやるから、少しコストを上げてくれって。相手がロケットエンジンのバルブを作ってる会社だと聞いて張り込んだんじゃないか」

「それで、社長はなんと」

パーツのコスト設定は、トランスミッション全体の価格に反映され、さらにいえばギアゴーストの収益率にまで影響する問題だ。それは、工場をもたずトランスミッションを製造するというビジネスモデルを考案した伊丹自身が一番良く理解している。

「もちろん予算内でお願いしますとこたえたとのことだが——」

実際に出てきた大森バルブの製品は、かなりの〝高級品〟であった。クルマに喩《たと》えるなら、普通のセダンをオーダーしたのに、高級スポーツカーが届いたようなものである。

「ただ、たしかにあのスペックであの価格であれば安い」

バルブ——ここではバルブボディまでも含んだものを意味している——の評価は、スペックとコストのバランスで決まる。安かろう悪かろうは論外だが、性能に比して安いと思えるかどうかがポイントだ。〝お得感〟ということでは、大森バルブに分がある——堀田はそう判断している。

「お前はどう思う」

返答に窮し、柏田は低く唸《うな》った。難しい判断である。

佃製作所の評価を受け取った時点ではたしかに期待外れだと思った。だが、そもそも自分の期待とはいったいなんだったのか？　勝手に期待値を上げたのは自分のほうであって、佃製バルブのスペックは自分たちの要求にドンピシャのものが供給されている。大森バルブと比較してしまうと平凡だが、そもそも自分たちはその平凡なバルブを要求したのではなかったか。

「ちょっと判断できないですね、私には」

どっちのバルブを選ぶかは、個別の判断というよりトランスミッション全体のコスト構造、ひいていえば設計思想に関わる問題だ。ギアゴーストでは前者を社長の伊丹が、後者は島津が手がけている。要するに、これはふたりが相談して決定すべき〝懸案〟ではないかという気がするのである。

柏田が考えあぐねていると、

「オレから所見つけて島津さんに回しとくよ。後は上の判断に任せよう」

堀田はいうと簡単に所見をまとめ、さっさと島津に下駄を預けてしまった。

終日外出していた伊丹が島津とコンペ結果について話し合ったのは、その日の夕方だ。堀田の所見と評価結果を持って伊丹の社長室に消えた島津が、何事か話し合って出て来るまで十分もかからなかった。予想外の短時間に結論がまとまったのは、ふたりの意見がはからずも一致したからに他ならない。そして、

「バルブ、佃製作所に発注するから」

島津のひと言に堀田が言葉を失った。堀田だけではない。予想外の結論に驚いたのは柏田も同様である。

天才といわれていただけあって、島津と一緒に仕事をしていると、その非凡な頭脳と感覚に驚かされることは珍しくない。だが、ここまで性能差があるのに迷わずロースペックの佃製作所バルブを選択したのは、何故なのか。

「でも、大森バルブの方が圧倒的にハイスペックですよ。コスパもいい、別にこっちでもいいんじゃないですか」

自分が書いた所見通りの反論を試みた堀田に、

「佃製作所のスペックで、十分じゃん」

あっけらかんとして島津は言い切った。「ウチの要求したコスト内の値段だしさ」

「しかし、かなり性能に差がありますが」

「へえ。そう思うんだ」

島津はちょっと意外そうに、堀田を見た。「佃製作所のバルブ、あの性能にあえて調整されてると思うな。本当はもっとハイスペックなものだってできたと思うよ」

「なんでそう思うんです」柏田は興味を抱いた。

「細部に亘《わた》っての作りがもの凄く行き届いてるから。素材も相当厳選してる。重量や燃費への影響、それにコスト。全部計算し尽くした上で、ウチのトランスミッションとのベストマッチを狙ってきた。これ、実は見かけ以上にすごいバルブだよ」

島津の評価に、堀田も柏田も返す言葉がない。

「佃製作所に連絡しといてね。私、こういうの欲しかったんだよなあ。ありがとう、って」

さっさとデスクに戻っていく島津を半ばあっけにとられて見送った堀田は、もはやなす術《すべ》もなく、「そういうことだから」、とやりとりを聞いていた柏田に告げたのであった。

「ありがとうございます」

立ちあがって電話をしている立花に、技術開発部全員の注目が集まっている。通話を終え、満面の笑顔を浮かべているアキと握手を交わした瞬間、

「採用か」

離れた場所の自席から声をかけてきた山崎に、立花らしからぬガッツポーズでこたえた。それから、

「軽部さん」

パソコンに向かったままの軽部に歩み寄り、立花は声をかけた。話はわかっているくせに、振り向きもしない。

「ギアゴーストから連絡がありました。ウチのバルブ、採用です」

それでようやく、軽部の視線が、傍らに立っている立花と隣のアキに向けられた。

「そりゃ、よかったな」

軽部一流の照れ隠しだ。

「軽部さんのアドバイスが無かったら、勝てなかったと思います。ありがとうございました」

頭を下げた立花に、軽部は「別に、礼を言われるようなことじゃねえよ」と取りあわない。軽部はいつもの軽部流を貫き、立花とアキはいつも本音でものをいう。それがこの三人の奇妙なチームワークになっている。

「だいたい、大したこと教えてねえしな。だけど――」

つまらなそうにいった軽部は、そのときふと考えるような間を空けた。「お前らと一緒に仕事できて、まあなんていうか――楽しかったぜ」

思いがけないひと言であった。驚いた顔のふたりに、「さて、行くか」、軽部は声をかけ、やおら腰を上げる。

「あ、あの――どこへですか」

問うた立花に、

「社長んとこに決まってるだろうが」

軽部は、先に立って歩き出した。「この結果、首を長くして待ってるからな。喜ばせてやろうじゃねえか。――部長、ちょっくら行ってきます」

山崎にひょいと右手を上げると、軽部は、ポケットに片手を突っ込んだいつもの斜に構えたスタイルで、おもむろに歩き出した。

佃製作所のトランスミッション戦略はこのとき、ささやかではあるが、重要な第一歩を踏み出したのである。

2

部長室には先客があった。知財部長の尾高仁史《おたかひとし》だ。長く知財戦略をまとめるリーダーとして、大森バルブにとってなくてはならない男である。

ちょうど蒔田と入れ違いに尾高は出ていき、何を吹き込まれたか、思案顔の辰野がひとり肘掛け椅子に収まっている。

その前に立った蒔田の用向きは、いましがた受けたギアゴーストのコンペ結果についての報告だ。辰野からどんな叱責があるかと思うと、胃が痛くなる。

「断られた？」

案の定、辰野の表情は、みるみる強張っていった。「いいバルブを出したはずだよな。なんといったかな、その競合の――」

「佃製作所、です」

恐る恐る名前を口にした蒔田に、「ギアゴーストはウチではなく、そんな新参者を選んだのか」、辰野は不愉快そうに唇を歪ませたが、予想に反して怒りを爆発させたりはしなかった。

何かが違う。

違和感を抱き、上司の表情をひそかに窺う蒔田に、「理由はきいたか」、そう辰野は尋ねた。

「ハイスペックすぎるということでした。コストも合わず、そこまでのものは必要がないと」

相手が帝国重工の大型ロケットエンジンのバルブメーカーだと聞いて、ハイスペックのバルブで対応するよう指示したのは、他ならぬ蒔田である。判断ミスを非難されるかと覚悟したとき、

「そんなことは理由にはならんよ、君」

辰野はいつになく冷静さを保っている。「これは、ギアゴーストとウチとの信義則《しんぎそく》の問題だ。そうは思わないか」

「ごもっともです」

「ウチはあそこの主力トランスミッションにバルブを収めてやってるんだ。本来であれば、ウチ

のような会社が相手にする程の信用力もないところに、高品質バルブを供給している。吹けば飛ぶようなベンチャー企業の成長を願っての、これはいわば親心のようなものじゃないか。結局、彼らはその気遣いになんの敬意も感謝も示すことなく、踏みにじったわけだ」

「いかがいたしましょう。そのあたりのことを言い含めて、再度検討するように申し入れましょうか」

「そんなことをしても無駄だ」

辰野は突き放した物言いとともに、持っていたボールペンをぽんとデスクに放り出した。

「先方がこういう態度だと、従来の取引も見直さざるを得ない。そう思わないか」

その意味を察した蒔田は、息苦しさを感じて上司を見た。辰野は、ギアゴーストに取引の見直しをちらつかせ、このコンペ結果をひっくり返し、自社製バルブを採用するようゴリ押しするつもりではないか。

「伊丹社長には、なんとお伝えすればよろしいでしょうか」

「取引を見直す準備があると、そう伝えておけ。ギアゴーストへの供給は契約期日で打ち切る。その場合の事前通告は一ヶ月前だったか。忘れないように文書で出しとけよ」

予想外の指示に蒔田は驚いた。

「しかし部長、打ち切ってしまってはビジネス上のメリットがありません。既存取引については値上げをさせてもらうとか、そのような対応の方が――」

「構わん」

辰野は断固として言い放った。昏《くら》い目が、じっと何もない部長室の壁を射ている。言いしれぬ何かを感じた蒔田は、叱責覚悟で、問うた。

「部長、ギアゴーストについてその――何かあるんでしょうか」

漠然とした問いかけである。〝何か〟が何なのか、自分でもわからない。

「あの会社。早晩、潰《つぶ》れる」

蒔田は瞬《まばた》きすら忘れ、ただ辰野を見つめることしかできなかった。

「ウチに貸し倒れが出ないよう、お前はよく状況を把握しておけ」

「それはどこからの情報で――」

言いかけて、蒔田ははっと口を噤んだ。

さっきの尾高ではないか。根拠はない。ただの直感だ。

尾高の強みのひとつは、業界の情報収集能力だが、その背景には、知財分野では右に出るところのないといわれる田村・大川法律事務所の存在がある。多数の大企業の知財戦略を一手に引き受ける同事務所の顧問弁護士から、何か耳打ちされたのではないか。

「いったい、何が起きてるっていうんだ……」

結局、何の情報も摑めないまま部長室を出た蒔田は、釈然とせぬままその場を立ち去るしかなかった。

3

「何話し合ってるんですかね」

ギアゴーストの柏田は、社長室で額を付き合わせているふたり――伊丹と島津の様子から不穏なものを嗅ぎ取ってきいた。島津の真剣そのものの表情には、いつにない切迫した雰囲気がある。いま伊丹が憮然《ぶぜん》とした顔を上げたかと思うとソファの背に体を投げ出し、頭の後ろで両手を組んだところだ。

「もしかして、大森バルブから何かいってきたとか」

コンペ翌日である。

「さあ。可能性はあるけどな」

堀田は、パソコンで起動させた表計算ソフトの数字をいじりながら首を傾げた。「既存バルブの値上げとかかもな」

「やばいな、それ」

柏田は眉を顰めた。「佃製作所にはとっくに採用を通知してますからね。いまさら卓袱台《ちゃぶだい》返しはちょっと困りますよ」

昨日連絡した相手、立花の喜びようといったらなかった。今さら「やっぱり不採用です」などといえるわけがない。

「わかんねえよ、それは。ビジネスってのは、パワーゲームでもあるからさ。なんせ大森バルブは、バルブ界の帝王みたいなもんだし」

「もし結果をひっくり返すときは、課長、お願いしますよ」

「はいはい」

堀田は気楽な返事を寄越したが、そのとき、「違うんじゃないですか」、と傍らから予想外の声をかけたのは、アシスタントの坂本菜々緒《さかもとななお》である。

「さっき、内容証明郵便が届いてましたから」

「内容証明？」

そのひと言に、堀田が頰《ほほ》を張られたように社長室を振り向いた。しばらく首を回したままじっと様子を眺め、

「中味、知ってる？」

菜々緒に尋ねる。

「いえ。そのまま島津さんに渡しただけなんで」

「まあ、そうだよな」

堀田がこたえたとき、社長室の伊丹が書類を手に電話をかけはじめた。

「末長《すえなが》先生だな」

堀田がいったのは、「――先生」、という言葉が聞こえたからだろう。末長孝明《たかあき》は、ギアゴースト顧問弁護士である。電話だとつい声が大きくなるのか、切れ切れに話の断片が聞き取れる。

〝――ケーマシ……〟

堀田と柏田は、思わず顔を見合わせた。

「ケーマシナリー、ですかね」と柏田。

ギアゴーストのライバルというには大き過ぎる、トランスミッションメーカーだ。

アメリカの業界大手・EZTから敵対的買収を仕掛けられて話題になったのが数年前。その後、親会社の方針を反映してか、ライバル企業を次々と訴える知財戦略で、いまや業界全体が同社の動向に神経を尖らせている。

やがて伊丹の電話が終わると、島津が強張った表情で出てきた。無言で自席に戻るや、キャビネットから設計図を取り出し、中味を確認した上で専用の図面ケースに入れ始める。話しかけられるのを拒むような、張り詰めた雰囲気があった。

「気になりますね。課長、何があったのかきいてくださいよ」

小声でいった柏田に、

「あれがきける雰囲気か」

堀田も小声で返した。「いずれわかるだろ」

「ちょっと末長先生のところへ行ってくるから」

社長室から出てきた伊丹がいい、ふたりは急《せ》き立てられるように出て行く。

「やっぱりな」

と堀田がひとりごちた。

何らかのトラブルが起きたことは間違いない。

だがそれが、ギアゴーストの存続に関わるほどの一大事だとは、このとき柏田も堀田も想像できなかった。

4

末長孝明の弁護士事務所は、新橋駅から徒歩五分ほどのところにある雑居ビルに入っていた。

「これが電話でお話しした内容証明です」

伊丹が、その手紙を末長の前に滑らせる。

末長は今年六十歳になるベテラン弁護士だが、知財も扱うというので創業時から顧問弁護士として頼んでいる相手であった。

差出人は、田村・大川法律事務所。株式会社ケーマシナリーの代理人として、弁護士中川京一を筆頭に五人の弁護士が名を連ねている。

拝啓
時下ますますご清栄のこととお慶び申し上げます。

当職らは、御社が製造する自動車用トランスミッション『T2』を構成する重要部品につき、私どもの依頼人である株式会社ケーマシナリーを代理して、本書を差し上げます。

（略）

御社が製造している副変速機は、株式会社ケーマシナリーが取得している別紙明細の特許を明確に侵害しております。本件によって株式会社ケーマシナリーは特許権者として本来得るべき利益を逸失しており、さらにいまだ継続して侵害を受けている状況にあります。

当職らは、御社がこの事実を速やかに認めると共に、即座に当該『T2』における副変速機の製造および搭載の中止を要請するものであります。同時に御社に対して本件侵害について経済的かつ社会常識的な誠意ある対応を、速やかに要請するものです。

ただちに本件について検討され、一週間以内に当職らにご連絡を頂きたく、ここにお願い申し上げます。

敬具

「問題の箇所はここなんですが」

顔を上げた末長の前で、島津は手挟《たばさ》んできた設計図を広げた。

アイチモータースのコンパクトカーに採用され、ギアゴーストの主力となったトランスミッションの設計図である。島津がボールペンで指したのは、その中のプーリーと呼ばれるパーツだ。

「『T2』の特長は、従来のCVTと比べてこのプーリーを小型化し、コンパクトにしたところにあります。その代わりに副変速機を採用し、レシオカバレッジを広げた。結果的にその下側にコントロールバルブを配置し、無駄なスペースを作ることなくトランスミッションケースに収めることができました。ケーマシナリーの主張は、この副変速機について特許侵害であるということなんですが」

設計図の副変速機のところを数回、島津はボールペンの頭で叩いた。「事前の特許調査では問題なかったんです。それがどうして――」

島津は、どうにも納得できないとばかり首を捻《ひね》っている。

「特許出願は出願後十八ヶ月経過しないと公開されませんからね」

末長が解説を加えた。「御社の特許調査時、この特許はちょうどその公開前のタイミングだったんですよ。ほら、これをご覧ください」

末長は、特許情報の出願日に印を付けた。それはたしかに、島津らによる特許調査の時期と重なっている。

島津は、しばらくそらで考えていたが、「そういうことか」と重いため息を洩らした。

「しかし、いきなり内容証明郵便を送りつけてくるとは、連中も乱暴だな」

末長は、文面に視線を落としたまま額の辺りを指で強く押さえた。「いかにも田村・大川法律事務所がやりそうなことだ。ウチと違って、知財では大手の保守本流《たち》とでもいっていい事務所ですが評判は必ずしも良くない。なかでもこの中川京一というのは、質の悪い札付きの弁護士ですよ」

「どうすればいいんでしょうか」

考え込んでしまった島津に代わり、伊丹が質問した。

「この文書にも連絡を寄越せと書いてありますが、とりあえず、先方と会って話し合ってみるしかないでしょうね」

末長は気の毒そうな顔で続ける。「幾らになるかわかりませんが、ケーマシナリー側と特許実施料の支払い交渉をする流れになると思います」

「その特許料を払わないで戦うことはできますか」

伊丹が問うと、末長は低い唸り声を発してしばし考え込む。

「もちろん、法廷で戦うことはできます。ですが、この内容を見る限り、どうでしょう。私見ですが、勝てる見込みがあるかなあ」

伊丹は言葉を失《な》くし、末長を見据えた。「勝てないとなると、できるだけ特許実施料――つまり特許の使用料を安くしてもらうのに、どれだけ交渉の余地があるかという話になってきます。でも、それについては相手の意向を聞いてみないことにはなんとも……。面談の日取りについては私から先方に連絡を入れましょう」

どうやら事態は圧倒的に不利のようであった。

「お願いします」

伊丹は手帳を広げ、候補日と時間を幾つか挙げる。

先方の弁護士事務所に連絡をとった末長から、週明けのアポを知らせてきたのはその日の夕方のことであった。

5

「わざわざどうも。どうぞお掛けください」

丸の内にある田村・大川法律事務所の応接室には、観葉植物と、伊丹も知っている印象派の絵画が一幅《いっぷく》、飾られていた。おそらくレプリカだろうが、その部屋は、本物かも知れないと思わせるだけの高級感に溢《あふ》れている。

弁護士の中川は、伊丹と末長のふたりに椅子を勧め、自分は広いテーブルを挟んだ反対側に優雅な物腰で収まった。隣にかけている若手の弁護士は青山賢吾《あおやまけんご》。一抱えもある資料を自分の前に置いた青山は、本件のサブ担当者という位置づけらしい。

「私どもが出した文書はお読みいただきましたかな」

中川は、妙に芝居がかった調子で伊丹と末長を交互に見た。「それで、どう思われました」

「正直、驚いておるところです」

実直な態度で末長がこたえる。「『T2』のリリースは四年前ですし、私どもとしては、特許侵害との認識はなく、まさに寝耳に水という状況でして。まず初めに申し上げたいのですが、ギアゴーストさんとしては争う意思はなく、できれば話し合いで決着させたいと考えておられます。そうした条件について、ケーマシナリーさんから具体的な意向があるのでしたら、お伺いしたいのですが」

「それは賢明なご判断だ」

中川は、底の知れない笑顔を浮かべ、青山が横から差し出した資料を見ながら続けた。「ギアゴーストさんのトランスミッション『T2』は、アイチモータースの複数のコンパクトカーに搭載され、量産化によって相当な数がすでに生産されております。そしてここが肝心なところですが――」

笑みを浮かべたまま、中川はさらにゆっくりとした猫なで声になる。「『T2』というトランスミッションは依頼人が特許を持つ副変速機の構造なくしては成り立ちませんねえ。これを元にして、ケーマシナリーさんが得たはずのライセンス料を試算してみますと――約十五億円になります」

伊丹がはっと顔を上げ、中川を凝視する。

「それはちょっと高すぎます」

なにか悪い冗談でも聞かされたかのように、末長が無理矢理笑みを浮かべてこたえた。「そんな金額はギアゴーストさんには払えませんし、お察しするに同業者としての報復的な嵩上《かさあ》げが行われているのではありませんか？」

「報復的だなんて、そんな」

心外といわんばかりの口調で中川はいった。「トランスミッションの想定価格と製造台数に、競合メーカーとして相応のライセンス料を掛け合わせて算出した現実的な金額だと認識しております。これをお支払いいただき、今後の製造分についてもお支払いいただく。それが唯一の解決策であると考えております」

青山が立ちあがり、伊丹と末長の前に、十五億円の計算根拠を示す資料を滑らせて寄越した。

交渉の余地を見出そうと、末長が真剣に点検し始める。

だが、その努力はどうやら徒労であったらしく、反論もなく資料はテーブルに戻された。

「ギアゴーストさんは、ライセンス料を支払うという意思はお持ちです。この計算根拠はわかりますが、料率十パーセントは高い。減額を検討していただけませんか。これではお支払いできません」

「それは応じられませんねえ。ケーマシナリーさんでは、同業他社へのライセンス料は一律十パーセントと定めていらっしゃいます」

卑《いや》しい笑いを浮かべて中川は首を横に振った。「その点については依頼人から厳に申し入れがありましてね。会社が小さいからといってライセンス料をディスカウントしていては、依頼人の知財戦略が骨抜きになってしまう。ケーマシナリーさんの競争力を守るためにも、そんなことは認めるわけにはいかないんですよ」

言葉遣いは丁寧だが、主張は切っ先の鋭い刃《やいば》のように容赦なかった。「この金額はどうあっても支払っていただきます。もし、支払えないということでしたら、法廷に場を移して争うことになりますね」

「現段階でそんな性急な」

末長が慌てた。「まずは、持ち帰った上で検討させてください」

「いつ、お返事をいただけますか」

冷徹に、中川は問うた。「私どもとしてはできるだけ早く回答をいただきたいと考えております。二週間ぐらいで返事をいただけますか」

「いや、最低でも一ヶ月はいただかないと」

困惑した末長は、隣の伊丹を見て発言を促した。

「ケーマシナリーさんに、なんとか減額を検討していただけるよう、お願いできませんか」

伊丹はいった。「既存分だけでも結構です。これからの分については、逆に少し高めでもお支払いします。いかがでしょうか」

中川はすぐに返事を寄越さず、しばしその場で検討する素ぶりを見せる。

「ダメ元で構いません。いうだけいってみていただけませんか」

なおも頼み込む伊丹に、

「お気持ちはわかりますけどね、伊丹社長」

中川は、感情のこもらない表情を向けた。「ケーマシナリーは知財交渉で譲歩したことはただの一度もありません。それはアメリカの親会社の意向でもあるんですよ。そもそも、特許を侵害したのは御社ですよね。どうぞその点をお忘れなく、しっかりご検討ください」

腕時計に目を落としてみせた中川は、伊丹と末長に退室を促した。

「どうしたらいいんだ、まったく」

中川たちと別れてビルを出るや、伊丹は思い詰めて自問した。

「どうするもこうするもありません、伊丹さん」

真《ま》っ直《す》ぐに前を向いて歩く末長の横顔は生気に欠け、ひどく疲れたように見える。

冬の柔らかな日差しの降り注ぐ街は華やいでいるが、ふたりのところだけに暗雲が垂れ込めているかのようだ。「なんとかして払うか、訴訟にするか、どっちかしかない」

「訴訟にして減額を勝ち取る見込みはないんですか」

伊丹の問いに、歩きながら末長は俯《うつむ》き、「やってみないとわかりませんがどうかなあ」、いかにも難しそうだ。

「しかし、十五億なんていうカネ……。開発費が嵩《かさ》んで銀行の借金は目一杯、膨らんでいるし、そんな金額はとてもじゃないけど調達できません」

伊丹は唇を噛んで、眩《まぶ》しい空を振り仰いだ。そのとき、

「こんなことをいうのは気が引けますが——伊丹さん」

立ち止まった末長は、改まった態度で伊丹に向き合った。「これは相手の作戦です。あの中川弁護士だって、御社がそんなカネを出せると思ってないでしょう」

「単なる脅し、ということですか。交渉次第で態度が軟化してくると」

伊丹の解釈に、違います、と末長は悲愴に眉を寄せた。

「中川の、いやケーマシナリーの目的は、御社を、ギアゴーストを潰すことだと思います」

「ウチを、潰す……」

虚《うつ》ろな伊丹の声を、信号が青になって走り始めたクルマの排気音が塗り潰していく。

「これはあくまで推測に過ぎませんが」

そう前置きして、末長は続けた。「ケーマシナリーは成長株の御社をライバル視しているんじゃないでしょうか。いまはまだ規模が小さくても、御社は将来の脅威になり得る。いまのうちにその芽を摘み取っておこうというのかも知れません」

呆然と立ち尽くす伊丹に、末長は改まってきいた。「伊丹さん、なんとか資金調達できませんか。銀行借入でも第三者の出資でもいい。とにかく、カネさえあればここは凌《しの》ぐことができる。返済の方法は後で考えればいいことです」

返答に窮して俯いた伊丹から、「検討してみます」、という声が絞り出されるのに頷き、末長はその肩に手を置いた。

「会社を長くやっていれば、こういう危機は誰にでも訪れるものなんです。ここを乗り切れるかどうか。社長としての踏んばりどころですよ」

6

電車を乗り継いで会社に戻ると、伊丹はどっかと社長室の肘掛け椅子に体を埋《うず》め、瞑目した顔を天井に向けた。

ガラガラと入り口のガラス戸が開く音がしたかと思うと、

「どうだった、相手の弁護士」

帰社を待っていたに違いない、島津が顔を出す。

「ダメだ。話にならない」

伊丹が語る交渉の経緯に、島津の表情が蒼ざめていく。

「どうするの」

島津がきいた。「銀行、そんなお金貸してくれる?」

「無理だ。立て替えの運転資金を調達するのも苦労してるっていうのに、こんな金額、貸してくれるわけがない。むしろ、厄介な問題が持ち上がったと知られたら融資を引き上げられるのがオチだ」

ギアゴーストのトランスミッション『T2』がアイチモータースに採用されたのは、下町のベンチャーとしては奇跡といっていい。だが、ギアゴーストは工場を持たないファブレス企業だ。担保に入れられる資産といっても大田区のちっぽけな社屋のみで、それはせいぜい、借り換えの運転資金を調達できるぐらいの価値しかない。

「なにか方法は無いのかな」

悔しそうに島津が声を絞り出した。「なにかあるはずだよ」

しかし伊丹の応えはなく、鉛《なまり》を呑んだような空気がふたりの間に流れただけだ。やがて、

「頑張ってきた挙げ句、これかよ」

伊丹はいい、血走った目で社長室の空間を睨み付けたまま唇を噛んだ。

ほとんど眠ることができないまま、翌朝いつもより早く島津が出社すると、すでに社長室には伊丹の姿があった。

肘掛け椅子に収まり、ひとり何事か考えている。

「おはよう。大丈夫？」

どうやら徹夜したらしく、伊丹は昨日と同じシャツにネクタイをつけ、苦悩と寝不足でひどい顔をしていた。無精髭《ぶしょうひげ》を生やし、顔色の悪い男の、疲れ切って虚ろな表情が島津を向き、

「シマちゃん」

そのとき掠《かす》れた声が呼んだ。

「いろいろ考えたんだけどさ、これを乗り切るためには——出資者を見つけるしかないと思う」

伊丹は血走った目を向けた。「出資を受け、どこかの傘下に入る。それしかない」

島津は混乱し、その決断の是非を急速な勢いで咀嚼《そしゃく》しようとする。

「それってさあ、私たちの会社じゃなくなるってこと？」

やがて島津は問うた。「それでいいの、伊丹くん」

伊丹は応えない。虚ろな眼差しがただ前に向けられ、島津でも何でもないどこかに、焦点も合わず投げられている。

「社員を守らなきゃいけない。オレには、守る義務がある」

ふいに、伊丹の目に魂が宿ったように島津には見えた。「出資を受け入れる条件は、雇用の維持だ。ただし、オレとシマちゃんはその例外になるかも知れない。経営責任ってやつだけど、まあしゃあないよな」

考えに考えた末の結論だろう、口調に迷いはなかった。

「辞めるんなら、私が辞める」

島津はいった。「私のミスだもん。私が辞める」

「シマちゃんのミスじゃねえよ」

伊丹はぼんやりとした目で笑った。その目を島津に向けると、「誰のミスでもない。オレたちは運が悪かった。それだけのことだ。一緒に辞めて、また一から出直す。それだけのことさ」

伊丹は腹をくくった表情で視線を巡らせ、古びた社長室をぐるりと眺めた。

「オヤジに申し訳なかったな。せっかく残してくれた社屋なのにな」

「ねえ、他にやりようってないのかな」

島津はなおも言ったが、伊丹は笑みを浮かべたまま静かに首を横に振る。

「こういうこともあるさ」

「だけど、出資者の当てはあるの？」

「ウチのトランスミッションに興味を持ってくれる会社が、どこかにあるはずだ」

伊丹は悲愴な表情でいった。「この会社を生かすために、オレはなんとしてもそれを探し出す」

7

その店は銀座の一等地にあるビルの七階に広々としたフロアを構えた有名イタリアンであった。ひと目につきにくい奥まった場所にある個室で、いまふたりの男が運ばれてきた白ワインで乾杯したところである。

「今日はお招きいただきまして、どうも」

小さく頭を下げて男が掲げたグラスに、自分も同じようにグラスを持ち上げてみせた弁護士の中川は、「ご機嫌伺いみたいなものです」、と狎《な》れた笑いを浮かべた。

上機嫌でこたえた中川のグラスに、男の手によってワインが新たに注がれた。「こればかりは

「それは困りましたね。私としてもなんとか助けて差し上げたいのはヤマヤマですが」

るんじゃないかと思いますよ」

ているか知らないままです。おそらくこのまま、中川さんと約束した回答期日を迎えることにな

もっともらしく男はこたえる。「ほとんどの社員はいま自分たちの会社がどんな危機に直面し

「さすがに現時点で報告はできないでしょう。なにせ身売りの話ですから」

でしょう。社員の皆さんへの報告はされてるんですかね」

腹から込み上げた笑いを抑えようもなく、中川は低い笑いを洩らした。「どうされるおつもり

「まさに八方塞がり、ですか」

には難しいといわれ、先日はついに取引先の大森バルブにまで出向いて断られ――」

「必死に出資先を探してますよ。とはいえ、ベンチャーキャピタルで断られ、M&Aの仲介業者

たものか」

近くなってきたというのに、いまだ目途が立っていないとなると、ケーマシナリーにどう返答し

社長とお会いしてから、かれこれ二十日ほど経っています。そろそろ、お返事をいただく期日が

男がこたえると、「それは困りましたねえ」、と中川は上っ面だけ驚いて見せた。「最初に伊丹

「みたところ、かなり難航してますね」

「その後、いかがでしょうか、ギアゴーストは。資金調達の目途《めど》は立ちましたか」

男は上機嫌で笑みを浮かべているが、もちろん中川の目的が何であるかは百も承知の上である。

「それは恐縮ですな」

中川が応じると、二人が洩らす低い笑いが個室に低く響き始めた。

「どうも」

男が再びワイングラスを掲げる。「前祝いということで」

「勝負あった、といったところですかな」

ねえ」

8

「すみません、お時間をいただきまして」

入室してきた入間工場長に、伊丹は深々と頭を下げた。ヤマタニ浜松工場の応接室である。

「何かありましたか」

伊丹の表情から非常事態を察したのだろう、入間は手振りでソファを勧めた。

「実は不測の事態に直面しておりまして、折り入って入間工場長にご相談があります」

「不測の事態？　どういうことです」

ただならぬ伊丹の様子に、入間は肘掛け椅子から身を乗り出した。

「弊社の主力トランスミッション『T2』に対して、ケーマシナリーから特許侵害を指摘されました。顧問弁護士に相談したんですが、裁判をしたところで厳しいだろうと」

詳細を語ると、入間は、たちまち問題の深刻さを理解して眉を顰めた。

「自前での資金調達はとてもじゃありませんが無理です。ただ、このままでは弊社は行き詰まってしまいます。考えに考えた末、もはや出資先を探し、その傘下に入れていただくしかないのではないかという考えに至りました」

伊丹は背筋を伸ばし、真正面から入間と対峙した。「ヤマタニさんに、弊社への出資を検討していただけないでしょうか。お願いします」

膝に両手を付いて頭を下げた伊丹に、入間は、難しい顔で腕組みをしたまましっと考えている。

やがて、壁の一点に結びついたままだった視線を伊丹に向けると、

「なんとかしてやりたいところだが、結論から先にいうと、出資は難しい」

そう明言し、「申し訳ない」、両膝に手を置いて小さく頭を下げる。

「いえ、そんな——。ご無理を申し上げているのは私のほうですから」

無念そうな伊丹に、入間は続けた。

「たしかにウチは、御社のトランスミッションには興味があるし、次期トラクターにも搭載を検討したいと思っている。だが、何もない状態であればともかく、それだけのライセンス料を支払わなければならないとなると、ウチの審査システムに乗せるまでもなく投資は不可能だ。それどころか、この話が公になれば、現在検討のテーブルに載っている御社トランスミッション採用の話そのものが流れる可能性すらある。〝スコアリング〟にひっかかるだろうからね」

ヤマタニでは、独自の診断システムによる取引先評価を行っていた。安全性、成長性、収益性といった定量的な財務診断に始まり、経営基盤や取引先スジといった経営環境までが点数化され、そのスコアによって取引の可否にボーダーラインを設け、取引規模に制限を設けている。

浜松工場は、ヤマタニの主力工場であり、入間は主要役員を兼務する工場長である。

入間が無理というものは、無理なのだ。

ここに交渉の余地のあろうはずはない。

「なんとか出資先を探し出して、新しいトランスミッションを見せてくれないか。期待してるから」

入間の言葉が温かいだけに、現実の厳しさが胸に染みてくる。

だが、いまの伊丹に、次のカードはなかった。思いつく先は全て回り、考えうる限り手段はすでに尽くしている。ヤマタニは、伊丹にとって最後の希望といってよかった。

「お忙しい中、時間をとっていただき、ありがとうございました」

力の無い笑みを無理矢理に浮かべ、ソファから腰を上げた伊丹は重い足取りで応接室のドアに向かって歩いて行く。

「そういえば、佃製作所を当たってみたかい」

入間のひと言が伊丹を立ち止まらせたのは、そのときだ。

「佃製作所、ですか？」

予想だにしなかったアドバイスに、伊丹は戸惑った。「いいえ」

「だったら、話してみるといいよ。佃さんなら出資するかも知れない」

「佃さんが、ですか」

信じられない思いで、伊丹は聞き返した。

ふいに蘇《よみがえ》ったのは、最初に佃と会ったときのことだ。将来的にトランスミッションメーカーになりたい——たしかに佃がそういったのは事実だ。

「でも、これだけのライセンス料となると、佃さんではさすがに——」

まったく選択肢にも入れていなかっただけに、伊丹は、意外を通り越して怪訝な表情さえ浮かべていたに違いない。

「なにいってるんだい。あそこは以前、特許訴訟で巨額の和解金を勝ち取った超優良企業だよ。普通の町工場だと思ったら大間違いだ」

思いもしなかった佃製作所の一面であった。

「存じ上げませんでした。そうだったんですか」

目を丸くした伊丹を、入間は励ました。

「可能性ってのはね、探せばいろんなところに落ちてるもんだ。諦めるのはまだ早いよ」

第六章　島津回想録

1

伊丹と島津のふたりが佃製作所を訪ねてきたのは、二月最初の水曜日であった。都内がこの冬一番の寒気に見舞われた、午前九時のことである。

玄関まで出迎えた佃は、ふたりを早速、応接室を兼ねた社長室に招き入れた。「至急、相談したいことがありまして。お時間をいただけませんか」。伊丹からそんな電話をもらったのは、前日の夕方のことだが、どんな話かわからないので、山崎と、そして殿村も同席している。

「すみません、お忙しいところ」

伊丹は詫び、抱えてきたものをテーブルの上に広げた。

トランスミッションの設計図だ。

「ご存じだと思いますが、これは『Ｔ２』という、弊社の主力トランスミッションの設計図です。アイチモータースさんのコンパクトカーに採用されたヒット製品なんですが、問題が起きまして」

「あの、問題というと――」

　ふたりが浮かべている表情の深刻さに佃が問うと、

「この部分です――副変速機なんですが」

　島津が設計図の一部を指で差した。「最近になって、ケーマシナリーから特許侵害であるという指摘を受けました。これがケーマシナリー側の特許です」

　佃らの前に書類を並べて見せる。

「すみません。ちょっと見では判断できかねるんですが、実際のところ、どうなんです。侵害になるんですか」

　佃の問いに、

「残念ながら」

　伊丹が、いままでの経緯を簡単に説明する。「弊社の顧問弁護士の見立てでは、裁判になったら勝つのはほとんど不可能だと。ウチとしては、ライセンス料を支払ってでも、製造は継続しなければなりません。会社の存続がかかっていますから」

　山崎と殿村のふたりがはっと伊丹を見た。存続をかけるような話なのだと、そのときになって悟った顔だ。もちろん、佃とて例外ではない。

「失礼。そのライセンス料というのは、いくらなんですか」そうきいたのは殿村だ。

「十五億です」

　伊丹のこたえは、あまりに巨額すぎて滑稽な冗談のようだった。

　気圧《けお》されたように、殿村が椅子の背にもたれた。山崎はメガネのブリッジに指を添えたまま固まっている。

「いかに大きな金額だろうと、これが真っ当な請求である以上、支払わないことには先へ進めません」

伊丹は苦しげに顔をしかめた。「佃さん、なんとかウチを助けていただけないでしょうか。お願いします」

そういって、島津ともども深々と頭を下げる。

あまりにも思いがけない話であった。

「助けるというと、どういうことでしょうか。融資せよということですか」

伊丹の意図を計りかね、佃は問うた。

「ウチへの出資を検討していただけませんか。十五億。もちろん、私とこの島津が所有するギアゴースト株式もお渡しします」

「失礼ですがそれは、十五億で御社を売りたい、そうおっしゃっているのと同じことですよ」

殿村が真剣な表情で尋ねる。

「おっしゃる通りです」

伊丹はきっぱりとこたえた。「その代わり、社員の雇用だけは守っていただきたい。辞めろといわれれば、私もこの島津も会社を去る覚悟です。どうか、ご検討いただけませんか」

再び頭を下げたふたりに、

「まあまあ。お上げください」

佃はいったものの、さすがに判じかね、「おふたりの意図はよくわかりました。社内で検討してお返事をさせていただきます。しばらく時間をいただけませんか」

それはまさに、佃製作所始まって以来の、驚嘆すべき提案に違いなかった。

2

佃が虎ノ門にある神谷・坂井《さかい》法律事務所を訪ねたのは、伊丹らから相談のあった翌日のことである。神谷修一《しゅういち》は、知財では国内トップレベルの敏腕として知られる、佃製作所の顧問弁護士だ。

「ケーマシナリーの顧問が、あの田村・大川——とは」

応接室で概略を告げた佃に、神谷はやれやれとばかり嘆息してみせた。表情は厳しく、この案件が決して容易なものでないことを想像させる。田村・大川法律事務所は、神谷自身もかつて所属していたことのある、知財分野では押しも押されもせぬ大手事務所だ。

「しかも、主担当は中川京一ですか」

神谷は眉間に皺《しわ》を寄せた。「佃さんはご存じないと思いますが、ケーマシナリーの親会社であるEZTは、米国で大手の法律事務所と組んで知財訴訟でかなりの荒稼ぎをしているんです。相手の弱みにつけ込んで、ライバルを潰すぐらいのことはやりかねませんよ」

「ライセンス料の減額には応じないといっているようです」

「先方の温情にすがろうとしても無駄に終わるでしょうね。彼らには情状酌量なんて通じません。考えを変えさせるためには、力でねじ伏せるしかない」

神谷は立ちあがると真剣な表情で設計図を覗き込んだ。全体を眺め、副変速機の構造を調べ、さらにケーマシナリーの先行特許と内容を突合《とつごう》していく。時折、佃とやりとりしながらのその作業は、かれこれ一時間近くも続いただろうか。

「なるほど。これは厳しいな」

神谷は沈黙して、しばし考え込んでいたが、「すでに検討をされたかわかりませんが、現時点で試してみるべき対抗手段がなくはない」

「あるんですか、そんなものが」

思いがけない言葉に、佃は驚いていた。

「クロスライセンス契約を狙えませんか」

「クロスライセンス？」

思わず佃は聞き返した。「それはいったい……」

「もしケーマシナリーの製品の中に、ギアゴーストの特許を侵害しているものがあれば、その特許の使用ライセンスを渡す代わりに、副変速機のライセンスもいただく。要するに特許の使用許可をお互いに交換し合うわけです。それならば、こんな巨額のライセンス料にはならないでしょう。逆に、こちらの方が多くもらわなければならないことだってあるかも知れない」

「なるほど」

望みのなさそうな場面で、こうした窮余の策を繰り出してくるのは、さすが神谷である。

「そんなうまい特許があるかどうかは別にして、まだ検討しておられないのでしたら、やってみる価値はあるでしょう。ところで佃さんは、このギアゴーストの買収、前向きにお考えですか」

「できれば。めったにないチャンスかも知れません」

佃は胸の内を神谷に明かした。「もしトランスミッションメーカーを傘下に収めることができれば、主力のエンジン事業とかなりの相乗効果を発揮することができます。本音をいえば巨額のライセンス料を全額払ってでも一緒にやりたい」

「だとすると、企業精査《デューデリジェンス》が必要ですね」

「そのときはお願いできますか」

「それはもちろん」

首肯した神谷だが、「ただ、やることはやりますが、それでいいんでしょうか」、と疑問を口にした。

「やはりこのライセンス料がいけませんか」

「いえ、そうじゃないんです」

神谷は首を横に振って、真正面から佃を見た。「申し上げたように、ギアゴーストにはまだ対抗手段が残っています。そのためにはまずケーマシナリーのトランスミッションを手に入れ、リバース・エンジニアリングで特許侵害の有無を精査する必要がある」

リバース・エンジニアリングとは他社製品をバラし、その構造や技術を検証する作業のことをいう。「問題は、その作業をギアゴーストにやらせるのか、佃製作所がやるのかということです」

「どういうことですか」

神谷の意図が読み取れず、佃はきいた。

「佃さんは、ギアゴーストを買収したいという意向をお持ちです。ギアゴーストにこの対抗策を伝え、同社が解決してしまえば買収話そのものが立ち消えになるでしょう。逆に佃さんが秘《ひそ》かに特許侵害の事実を摑んだ上で、それを内緒にして買収したらどうなるでしょう」

ようやく神谷の意図するところを、佃も理解した。「その場合、想定したより遥かに安くギアゴーストを傘下に収めることができます。ギアゴーストにあえて助言するのか、ビジネスと割り切って独自調査するか——それは、佃さんの判断にお任せします」

3

「難しい判断ですね、それは」

帰社した佃から話を聞いた殿村は腕組みして考え込んだ。社長室の応接セットには営業の津野と唐木田、そして山崎もいてそれぞれに思索に耽《ふけ》っている。

「もしウチでクロスライセンス契約が取れるぐらいの特許侵害を見つければ、それをケーマシナリーとの交渉の切り札にできるわけですよね。そうすればタダ同然でギアゴーストを手に入れられるかも知れないと」

津野は、自分の発言を咀嚼《そしゃく》し、「で、社長のお考えは」、と改まってきいた。

「オレなりに考えてみたんだが、この話、伊丹さんに教えようと思う」

佃のこたえにあとの三人は息を呑んだようになったが、反論の声はない。「たしかに、秘策を得てタダ同然で買収するというのもひとつの選択だと思うし、そうする経営者もいるだろう。しかし、ギアゴーストの人たちが後になってそれを知ったとき、どう思うだろう。喜んでウチの仲間になるといってくれるだろうか。オレだったら、うまいことやりやがってと思うだろうな。そして、そういうやり方に対するしこりが残る。たしかにビジネスには戦略は必要だと思うんだが、それはフェアじゃなきゃいけない」

佃は続ける。「会社だってひとと同じでさ。損得以前に、道義的に正しいかが重要なんじゃないのか。相手のことを思いやる気持ちや、尊敬の念がなくなっちまったら、そもそもビジネスなんて成立しない」

しばしの沈黙が挟まり、

「私は、それでいいと思います」

最初に同意を表明したのは殿村だった。「それでこそ、社長ですよ」

「私も賛成ですね。そうするべきです」

最もビジネスライクな唐木田のこのひと言に、佃は胸を撫で下ろした。

「いいよね、ヤマさんも」

津野にいわれて、山崎が驚いた顔をする。

「もちろんですよ。それよりツンさんはいいんですか、安く買収できるかもしれないんですよ」

「この世の中でさ、最後に生き残るのは真っ当なビジネスだけなんだよ。オレはそう信じてきた」

津野はいうと、佃のほうを向いた。「うちの大事な取引先が困ってるんだから、ここはひとつ助けてやりましょうよ。その結果、ギアゴーストがこの窮地を抜け出せたら万々歳じゃないですか。買収なんかしなくても、きっとウチのエンジンに合わせたいいトランスミッションを供給してくれるようになると思うんです」

ひとの好《よ》い津野らしい意見だ。

「ケーマシナリーへの回答期限まで時間がないでしょう。だったら、リバース・エンジニアリング、ウチも手伝いませんか」

山崎が提案した。「買収云々の話は置いといて、総力戦で行きましょう。いいですよね、社長」

「もちろんだ。しかしまあ」

佃は苦笑いを浮かべた。「この商売下手はウチの専売特許みたいなもんだな」

「こればっかりは、どこも特許侵害してくれませんけどね」

津野がこたえ、その短いミーティングは和気藹々《わきあいあい》とした空気に包まれたのであった。


佃がギアゴーストの伊丹に連絡を入れたのは、その打ち合わせを終えたすぐ後のことである。

「クロスライセンス、ですか」

電話の伊丹はきょとんとした反応であった。「なるほど。たしかにそれはやってみる価値がありそうです」

希望の光を見出したせいか、心なしか声に張りが戻る。

「すぐに島津と相談してみます。それにしても佃さん――」

電話の向こうから、伊丹の心のこもった声が響いた。「本当にありがとうございます」

「困ったときはお互い様ですよ。リバース・エンジニアリングですが、もしやるんならウチにもお手伝いさせていただけませんか。御社だけでは大変でしょう」

「是非お願いします。重ね重ねありがとうございます」

そんなやりとりをして電話を終えたものの、ふと佃は首を傾げた。

「何か」

殿村にきかれ、

「どうもひっかかるんだよな」

そうつぶやく。「ギアゴーストにも顧問弁護士はいるはずだが、伊丹さんの反応を窺うかぎり、いままでクロスライセンス契約の話はまったく出なかったようなんだ。可能性が低いことはわかるんだが、少しでも望みがあるんなら、ダメもとでもアドバイスをするべきなんじゃないか。いったい、顧問弁護士は何をしてたんだろうと思ってさ」

「たしかに、それは言えてますね」

殿村も思案顔で頷く。「この案件、その弁護士先生ではそもそも荷が重すぎるんじゃないでしょうか。余計なことかも知れませんが、伊丹社長に、弁護士を変えることを提案するのも手かも知れません」

たとえば神谷なら、このクロスライセンス契約以外にも、いくつかの切り口を見出すのではないか——そんな気もする。

「たしかにトノのいう通りかもな。神谷先生に関わってもらえれば心強いが——」

佃がつと口を噤んだのは、神谷の不敗神話を思い出したからだ。果たしてその神谷が、この敗戦濃厚な戦いの弁護を買って出るだろうか？

「ちょっと難しいかもな」

ところが——佃のもとに当の神谷から連絡があったのは、それから数日後のことであった。

4

その日、忙しい合間を縫って神谷のほうから佃製作所を訪ねてきたのは、神谷自身に何かしら含むところがあったからではないか、と佃が思ったのは後になってからである。

「どうですか、ギアゴーストさんのその後の状況は」

応接室で真っ先に切り出した神谷は、「いま、やっていらっしゃるんですよね」、と天井の方を指さしてきく。

複数台のケーマシナリー製トランスミッションを取り寄せ、ギアゴーストと佃製作所合同で、リバース・エンジニアリングに取りかかったのは一昨日のことであった。

ギアゴースト社内では十分な作業スペースが確保できないため、佃製作所の三階をそれ用に空けることにした。その方が手伝う佃側にとっても好都合だという事情もある。

「いまのところ、成果はないですが、ウチの連中も手の空く者全員で手伝ってます」

「いい手掛かりが見つかるといいですね」

神谷はいい、ところで、と話題を変えた。「先日の資料をあれから拝見していて、少々気になることがありまして。私が直接関わっているわけじゃありませんが、もしよかったらいくつか質問をさせていただいてよろしいでしょうか」

「もちろんです」

内線で連絡すると、数分もしないうちに社長室にノックがあってパソコンを抱えた島津が顔を出した。

神谷とは初対面だ。名刺を交換し、ひと通りの挨拶の後、神谷が広げたのは先日佃が渡した設計図と特許公報のコピーである。

「この副変速機ですが、いつ頃に設計されたか、覚えていらっしゃいますか」

「それでしたら記録を調べればわかります」

その場でパソコンを立ち上げ、

「ああ、ありました。これですね」

読み上げたのは、三年半ほど前の日付だ。「おおよその構想が固まったのはこの少し前ですが、設計図面が完成したのはこの日です。あの――これがどうかされましたか」

質問の意図を、島津も汲《く》み取れないでいる。

「それぞれの事実関係を調べていて気づいたんですが、ケーマシナリーは、あなたがその副変速機の設計を完成させた直後、正確には一週間後ですが、クレームを〝補正〟しているんです」

神谷の説明に、

「クレームの補正、ですか」

島津が聞き返した。

「特許出願の世界でクレームというのは、特許の権利範囲を示すものです」

神谷は専門的な話を切り出した。「クレームは、往々にして裁判で解釈が分かれるため、弁護士泣かせともいえるんですが、このケーマシナリーの場合、このとき補正されたクレームが決定的な意味を持っているんです」

「どういうことでしょうか」

眉根を寄せて、島津がきいた。

「ケーマシナリーさんのこの特許は、実はこの少し前に出願されたもので、その出願時の特許だけをみれば、実は御社の副変速機はその特許範囲を明確に侵害しているとはいえません」

思いも寄らない神谷の指摘に、島津も佃も息を呑んだ。「特許侵害になるのは、その後クレームが補正され、権利範囲が変更されたからなんです」

特許成立までの間、出願人は自由に自分の特許の権利範囲について変更することができる――そう神谷は説明した。

「新しい技術を開発したとき、事前調査段階では問題なかったのに、先行している特許申請の予期せぬクレーム補正によって、期せずして特許侵害になってしまう。まさに、御社の場合はそれに該当します。実際にこういうケースは珍しくありませんが、このクレームの補正についていえば、少々違和感がある」

島津が目を上げ、無言のままその意味を問うた。

「本当にこれは偶然なのかなと」

意味あり気に神谷はいった。「こんなタイミングでクレームが補正されるというのは、どうにも不自然なんです。しかも補正内容は、あたかも御社の副変速機を意識したものだ。率直にお伺いします、島津さん」

神谷はいま島津の目を真正面から見てきいた。「あなたの設計情報、外部に洩れていませんか」

「えっ」そんな声を発したまま後が続かず、島津はただ神谷を見つめた。

「たとえば、御社の中にケーマシナリー側と関係のあるひとはいませんか」

「――いません。いや、いないはずです」

やがて、島津はこたえる。「社員のことは信用していますし、そもそも設計情報にアクセスできる人物は限られていますから」

「なるほど。可能性の問題としてお伺いしたまでですので、気になさらないでください」

神谷はノートに何事か書き込み、「ところでもうひとつ、島津さんにお伺いしたいことがあります。重要なことです」、そういって島津を身構えさせた。

「あなたが考案した副変速機についてですが、そもそも特許申請をされていません。なぜですか」

「実はその――特許にするほどのものじゃないと思ってました」

返ってきたのは拍子抜けするようなこたえだった。「トランスミッションに限らず、新製品を開発したときに、全ての技術を特許申請するわけではありませんし……。ですから、設計したときに先行特許のようなものがないことだけを確認して安心していたんです」

神谷は黙ったまま、島津の表情を窺っている。

「特許にするほどのものじゃないとおっしゃいましたけど、それはどうしてですか」

「以前から知られている技術の応用だと解釈していたんです」

島津のこたえは、身構えたものでも作ったものでもなく、ごく自然に出てきた。「私のミスです」

「島津さん、これは今回の件と直接関係のないことかも知れませんが、もうひとつだけ質問させていただいてよろしいですか」

神谷の問いはさらに続く。「あなたは帝国重工で優秀な、それこそ天才と呼ばれたエンジニアだったんですよね。その話をしてもらえませんか。なぜあなたはその組織を捨てて、ギアゴーストという小さな会社の共同経営者になったんでしょうか」

神谷の疑問は、佃にとってもまた〝聞きたかったこと〟であった。同じ技術者として、同じ大きな組織から飛び出した者として、なぜ島津は「帝国重工の島津」ではなく「ギアゴーストの島津」を選んだのか。そこに至る経緯にどんな決断があったのか。

神谷と佃が見つめる前で、島津はひとつ小さな深呼吸をすると、どこか哀しげな小さな笑みを浮かべて語り出した。

5

大学で最先端の機械工学を学び、修士号をとった島津は、帝国重工入社と同時に希望していた開発部門に配属され、トランスミッションと格闘する日々を送ることになった。

帝国重工の数ある製造ラインの中でも、特に車両用トランスミッション開発を仕事に選んだのには、それなりの背景がある。

島津の父は、広島市の臨海地域にあった自動車メーカーの工場で朝から晩まで油塗《まみ》れになって働く、仕事熱心な技術者だった。

クルマ好きで自動車メーカーに入社したものの、祖母と母、それに島津を筆頭に子ども三人を抱えた父に新車を買うだけの余裕はなく、所有していたのは勤め先の先輩から譲ってもらったという三年落ちの中古車だった。そんな父の唯一といっていい趣味はクルマいじりで、子どもの頃の島津はそれを手伝うのをいつも楽しみにしていたのである。

父はクルマの部品に関する蘊蓄《うんちく》を垂れ、冗談を飛ばしたりして、決して退屈させることがなかった。同年代の女の子たちと遊ぶのも楽しかったが、島津にとって、父が誘《いざな》うエンジニアリングの世界は奥深く、崇高で知的好奇心を刺激して止まない胸躍る冒険だった。

「ええか、このボンネットの中には、いろんな人の知恵が一杯つまっとるんじゃ」

父の解説は、たいていそんなひと言から始まる。時にどこかで手に入れた古いクルマのエンジンやトランスミッションを分解してみることもあった。

分解し、油に塗れた歯車を手にした父は誇らしげに語るのだ。

「こんなちっぽけな歯車でもな、寸分の狂いもなく正確に作るのは難しいんじゃ。歯車ひとつにも、これを作る人の腕の善し悪しが出る」

そういいながら複雑なマニュアル式のトランスミッションのケースを開け、仕組みをおもしろおかしく解説してくれる。

父は島津にとって最初の、そして最高の師匠だった。その父に感化され、島津が大のクルマ好きになったのは半ば決められたレールの上を走るようなものだったのである。

そして時々、父は自分が整備したそのクルマに家族を乗せて、島津たちをドライブにつれていってくれた。

島津の家族にとってクルマは、いわば家族の絆《きずな》、コミュニケーションの要だった。

「クルマは人を幸せにする。別に新車じゃなくてええ。好きなクルマに人を乗せて走るのは、それ自体が幸せなことなんじゃ」

そんなふうに語る父の哲学は、そのまま島津の哲学となり、大学で機械工学を学ぶ原動力になった。

自動車メーカーに行かず、教授推薦の帝国重工に入ったのは、同社のトランスミッション部門にまだまだ成長する余地があり、「レベルが低いからこそ君の能力が求められている」という教授の言葉に可能性を感じたからだ。

帝国重工のトランスミッションは、他の大手メーカーと比べると、まず性能面で劣っていた。しかし、それ以前に問題だったのは、設計思想だったと島津は思う。

帝国重工のそれは、古くさく時代遅れで、しかも保守的だった。

そんな問題意識もあって、島津は、入社直後から、新たな発想のトランスミッションをどんどん提案し始めた。

もちろん帝国重工には島津以外にも技術者が毎年大勢入社しており、自動車のトランスミッション部門にも優秀な人材は多く配属されていたが、そんな中にあって島津はひと際異彩を放つ存在だったといっていい。

しかし、平たくいえば島津と他の技術者との違いは、妥協のない「こだわり」だった。性能さえ良ければどんなトランスミッションでもいいということは決してないのだ。

トランスミッションが変われば、クルマの息遣いが変わる。

一速から二速に入れたときのフィーリング、走行中のペダル操作から伝わる振動。クルマを運転する楽しさ、歓《よろこ》び、そして感動。島津がトランスミッションに求めたのは、単に性能を表す数字の羅列だけではなかった。

そんな島津は最初、周囲から驚きの目をもって迎えられた。天才——島津の優れた設計に舌を巻き、そんなふうに言われるようになったのもその頃だ。

だが、その驚きの目が、やがて嫉《そね》みのそれに変わっていくのにそう時間はかからなかった。新しいアイデアを次々と生みだす一方で、先輩技術者の設計を平然と否定し、古いと断言する島津は、次第に周囲からやっかみ半分で疎《うと》まれる存在になっていったのだ。

その話が社内で出てきたのは、入社五年目の秋であった。

それまで帝国重工が製造してきたトランスミッションは、その多くが中型車以上のクルマに搭載されるものであった。そこへ、コンパクトカー市場に狙いを定めた新たなトランスミッションを開発・製品化せよ——そんな号令が経営の上層部から飛んだのである。

「ついに来た」

そう思った。

というのも入社以来、島津はＣＶＴという、それまでの形式とはまるで違うタイプのトランスミッションの開発に携わってきた。ところがそれは製品化の目途も立たないまま燻《くすぶ》り続けていたのだ。

理由はいくつかあった。

性能を検証、評価する社内システムが確立していないというのもそのひとつだが、それ以前に、帝国重工内にはＣＶＴを「下」に見る風潮があった。

ＣＶＴは複雑に組み合わせた歯車の代わりに、ベルトを使って変速するタイプのトランスミッションだ。いってみれば、自転車の変速機構の進化形に近い。自転車には何段変速という段数が存在するが、ＣＶＴにそれは無く、無段変速が特長である。そして、軽量、コンパクト。故にエンジンルームの小さなクルマに適している。だが逆に大排気量でパワーのあるエンジンを搭載したクルマには向かないというのがそれまでの——そして今に至る——定説であった。エンジンの回転が上がれば上がるほど、ベルトの摩擦が問題になってくるからだ。それを解決するベルトないしはそれに代わる構造が無いため、

「結局、小型車にしか載せられないじゃないか」

そんなふうにCVTを過小評価する技術者が少なくなかったのである。

だが、島津の考え方は違った。

たしかに、高回転域で起きる様々な問題はあるにせよ、他のトランスミッションが七速や八速、さらに九速、十速と多段階化していく流れにあるならば、そもそも無段変速を前提にしているCVTはその先を行く存在といっていいはずだ。

だが、一方で技術的に難しいことも事実であった。アプリケーション開発の難しさに加え、ベルトの回転と摩擦をどうコントロールし、乗り味の良い物にしていくか。そこまで考えると、技術的な参入障壁は極めて高い。逆にそれを「下」に見ている社内の技術者たちにしてみれば、CVTは、可能性は認めるけれどもただ難しいだけで使えないシロモノだということになる。

その難攻不落のトランスミッションの製品化に、島津は挑んできた。

「これはチャンスだ」

このとき作成した企画書は、いわば島津裕の集大成といえるものだ。

ひとりの技術者として、心からクルマを愛する者として、最高のトランスミッションを作りたい——その情熱の全てがそこに詰まっていたからである。

新たなトランスミッションを決める会議は、年が明けた一月上旬に開かれた。

出席者は製造部門を統括する常務取締役を始め、生産技術研究所長、さらにトランスミッション製造を手がける愛知工場長、そして製造部門の役職者がそのために集まった重要会議である。

この会議の席に、提案者として島津は呼ばれた。

「君の企画書はなかなか力作だな」

最初にそんな発言をしたのは、常務取締役の田村勇一《たむらゆういち》だ。「しかし、ＣＶＴは突飛過ぎないか。ウチには経験がないだろう」

石橋を叩いて渡るといわれる男の、保守的な発言だ。こういう発想が、島津は嫌いだった。いままで経験がないからといって、それが何なのだ。

「製品化の経験はありませんが、耐久性、性能とも問題はありません。近い将来、日本のコンパクトカーに搭載されるトランスミッションの主流になるのはＣＶＴです」

島津は内側の感情が顔に出ないよう、淡々と答えた。

「これだと、ウチの財産が生きないだろう」

否定的な意見を出してきたのは、同じ研究開発ラインにいる副部長の奥沢靖之《おくさわやすゆき》だ。長くトランスミッション畑を歩んできた男で、トランスミッション製造部門のお目付役的な存在である。

「いままでウチが手がけてきたマニュアルトランスミッションにせよ、オートマチックトランスミッションにせよ、クルマのマーケットでは主流になれませんでした。性能と乗り味に問題があったからだと私は考えています。ＣＶＴならそれを解決できます」

島津の発言に、奥沢の顔つきが強張った。主流になれなかったトランスミッション作りの中心にいたのが奥沢だからである。島津にしてみれば、いままでの「ダサい」トランスミッションこそ、奥沢の責任だという思いが根底にあった。いつもは腹の底にしまっていた奥沢に対する低評価が、思わぬところで露呈してしまった形だった。

「随分な自信だな」

田村が面白がるようにいい、製造部長の柴田《しばた》和宣《かずのり》と視線を交錯させる。柴田から事前に、島津に関する〝言いたいことは言う〟人物評でも耳にしたのかも知れない。

「CVTは小型車にしか通用しないだろ」

蔑《さげす》むように、奥沢が決めつけた。「そんなものを作っても、将来がない」

「将来はあります」

ムキになって、島津は言い返した。企画書にも書いてあるのに、どうせ奥沢は小馬鹿にして読み飛ばしたに違いない。いままでにも何かにつけ、島津の提案を撥《は》ね付《つ》けてきたのが奥沢であった。以前、先輩技術者のひとりに言われたことがある。「奥沢さんは、お前の才能に嫉妬してるんだよ」、と。

「近い将来、CVTの無段変速は大排気量のクルマにも対応できる技術力を備えることが可能だと思います。いまないからこそ、もっとも成長する可能性のあるトランスミッションではないでしょうか」

島津の力のこもった主張に、しらっとした空気が流れた。

手応えは薄い。

常務の田村、製造部長の柴田、そしてこの奥沢まで、最初から島津の提案など実現不可能な夢物語だと決めつけているようなフシがあった。島津を納得させるためにここに呼んだのかも知れないが、予定調和の結論が見え隠れしている。

その気配に島津は焦り、一方で憤りを感じた。

自分の提案が優れているという盤石の自信はある。

だが、いまこの会議は、従来の帝国重工トランスミッションが辿《たど》ってきた路線の、その延長線上の選択をしようとしている。

理由は明白だ。

その方が、失敗したときに言い訳がきくからだ。

実際、この会議にもうひとつのトランスミッションが俎上《そじょう》に上がることを島津は知っていた。

小型化したオートマチック専用のトランスミッションだ。

いままで作ってきたものをさらに軽量、小型化したコンパクト版である。実際、試作段階でこのトランスミッションを搭載したクルマに島津は乗ってみた。乗り味は悪くない。だが、島津のCVTを超えるものとは到底、思えなかった。

「乗っていただければ、このCVTのドライブ・フィーリング、つまり乗り味がどれだけ素晴らしいかわかります」

島津は訴えたが、返されたのは冷笑だ。島津が熱心であればあるほど、旧態依然とした連中は醒《さ》めていく。

「ドライブ・フィーリングは人によって違うだろ」

奥沢がまた、否定的な見解を口にする。長年トランスミッションを作ってきたというバックボーンがあるだけに、その発言は重い。「それに、コンパクトカーを運転するのは誰だ。主婦、通勤に使うサラリーマン。そんな人たちの中にドライブ・フィーリングの善し悪しを判断できる者がどれだけいる？　乗ってしまえばこんなもんだと思うだろう。ドライブ・フィーリングなんていう定量化されないものは、そもそも判断材料にはなり得ない」

そんなことをいっているから競合他社に勝てないんだ、というひと言を島津は呑み込んだ。

そして絶望的な気持ちになる。

――この人たちに何をいってもダメだ。

新しいトランスミッションを開発しろといいつつ、見せかけばかりの新しさを装い、結局は従来の路線へと回帰していく。さしたる実績も築けず評価もされなかった場所に安住し、新しい領域へ踏み出すことから逃げて回る。

より優れたものを追求することに背を向けた連中に何ができるだろう。

「ドライブ・フィーリングがわからないなんて、そんなことはありません」

島津は暗澹《あんたん》たる気持ちのまま、そう声を大にした。「もっと一般ユーザーを信用すべきではないでしょうか」

「勘違いしているようだが」

奥沢がまた口を開いた。「我々帝国重工は、一般ユーザーを相手にしていない。その代わり、このトランスミッションを供給する自動車メーカーが相手にしてくれている。顧客がどう思うかは彼らが判断することだ。そしてうちのトランスミッションが顧客に支持されていることは、いままでの採用実績が証明しているじゃないか」

「うちの製品を採用してきたのは、ジャパン自動車です」

島津は、すでに手負いの獅子《しし》にでもなった気分で反論した。ジャパン自動車は、かつて帝国重工から分離した車両部門だ。

「君は、ジャパン自動車がうちの系列だからトランスミッションを採用したとでもいいたいのか」

柴田部長がきいた。実際その通りだが、尋ねた柴田はさも心外そうな顔をしてみせている。

島津は思わず押し黙った。

グループ企業の馴れ合いは、一時的に帝国重工の業績に寄与したとしても、真の競争力を殺《そ》ぐ結果にしかならない。

系列自動車会社にトランスミッションを押し付けておきながら、それが顧客の支持だとは、まやかし以外の何物でもなかった。

「ジャパン自動車の販売実績は低迷しています」

島津の指摘は、越えてはならない一線を越えていた。

「うちのトランスミッションが理由だとでもいうのか」

不愉快極まりない口調で、田村常務が言い放った。ひやりと光る刃物のような視線が島津に向けられている。

「このＣＶＴであれば、系列の枠を超えて大きな支持を得られると確信しています」

島津は最後の力を振り絞っていった。「やらせてもらえませんか。来期の重点項目に入らなくても構いません。ですが、なんとしてもＣＶＴを市場に問いたいんです。自信はあります」

返されたのは重い岩のような沈黙だ。

「この会議は重点項目にすべきトランスミッションを選ぶためのものだ」

製造部長の柴田が重々しく口を開いた。「それ以外のことについては、機会を改めてくれないか。ご苦労さん」

島津の役割は、そこで終わりを告げた。


島津の発言に、田村常務がどれほど怒り狂ったか。それを知ったのは、会議が終了した後のことだ。

製造部長の柴田に呼ばれて執務室に行くと、

「ウチの系列自動車会社だからトランスミッションが売れたと、君は本気で考えているのか」

真っ先にそう問い詰められた。その怒りをためた目の奥には、帝国重工製造セクションを引っ張る男のプライドが強く滲み出ている。と同時に、組織人としての分別の色も入り混じっていた。

「田村常務が、いたくご立腹だ」

要するにそれが言いたかったらしい。

島津の退席後、議論がどのような経緯を辿ったのか、どっちのトランスミッションが重点項目として採用されたのか。その肝心なことよりも、会議での発言を柴田は問題視している。

「すみません」

バカバカしくなって島津は口先だけで詫びた。「それで、トランスミッションの件は――」

「CVTは却下」

呆然と立ち尽くす島津の胸を激しく翻弄したのは、徒労感であった。そして、組織人としての深い失望だ。

この帝国重工という組織は、島津のことを必要としていない。

その事実を痛いほど感じた瞬間であった。

島津に、総務部への辞令が出たのはその三月のことだ。着任は年度替わりの四月から。製造部門での島津のキャリアにピリオドが打たれたのである。

帝国重工は、島津の才能を不要なものとして排除した。旧来の路線を否定する島津の態度に業《ごう》を煮やし、痛烈な罰を与えたのだ。

島津にとって、実際にものを作らない職場など何の意味もなかった。

それからの日々のことを、島津はよく覚えていない。

ただ記憶にあるのは、調布市内の社宅からの満員電車の通勤と、大手町の本社ビルから見える灰色の空。そしてやけに白く小綺麗なオフィスだけだ。

もう、この会社に自分の居場所はない。

伊丹が声をかけてきたのは、島津がそう確信した頃であった。

――新会社を立ち上げる。一緒にやらないか。


「このとき、伊丹もまた、帝国重工という組織の中で苦しんでいたんです。ふたりとも、これというビジネスモデルや技術を持ちながら、腐っていた。そんなふたりが手を組んで作ったのが、ギアゴーストでした」

長い回想を終えた島津の頬は紅潮し、当時感じていたに違いない悔しさを再び思い出したかのように目を潤ませていた。

「あなたの社会人人生は思い通りにはならなかったかも知れませんが、それは絶対に無駄にはならないと思います」

神谷は冷静に断じるや、この日最後の質問を繰り出した。「最後にひとつ教えてください。あなたが『T2』を開発する前、コンペでケーマシナリーと争ったことはありましたか」

「ええ、何度かあります」

島津はそう応えた。

「そして、勝った――？」

神谷が島津の顔を覗き込んだが、それはいまゆっくりと左右に振られたところだ。

「いえ。ほとんど勝てませんでした。実績がないという理由で。唯一の例外は、アイチモータースに採用された『T2』です」

その答えを咀嚼するかのように神谷は黙考を続けたが、やがて小さな吐息とともに礼を言った。

「お忙しい中、お時間を取っていただき、ありがとうございました」

島津らによるリバース・エンジニアリングが、何の果実もないまま終わったのは、その三日後のことであった。

第七章　ダイダロス

1

佃が、ギアゴーストの伊丹、島津とともに神谷の事務所を訪ねたのは、リバース・エンジニアリングが成果なく終わった二月半ばのことだ。ケーマシナリー代理人の中川弁護士が設定した回答期限が数日先に迫り、今後の対応について早急に詰める必要があった。

「不発に終わりましたか」

報告を聞いた神谷は、その結果をある程度予想していたに違いない。「中川京一の手から水が洩れることを期待したんですがね」

「こうなった以上、ウチからギアゴーストさんへの出資という形でなんとか救済したいと思います。いかがでしょうか」

佃に問われた神谷はしばし考え、

「どんな形にせよ、先方の主張するライセンス料をお支払いになると、そういうことですか」

そう問うた。「末長先生はなんとおっしゃってるんですか」

これは伊丹と島津に向けた質問だ。

「特許侵害についてはやはり、抗弁は難しいというお話でした」

唇を噛んだ伊丹を、神谷はじっと見つめ、「少し問題を整理してみませんか」、と改まった口調になる。「先日、島津さんには少しお伺いしましたが、ケーマシナリーの特許申請については、少々不自然なところが見受けられます」

「その話は島津から聞いております。ただ、先生が指摘されたような情報漏洩があったとは……。社員は信頼できる者ばかりですから」

硬い口調で伊丹はいった。神谷の指摘は推測の域を出ないものであり、大切な社員を疑われたという思いは伊丹にもあるだろう。

幾分気まずい雰囲気が流れたが、神谷はまったく意に介せず、

「ところで、末長弁護士とはいつからのお付き合いですか」

そうきいた。

「創業して間もない頃からですから、かれこれ五年ほどになります」

伊丹の代わりに答えた島津も、まさか末長まで疑うのかと身構えている。「末長先生は信頼できる方ですし、もし末長先生から情報が洩れたのではないかと疑われているのでしたら、それは違うと思います」

「前回、その末長先生と一緒に、先方代理人の中川先生と面談されたんですね」

神谷は伊丹に問うた。「そのとき、末長先生と中川先生のご関係はご覧になっていてどうでし

たか。親しくされていたんじゃないですか」

「いえ。そんなことはありません」

あくまでふたりの関係を疑う神谷に対し、伊丹は眉を顰《ひそ》めた。ギアゴーストへの出資を相談に来たのに、事態は意図しないほうに進もうとしている。「少なくとも私の見た限りでは、まったく親しい関係には見えませんでした。中川弁護士は敵対的な態度でしたし、もし親しい関係であればもう少し場を馴染ませる努力をされたはずです」

「親しい関係だと知られてはマズイという判断かも知れませんよ」

神谷の反応に、伊丹の顔色が変わった。

「お言葉ですが、私どもは末長先生を尊敬していますし、今後も顧問契約は継続していくつもりです」

「クロスライセンスの件、末長先生、おっしゃいましたか」

神谷が問うた。「知財を扱う弁護士なら、検討してしかるべき対策だと思います。やるかやらないかは別にしても、この状況で助言すらされない。おかしいと思いませんか」

「おかしいかどうかはわかりませんが、結局、リバース・エンジニアリングでは何も出ませんでしたよね」

伊丹の口調に皮肉が混じった。「そもそもそんな都合よく特許侵害が見つかる可能性がどれだけありますか」

「それほど高くはないでしょうね」

神谷はこたえた。「でも、可能性がゼロだと言い切れますか？」

「それはゼロではないでしょう。ですが、もっと現実的な問題として敢えて助言されなかったとも考えられるんじゃないですか」

伊丹の末長に対する信認は厚い。一緒にやってきた者たちを受け入れ、そして無条件に信頼する。それがこの男のいいところでもあり、弱いところでもあるのかも知れない。

「末長先生を疑えとおっしゃるのでしたら、それはできませんし、ここで失礼させていただきます。そんな時間があるのなら、この場ではなく、末長先生と今後の法廷戦略を練るべきだと思いますので。現実的な戦略をです」

神谷に対する不信を隠そうともせず、伊丹は言い放った。

「末長先生とご相談されるのなら、大変結構なことです。是非、そうされるべきだ。ですが、末長先生ではこの裁判、負けますよ」

神谷の断言に、思わず佃は耳を疑った。

伊丹に至っては、喧嘩《けんか》腰で神谷を睨み付けている。島津も同じだ。

「じゃあ、先生なら勝てるんですか」

島津が感情も露《あら》わにきいた。「このままなら特許侵害の事実はほぼ百パーセント認定されるっていう状況なのに、それでも先生なら何か対策はあるとおっしゃるんですか。それって――」

「あるわけないよ、そんなもの」

伊丹が島津を制し、冷ややかな眼差しを神谷に向けた。「先生は知財では、トップクラスなんですってね。だからって、他の弁護士をそんなふうにこき下ろすんですか」

「別にこき下ろしてはいません。ただ、私の仮説を検証するためのヒアリングをしているだけです」

「仮説の検証？」

伊丹はあからさまな失笑を洩らした。「どんな仮説なんですか。そもそも、根拠あるんですか。島津の開発時期とクレームとやらの補正時期がタイミングよく重なっているっていうだけじゃないですか。それがひとを疑うだけの根拠になりますか。ましてや末長先生を疑うなんて。相手方弁護士とつるんでウチの情報を横流しにしたとでもいいたいんですか」

「ぶっちゃけていえば、そういうことです」

「不愉快極まるな」

伊丹は不機嫌に横顔を向け、「もう結構」、というひと言とともに立ちあがった。

「末長先生のところに行かれるんですか」

「だったらなんだっていうんです」

言い返した伊丹は、「佃さん、これではなんの参考にもなりません。我々はこれで失礼させてもらいます」。島津も立ちあがったとき、

「ああ、そうだ。これをお持ちください」

神谷は、手元の封筒を伊丹に手渡した。「中味は後で読んでいただけば結構です。ご参考までに」

この一部始終を傍観し、さすがの佃も当惑を隠し切れなかった。

「先生、いまここで我々が決裂してしまっては、相手を利するだけだと思います。情報の漏洩元《ろうえいもと》が末長という顧問弁護士であるという話、根拠はあるんですか」

神谷らしくないやりとりに、佃はやんわりと苦言を呈する。

「それについてはこれをご覧ください」

神谷は、佃の前に一通の書類を差し出した。「いま伊丹さんたちに渡したものと同じものです。読んでいただければ、私がなぜ末長弁護士に疑いの目を向けているかおわかりになるでしょう」

一読した佃は驚きを禁じ得ず、

「まさか――」

神谷の顔をまじまじと見つめるしかなかった。「こんなことがあるなんて。まだ間に合います。伊丹さんを呼んできましょう」

スマホを手に立ち上がった佃を、神谷は制した。

「少々怒らせてしまいましたが、あの伊丹さんという方は、情に厚い、慎重な方だと思います」

感情的な発言を浴びせられても、神谷の伊丹評は冷静だ。「この書類で私の根拠は理解されたでしょうが、だからといって短絡的な行動はされないでしょう。それとなく質問したりして心証を固め、その上で対応をお決めになるはずだ――ただ、時間はありません」

そこが問題であった。神谷は続ける。

「ケーマシナリー側代理人への回答期限は明後日《あさって》です。その交渉に末長弁護士が同行されれば、形なりにも回答の猶予、ライセンス料の減額といった方向を探る交渉にはなるでしょう。ただ、状況から勘案してそんな和解案がまとまる可能性は低い」

「訴訟になるということですか」

「おそらく」

そうなった場合、いよいよギアゴーストへの出資を本格的に検討する必要がある。十五億もの出資は、佃にとっても大きな決断であり、たやすいものではない。

「出資の準備をされるのは構いませんが、それは負けを前提とした話です」

浮き足立つ佃に、神谷は淡々と指摘した。「佃さんもギアゴーストのふたりも、末長弁護士の刷り込みに影響を受けているように思えてならないんですが、訴訟になるのなら、まずそれに勝つことを真っ先に考えるべきでしょう」

神谷の主張は、まさに正論である。

だが、果たしてこの裁判のどこに勝機があるというのか。

「何か、具体的な方法があるんでしょうか」

そう問うた佃に、神谷はしばし考え、

「私はどうも、島津さんから先日聞いた話が気になるんです」

そんなふうにいった。「具体的な論拠には行き着いていませんが、特許侵害の有無だけがこの訴訟の論点ではないのではないか。私はそんな印象を受けました」

「特許侵害の有無だけが論点ではない……？」

「そうです。ただ、そこを突くには、かなり面倒な作業をする必要があります」

「教えていただけませんか。それは一体、どんな作業なんです」

問うた佃は、神谷の説明に真剣に耳を傾けはじめた。

2

ギアゴーストの伊丹が顧問弁護士の末長と共に中川京一との二度目の交渉に臨んだのは、当初の予定通りその翌々日のことである。

「それで、どのように検討していただいたんでしょうか。本日はいいお返事をいただけるんでしょうね」

作り笑いを浮かべた中川だが、目は笑っていない。それどころか、恫喝《どうかつ》を孕《はら》んだ眼差しは伊丹を真正面から捉えてぎりぎりと締め上げてくるようだ。田村・大川法律事務所の会議室である。

「実はまだ結論が出ません。もうしばらくお時間をいただけないでしょうか」

そう答えたのは伊丹ではなく、末長のほうであった。弁護士らしく堂々としていて、その態度だけ見れば、どっちが窮地に立たされているのかわからない。

「時間は十分にあったでしょう」

中川の表情が突如憎々しいものに変化し、冷徹な目で末長を見据えた。「そもそも、我々の主張に関しては、認めるとおっしゃったじゃないですか。どうなんです」

「それについても再度検討中でして――」

「あなたたちがやってるのは、ただの時間稼ぎだ」

中川が遮《さえぎ》った。「だったら手っ取り早く法廷で決着をつけましょうか」

「ちょっと待ってください。そんな簡単に法廷だなんだといわれても困りますよ」

末長は、両手を胸の前に出して制した。「裁判所の判断が必ずしも予想通りになるとは限らないのはおわかりですよね。裁判にすれば、お互いにリスクがある。ギアゴーストさんも、特許侵害については認める方向で検討されています。ただ、お申し出の金額があまりにも高額ですので、支払う術がありません。こちらからのお願いなんですが、ライセンス料の減額、もう一度検討していただくわけには参りませんか」

「それについてはこの前、申し上げたでしょう」

中川の声のトーンがすっと下がった。変幻自在に表情を変える男である。「ケーマシナリーさんは特許侵害に関する主張とライセンス料については、一切、譲歩するつもりはありません。裁判にリスクがあるですって？　おもしろい、試してみましょうよ」

「減額には応じないと、本当にケーマシナリーさんがおっしゃってるんですか」

伊丹の質問に、「私が口から出任せにいってるというんですか」、中川の目が吊《つ》り上がった。

「あなた方には十分検討する時間はあったはずだ。もうこれ以上待てないし、待ったところで何も出てこないということもよくわかりました」

中川の目に殺気が立ちこめるや、さっと席を蹴った。

「本件、訴訟手続きに移らさせていただきます」

「ちょっとお待ちください、中川先生――」

退席しようとする中川に、末長が追いすがる。

「もう遅い！」

ぴしゃりと拒絶した中川は、聞く耳もたぬとばかりドアの向こうへ消えた。

「まあ、そういうことですので、末長先生。伊丹社長」

後に残されたもうひとりの若手弁護士、青山が、醒めた目でふたりを交互に見た。「我々は代理人の意向により、直《ただ》ちに訴訟手続きに移行します。今日のところはこのへんで。近く法廷でお会いしましょう」

愕然とした表情の末長は、いま厳しい面持ちで立ち尽くしている伊丹を振り向いた。

「仕方が無い。引き上げましょう、伊丹社長」

3

「ライセンス料を全額支払え、か」

エレベーターで地上階へ降りた伊丹は、力無く視線を彷徨《さまよ》わせた。

末長から、

「まあ、仕方ないでしょうなあ」

諦めにも似た反応がある。前方に、東京駅の駅舎が見えた。一点の曇りもない冬空が広がっていたが、吹きすさぶような北風に大手町界隈を歩くサラリーマンたちは一様に背を丸め、コートの襟《えり》を立てている。

「実は先生。あるところから、クロスライセンス契約を狙ってはどうかという提案があったんです」

伊丹は切り出した。本当は末長が提案すべきものだったのではないか——神谷の言葉が脳裏を過《よ》ぎっていく。

「ほう」

末長は意外そうな顔を伊丹に向けた。「それで、何か出たんですか」

違和感を、伊丹は抱いた。

出るはずがない、と言下にいうのなら、末長が提案しなかったのも理解できる。何か出たかときくぐらいなら、最初から末長がアドバイスをすべきではなかったのか。

「いえ。なにも」

「そう簡単には出てきませんよ、そんなものは」

さも当然といわんばかりの口調になる。

「他に何か、我々が取れる対策があると思いますか」

北風に吹かれながら、伊丹は問うた。

「残念ながら、法律的な見地からは厳しいですね」

末長は、垂らしていたマフラーを首に巻きながらこたえる。「これだけ特許侵害の要件が揃ってしまうと、ひっくり返すきっかけすらない。ところで、ライセンス料の資金調達はどうですか」

伊丹は首をゆっくりと横に振り、視線を足下に落とした。佃製作所が出資を検討していることは話せなかった。末長に対する信用がグラついたからだ。

「これは負け戦《いくさ》になるよ、伊丹さん」

裁判での敗北を確信するかの発言をした末長に、

「先生、あの中川京一という弁護士ともう少し話し合う余地を探れませんか」

思いきって、伊丹は問うてみる。「先生と同じ知財の弁護士同士、個人的に親しい関係だったり、ということはありませんか」

「何をいってるんですか、伊丹さん」

末長が示したのはさも心外だといいたげな反応だ。「私があの中川氏と親しければ、もっとうまく事を進めていますよ」

そのこたえに伊丹は驚き、そして落胆の色を隠せなかった。

末長は嘘《うそ》を吐《つ》いている。

だが、末長は伊丹が浮かべた憂愁の色を、この特許紛争の形勢によるものと判断したに違いない。

「この状況が御社にとって危機的であることは十分に承知しています。ただね、こうなった以上、この窮地を脱する方法はただひとつ——何らかの形で資金調達をして、ライセンス料を支払うことだ。融資を受けることが難しいのであれば——改めて身売り先を探すべきだと思いますよ」

いとも簡単な口ぶりで末長はいった。「相手を選り好みしている場合じゃないし、経営権云々に拘《こだわ》って行き詰まったら元も子もない。あなたがすべきことは会社と従業員を守り抜くことじゃないんですか」

「それは、ただの負けなんじゃないですか」

呆然といった伊丹に、

「特許侵害の事実は曲げられません」

端厳として末長は断じた。「きつい言い方になるが、負けは負け。それを認めるところから次が始まるんじゃないですか。それでは、予定がありますので。失礼」

手を挙げてタクシーを止めた末長が後部座席に体を滑り込ませる。そのクルマが見えなくなるまで見送った伊丹は、路頭に迷ってでもいるかのように、しばし大手町の雑踏に佇んだ。どれだけそうしていたか、やがて東京駅に向かって歩き出そうとしたとき、

「伊丹さん。伊丹社長――」

背後から声がかかって再び足を止めた。

振り返った伊丹は、声をかけてきた人物を見て首を傾げる。

ビルの入り口辺りにいて伊丹に手を挙げながら近づいてきたのは、先ほど中川の隣に控えていたもうひとりの弁護士、青山であった。

「ああ、間に合ってよかった」

そういいながら青山は、それとなく辺りを見回す。末長の姿を探したのだろうか。だが、その姿がないと見るや、

「折り入ってお話があるんですが、少しよろしいでしょうか」

そう小声になった。「先ほどの件で、ひとつ提案がありまして」

意外な展開である。

ただ、提案であれば、末長も同席した方がいい。電話をして意見をきくべきか。伊丹が逡巡《しゅんじゅん》したとき、

「伊丹さんおひとりの方がいいんですが」

心中を見透かしたように、青山はいった。「ライセンス料云々の話ではありません。ここで立ち話もなんですから、ご足労ですがもう一度、弊所へいらしていただけませんか。どうぞ」

どうしたものか――。だが、「お願いします」、と頭を下げた青年弁護士の態度は実直そうで、

さほど悪い話ではなさそうに思えた。

後について乗り込んだエレベーターが上がっていく間、青山は話しかけるでもなく無言だった。

通されたのは、先ほどの会議室ではなく小振りな応接室だ。伊丹にソファを勧め、自分は反対側の椅子にかけると、単刀直入に話を切り出した。

「実は、ギアゴーストさんに興味を持っている会社があります。可能なら買収したいと。このお話、伊丹さんは関心ありますか」

伊丹はさすがに驚きを隠しきれず、青山をまじまじと見てしまった。そして、

「何という会社ですか、それは」

そう、思わず問うた。

「もし具体的な話をお聞きになりたければ、秘密保持契約を締結していただいた上で開示することは可能です」

「別にそれは構いませんが——」

頭の中を整理しながら、伊丹はきいた。「それはどの程度、本気の話ですか。たんなる興味で話を聞いてみたいといった程度ですか。それとも——」

「伊丹さんが了承していただけるのなら、即座に買収意向書をお出しできるレベルです。企業精査で問題がなければ、おそらくどこよりも早く話は進むでしょう」

突然の話に伊丹は言葉を失い、相手をじっと見た。

ギアゴーストにとって、いまや佃製作所だけが頼みの綱だと思っていた。そんな中、よもや敵対する弁護士事務所から新たな買収話が降ってくるとは。

「その会社は――」

伊丹はきいた。「このことを――いや、ケーマシナリーさんと紛争を抱えていることを知っているんでしょうか」

そこがネックになることは、何社かの出資交渉で痛いくらい承知している。

「もちろんです。興味、ありますか、伊丹さん」

改めて問われ、

「話を聞くだけでよければ」

気づいたときには、そうこたえていた。いかに自分がこの閉塞的な現状に危機感を抱き、救済を渇望していたのか。それを痛感する思いだ。

青山は一旦席を立ち、しばらくすると何通かの契約書を手にして戻ってきた。それを読み合わせてサインすると、脇に伏せていた書類をテーブル越しに伊丹に差し出す。ギアゴーストを買収したいという会社を紹介した書類だ。

「ダイダロス?」

どこかで聞いたことがあったかも知れないが、思い出せなかった。

「小型エンジンメーカーです」

「この会社はどこでウチのことを聞いたんでしょう」

こんな形での買収申し入れは、ギアゴーストの窮状を知らなくては無理だ。ケーマシナリーとの紛争について、この田村・大川法律事務所から情報が提供されたのではないか。そう伊丹が疑うのは無理もない。

「私どもはダイダロスの顧問は務めておりますが、守秘義務がありますので、今回の紛争について情報提供することはございません。どうやら、どこかでケーマシナリーさんと御社のトラブルを耳にされたようでして」

その説明を鵜呑《うの》みにするほど、伊丹はお人好《ひとよ》しではなかった。その辺りのことは、なんとでもいえる。

「このダイダロスという会社とこちらの事務所はどういった関係なんでしょうか」

「設立当初から、弊所が顧問を務めさせていただいております」

そんなことだろうと思った。嫌味のひとつでもいおうとしたそのとき——。

手元資料の会社概要欄、そこの代表者氏名を見て、伊丹は、おやと思った。

重田登志行。

この名前には見覚えがある。

いったいどこで……。

ふと考え込む伊丹を、じっと青山が見つめている。

やがて深い淵の底から一片の記憶が浮かび上がってくるや、伊丹の胸に波紋を広げた。

重田工業の、あの重田登志行ではないか——。

「まさか」

あのとき、重田は破産し、社会から葬り去られたのではなかったか。

それがいま、こうして再び目の前に現れた。

ごくりと生唾《なまつば》を呑み込んだ伊丹の脳裏に、当時の記憶が生々しく蘇ってきた。

4

ギアゴーストを起業する前、伊丹は帝国重工の機械事業部に所属し、エンジンやトランスミッションの企画製造に関わっていた。

同部が扱うのは自動車、船舶、重機、さらには戦車にまで多岐に及ぶ。

機械事業部の歴史は国威発揚を目指した戦前にまで遡《さかのぼ》り、様々な部門を抱える帝国重工でも祖業に近く、何人もの社長を輩出した中核事業部として位置づけられていた。

毎年、一流大学の成績優秀者が大挙して入社し、綺羅星《きらほし》の如《ごと》く人材の揃う帝国重工でも、ここに配属される者は、さらに選別されたエリートばかりだ。

その分、部員たちのプライドも高い。東京であれば中学受験からの勝ち組、地方なら指折りの進学校を経て超一流大学をトップクラスで駆け抜けた連中ばかりが揃っている。伊丹もまたその例外ではなかったが、親もまた一流サラリーマンが多い他の部員たちの中で、その生い立ちにおいて伊丹は少々異彩を放っていた。

伊丹大は、大田区で機械加工をしている町工場のひとり息子として生まれた。

伊丹の父が、中堅の機械メーカーから独立し、結婚したばかりの母と有限会社伊丹工業所を設立したのは三十歳の時であった。それから五年ほどして、伊丹が生まれる。母は伊丹を産むときだけ同じ大田区池上にある実家に戻ったが、産むとすぐに工場に戻り、赤ん坊だった伊丹を背負って働き続けた。

伊丹工業所の主要取引先は、上場企業の大手が多かったが、ご多分に洩れず、その取引は決して儲かるものではなかった。短納期で技術的な要求水準が高く、油断すると不良品が出て、すぐに赤字になる。

伊丹が子どもの頃、そんな伊丹工業所には十名を超す社員がいた。

それがひとり減り、ふたり減りして、伊丹が高校に進学する頃になるとついに社員は三人になり、傍目《はため》でも経営の厳しさは一目瞭然であった。

それでも、父は伊丹に進学を諦めろとか、就職しろということは絶対に言わなかった。父は自らの会社勤めで学歴の重要さを痛感していたからだ。自分が苦しいからといって、子どもに教育を受けさせなかったら、子どももまた苦しくなる。苦しいのは自分の代だけで十分だというのが父の口癖であった。

父は伊丹の教育のためなら、どんな金でも出した。学習塾代に始まり、成績優秀だった伊丹が、中高一貫の私立に進みたいといったときも喜んで賛成した。

「その代わり、こんな町工場は継ぐなよ」

これからは規模の小さな町工場ではダメだ。小さくても食えるのは、大手でも真似《まね》できない「発明」ができる会社だけで、ただ上手に磨く、削るといった技術だけでは這い上がることはできない——それが父の持論なのであった。そしてかくいう父には、会社を飛躍させるだけの「発明」はできなかったのだと。

伊丹工業所は細々とではあるが堅実な仕事ぶりで経営を続け、父の肺がん発覚とともに事業を縮小、死の半年前に三十年間の歴史を閉じた。倒産ではなく、清算によって。父は従業員に退職金を支払い、取引先にも銀行にも迷惑をかけず、母が余生を暮らしていけるだけの蓄えのみを残して死んでいった。

その父が伊丹に遺した言葉がある。当時伊丹は二十五歳。大学を卒業し、帝国重工の社員としてようやく仕事が面白くなってきた頃であった。

「会社なんか興《おこ》すもんじゃない」

病床に臥《ふ》した父を見舞った伊丹に、父はそうしみじみといったのだ。「結局父さんは、自分で苦労を背負い込んだようなものだった」

その頃の伊丹は、仕事の面白さに気づく一方で、帝国重工という大会社の息苦しさもまた感じ始めていた。父はそれを見抜いていたのかも知れない。

「企業には企業の論理があるって、お前、いってたよな」

病床の父の声は細く途切れがちであったが、不思議と伊丹の脳裏に染み入るように届いた。「それを聞いたとき、父さん、ちょっと感心したんだ。オレの会社に論理なんかあったかなって。もしあったとすれば、カネだなって。何でもかんでも、カネになるかどうか、カネがあるかないかで決まってさ。考えてみれば惨めじゃないか。カネに縛られるほど、無様なことはない」

父が息を引き取ったのは、その会話からわずか二週間後のことで、故に伊丹の心に残ったともいえるだろう。

その当時、伊丹の所属していた機械事業部は赤字を垂れ流し、存廃の危機に立たされていた。役員を数多く輩出してきた名門事業部には許されない非常事態である。間もなくして、役員会が起死回生の切り札として送り込んできたのが、的場俊一という男であった。

事業部出身で当時最年少で部長に昇進した的場は、おっとりした紳士が多い帝国重工には珍しい豪腕タイプとして知られていた。

部長に就任するや、的場は様々な施策を矢継ぎ早に打ち始めた。機械事業部といってもその守備範囲は幅広い。それぞれのセクションに新たな課題を突きつけ、成長の見込みがないとなれば容赦なく切り捨てていく。しがらみを一切排した大なたを振るったのである。

日本的経営慣行を堅持してきた帝国重工には、数多くの下請け企業との長年に亘る緊密な取引があり、そうした下請けとの関係を大切にするいわば〝伝統〟があった。

その中でも、最重要ともいえる下請け先企業の一社が、伊丹が担当していた重田工業である。

重田登志信《としのぶ》会長は、取引先の協力会の重鎮で顔役。帝国重工役員とも親しく交際し、当時の帝国重工会長の藤岡光樹《ふじおかみつき》とは大学時代の同窓という間柄で発言力もあった。一方、長男の登志行は、大学卒業からしばらく帝国重工で修業して家業に戻り、その後社長に就任。順風満帆の経営を受け継いでいた。

そして、この重田工業のことが、伊丹は嫌いであった。

親密な関係に胡座《あぐら》をかき、帝国重工内に人脈もある登志行社長は、事有る毎《ごと》に伊丹のやり方に意見し、コストダウンの要求にはあれやこれやの理由をつけて応じようとしなかった。協力会とは名ばかりの非協力的な態度である。なくてはならない中核部品を手掛ける自社がいうことなら聞かざるを得ないだろうと、足下を見ているようなところもあった。

挙げ句、

「帝国重工のコストダウンは、そこそこにしておいても大丈夫だ」

協力会パーティーでの、登志行社長のそんな発言まで耳に入ってくる。酒の席とはいえ、これを聞き及ぶに至って、ついに伊丹は、下請け企業改革の声を上げることにしたのである。

　このとき伊丹が書いた企画書は詳細な分析で構成される大部のものであったが、その一ページ目に書いた要約を抜粋すると、次のようなものになっていた。


　再三のコストダウン要請にもかかわらず、重田工業からの仕入れ価格はほとんど下がっておらず、高止まりしたままである。重田社長は非協力的な態度を固持しており、それが協力会全体に蔓延《まんえん》する慢心へと繋がっていると思われる。重田工業との取引歴は長いが、同社との関係は、当社がかねて進めている採算改善を阻む障害に他ならない。この際、同社との取引を全面的に見直し、他社への転注を進めることでトランスミッション事業全体の収益の底上げを図りたい――。


　機械事業部内に、ある種の論争が巻き起こった。

　重田工業は未上場の下請け会社とはいえ、売上高は一千億円近くあり、その主要製造物の半分が帝国重工関連で占められている。

　その転注は、同社を殺すも同然の判断だからだ。故にこの企画書は伝統を重んじ、旧態依然とした社内に、ある種の衝撃をもって受け止められたのである。

　親密な主要下請け先を〝選別〟することは、社内に蔓延する保守的な価値観を断ち切ることと等しい。

　従来の帝国重工であれば、いくら伊丹が取引改革を唱えたところで、〝若造が何をいってる〟と簡単に一蹴されただろう。だが、赤字解消という喫緊の課題に直面していた当時、この企画書は若造が書いたからこそ、逆に問題意識をもった連中にとって利用価値があった。

その連中とは、自分の名前では革新的な方針を打ち出すのは憚《はばか》られるが、いまのままではマズイという問題意識だけは持つ中間層たちだ。そういう連中にとって、伊丹が書いた企画書は、実に好都合であった。利用するだけ利用し、ダメでも自分たちの責任にはならないからである。

かくして、伊丹の投じた一石は、機械事業部を二分する論争となったのだが、最終的にこれを決着させたのは、新部長の的場俊一であった。

的場は部内の役職者会議で企画書の方針について承認するや、その場に伊丹を呼んでこう命じたのである。

「重田工業へ発注しているパーツは、全量を他社へ転注してくれ」

帝国重工の伝統としがらみを打破し、まさに聖域に切り込んだひと言であった。

機械事業部長の的場とともに、八王子にある重田工業の本社屋を訪ねたのは、それから三ヶ月後のことだ。

伊丹にとって、死にものぐるいで働いた三ヶ月である。このときまでに伊丹は十人体制のチームを組み、重田工業に発注していた部品のほぼ全点について転注先の目途をつけていた。

「的場部長がわざわざお越しいただくとは、恐縮です」

的場と伊丹のふたりを迎えた登志行社長は、応接室に入室するなり満面の笑みを浮かべた。「このところご無沙汰しておりましたので、私のほうからご挨拶にお伺いするつもりでおりました」

「それには及びません。本日は、こちらから折り入ってお話ししたいことがあったものですから」

はてどんな話かと、居住まいを正した登志行だが、「かねてからこの伊丹からお願いしているコストダウンの件です」、というひと言をきいて表情を曇らせた。

新規の発注でもあるかと期待していたのがその反応から窺い知れる。

「再三のお願いにもかかわらずご協力をいただけないまま、現在に至っております」

的場は大したことを切り出す風でもなく、淡々と続けた。「伊丹の報告によると御社は、下請け業者や仕入れ先を大切にされていて、技術力もそうした関係によって維持されているとのことでしたね」

「そのおかげで、いい材料が供給され、最高の品質のものを提供させていただいております」

胸を張った登志行だが、

「それでしたらもう結構です」

的場の唐突なひと言に、虚を突かれたように口を噤んだ。

「あ、あの――結構とは」

「長いお付き合いでしたが、今期末までのお取引とさせていただきたいと考えております。本日はそれを申し上げるために参りました」

登志行の顔つきが一変した。それまでの余裕は粉々に吹き飛び、唇が蒼ざめ、頬を震わせる。

的場の言葉は続く。「ご存じの通り、私共の業績は近年非常に厳しくなっており、この立て直しは我が社の急務です。再三の申し入れにもかかわらず御社が反古《ほご》にしてこられたコストダウン要請は弊社にとって必須のもので、御社の事情の如何《いかん》にかかわらずご協力いただきたかったものです」

「いや、それは違いますよ、的場部長。ウチは品質の向上という形でご協力させていただいている。そういう認識でおりましたので」

反論しかけた登志行に、

「お言葉ですが、それは詭弁《きべん》にしか聞こえませんね」

的場は取り付く島もなく撥ね付けた。「しかも聞くところによるとあなたは、協力会で弊社施策についていろいろなことをおっしゃっているようですね」

登志行の視線が凍りつく。

「御社とは長年のお取引だということは認識しております。ですが、御社は弊社にとって本当の協力先とはいえません。私には、親のすねをかじってぶら下がっているだけの会社に見える。私どもは、この業績不振を脱するために身を切るような改革を断行する覚悟です。そのことはこの伊丹から何度も、何度も――」

的場は、その言葉を繰り返した。「お願いしてきました。それに対して、いままで御社から誠意ある対応をいただきましたか。こうした状況を踏まえ、我々としてはご協力いただけない御社との取引をどうすべきか社内で鋭意検討して参りました。そしてこのたび、取引打ち切りという最終的な結論に至った次第です」

登志行の口が動き、何事かいおうとしたらしいが、あまりのことに言葉は出てこない。

「ちょっと、ちょっと待ってください」

登志行はようやく声を発するや、的場を制するように両手を胸の前に出した。

「長い付き合いじゃないですか」

無理矢理浮かべた笑いが焦りで歪む。「伊丹さんからは説明を受けていましたが、それほど切羽詰まったものであれば品質ではない形でもう一度検討させていただきます。お願いしますよ、的場部長。この通りです」

下手に出た登志行は、テーブルに両手をついて深々と頭を下げた。

どうするつもりだろう。

伊丹はちらりと的場を見た。

ただ灸《きゅう》を据えるだけの考えなら、十分に目的は達成したはずだ。「それなら今回だけは」と赦すのではあるまいか。だが、伊丹は、予想に反して冷え切った男の横顔を、そこに見つけたのである。

「これは決定事項ですので」

的場はそう言い切った。

「ちょ、ちょっと待ってください」

蒼ざめ狼狽した登志行はそういうとあたふたと部屋を出ていく。どうするつもりかと思いきや、ひとりの老人を連れてすぐに部屋に戻ってきた。

「これはこれは的場部長。ようこそお越しくださいました」

会長の登志信である。挨拶もそこそこに、「いま社長からお話は伺いました」、と蒼白な面《おもて》を向ける。

「私の与《あずか》り知らぬところで、大変に失礼なことをしてしまったようです。申し訳ありません」

深々と頭を下げる。白髪が薄くなってほとんど地肌が見えた頭はしばらくの間上がらなかった。

「私どもとの取引、何とぞ、引き続きお願いいたします。この通りです」

一旦上がった頭がまた下げられる。お願いできませんか、ではなく、お願いいたします。そこに登志信会長の自信と決意が滲みでていた。

「何か勘違いされてませんか」

息の詰まるような場に、頑《かたく》なな的場の言葉が響いた。「代表権のある会長が与り知らぬはない。今更、そんな言い訳は通用しません」

「いやいや、藤岡さんからは何も聞いていませんから」

登志信が口にしたのは、帝国重工会長の名前である。「このことを藤岡さんはご存じのはずがない。もう一度社内で揉んでいただければ、必ずチャンスをいただけると――」

「機械事業部のコスト改革は、私に一任されております」

一歩も退《ひ》かぬ構えで的場は遮った。「御社との取引は、来年三月をもって終了させていただくことにしました。悪しからず、ご了承ください」

「さ、三月で」

会長は目をまん丸に見開くや、「それは困る」、と顔を真っ赤にした。「それだけは勘弁してください、的場部長。この通りだ」

テーブルに額を擦りつける。

的場から突き放すような言葉が発せられたのはそのときだった。「自業自得じゃないですか。弊社の要請を軽視し、反古にしてきたのは御社ですよ。一向に改善しない取引採算に、我々がどれだけ苦しんできたかおわかりにならないでしょう。そうだな」

ふいに話を振られ、固唾《かたず》を呑んでやりとりを見守っていた伊丹は、慌てて首を縦に振った。登志信の重たい視線が自分に置かれ、伊丹は生唾を呑んだ。そこに凄《すさ》まじいまでの感情が渦巻いていたからだ。

「そういうわけですので、来年三月分の発注で最後にさせていただきます。悪しからずご了承ください」

立ち上がりかけた的場に会長の腕が伸びたかと思うと、音がするほどの勢いで肘のあたりを摑んだ。

「お待ち下さい、的場部長」

会長はもはや必死だ。「御社からの発注がなければ、ウチは立ちゆきません。なんとか――なんとか再考していただけませんか」

真っ直ぐ前を向いたまま、的場はその手を力任せに振り払うと、「失礼します」、というひと言を告げて歩き出す。

「部長、部長」

テーブルにしこたま足をぶつけながら、会長がなおも追いすがろうとする。その傍らで登志行は身動きひとつしなかった。

その登志行をそっと窺いながら、人間のこんな貌《かお》を、伊丹は初めて見たと思った。

絶望と怒り、従容として死地に赴く者を彷彿とさせる悲しみ。輻輳《ふくそう》する情念がそこに凝縮している。

「まったく、しつこい奴らだな」

やがて、建物の表に駐《と》まっている社用車の助手席に滑り込むと的場はそう吐き捨てた。

本当にこれでよかったのか。そんな疑問を伊丹は抱かないではいられなかった。

重田工業には、数千人の社員がいる。

心が痛むのは、父の会社のことがあったからだ。

父は従業員を守るために、必死だった。

従業員とその家族を路頭に迷わせるのは、経営者にとって最悪の事態に他ならない。それは町工場の息子である伊丹には痛いほどわかる。

なのに、いま自分がしたことは、その従業員を路頭に迷わせることなのだ。大企業の論理を振りかざして。

いったい、オレの仕事とはなんなんだ。

大勢の人たちを路頭に迷わせ、その人生を狂わせるほどの価値がこのコストカットにあるのか。

帝国重工の社員としての仕事に、初めて感じた疑問であった。

そんな伊丹が、父と最後の会話を交わしたのもこの頃である。

重田工業との取引は、そのとき的場が宣告した通り翌年三月で打ち切られ、伊丹が中心となって選定した数社の下請け企業へと割り振られた。

重田工業が会社更生手続きに入り、重田親子が経営から逐《お》われたのは、それからさらに半年後のことである。

5

重田たちのその後を、伊丹は知らない。

あれから八年以上の歳月が過ぎ、その登志行の名をこんな形で目にするとは夢にも思わなかった。

記憶の回廊から彷徨い出てみると、伊丹のことをじっと観察するように見ている青山の視線とぶつかった。

「ひとつ、お伺いしたいんですが」

伊丹はきいた。「この資料によると、ダイダロスの社長に就任されたのは五年前ということになっています。この重田という社長さん、それ以前は、どんなことをされていたんでしょう」

「その前もご自分で会社をやっておられたはずです。社名はちょっと失念しましたが」

「重田社長は他に何かおっしゃっていませんでしたか」

「なにかとは」

惚《とぼ》けているのか、青山は素知らぬ顔で聞き返してきた。

「実は私、重田社長と面識があるような気がするんですが」

控えめな表現できいてみる。

「特に聞いていません」

青山は首を横に振ったが、本当かどうかわからない。あれこれ詮索されるのを避けるためにそういっているだけかも知れないからだ。この男もまた、底の知れないところがある。「なんでしたら、直接きいてみてはいかがですか。重田社長は、一度伊丹さんとお会いして、直接、意向を伝えたいとおっしゃっています」

伊丹は、すっと息を呑んだ。

あの重田と再会する。そのことを考えると、喉の辺りがぎゅっと締め付けられるような息苦しさを感じる。

会うべきだろうか。

「実は、本日打ち合わせで重田社長がこちらにいらっしゃっています」

迷う間もなく、青山から予想外の発言が飛び出した。「会っていただけますか。もし伊丹さんがよろしいのでしたら、いまここに来ていただきます」

たまたま打ち合わせをしていたなんて、そんな偶然があるはずはない。

これは最初から仕組まれていたことなのだ。

足下を見られているような薄ら寒さを感じつつも、

「わかりました。いいですよ、私は」

伊丹は平静を装った。会うのなら会って、確かめておきたい。相手が本当にあの重田かどうかを。万が一、人違いであれば、それはそれでいい。

「ただし、お会いするだけです。それでよければ」

「少々お待ちください」

そういうと青山は部屋を出ていき、すぐに戻ってきた。

「間もなく、いらっしゃいますので」

その言葉がおわらないうちにノックがあった。

最初に姿を見せたのは、中川だ。唇ににやついた笑いを浮かべながら、眼光鋭く伊丹を見据え、「どうぞ」、と背後にいる男を中に招き入れる。

「久しぶりですねえ、伊丹さん」

聞き覚えのある太い声が放たれたとき、伊丹は反射的に椅子を立っていた。

長身はもちろんそのままだが、かつて小太りだった体は痩せて引き締まっている。記憶にある傲慢な面構えには、以前はなかった陰影もまた深く刻まれていた。修羅場をくぐり抜けてきた男の貌だ。

それはまさしく、あの重田登志行その人に違いなかった。

「覚えてるかな、オレのことを」

重田は、伊丹の前にどっかりと腰を下ろすと、ニヤリとした笑いとともにきいた。

「八年ぶり、ですか」

緊張感にとらわれながら、別の興味も湧いてくる。会社更生法で表舞台から去ったはずの男が、いったいどのようにして復活したのか。

「その後、どうされたのかと心配していました」

重田の表情を観察しながらいうと、

「よくいうよ」

小さな笑いとともに一旦逸れた視線が、生々しい感情を伴って戻ってきた。「オレたち親子を一旦殺したのは、あんたたちじゃないか」

重田の言葉に、中川と青山は息を潜めている。

「その節はご期待にこたえられず申し訳ありませんでした」

感情を排した口調で、伊丹はこたえた。「ただ、あのときは私どもにも切羽詰まった事情というものがありまして」

「オヤジは死んだよ」

唐突に、重田は、壁を見つめ乾いた声で告げた。「もともと心臓が悪かった上にあの騒動でな。失意のどん底で死んでいった」

「それは、お気の毒でした」

他に言葉が浮かばない伊丹に、重田は続ける。

「オレは、あんたには感謝してるんだよ。あんたのおかげで、自分の才能に気づかせてもらったようなものだ」

果たして、重田は何を言わんとしているのか。

「いまだからいうがね。正直、重田工業の社長でいるのは退屈極まりなかった。そもそもオヤジが立ち上げ、成長させてきた会社だ。レールが固定され、オヤジとのしがらみで動かし難い取引先や大勢の社員、工場というコストの塊を抱えている。当時、オレが感じていたのは、どうしようもない閉塞感だ。だが、そんな会社をあんたたちは、容赦なく切り捨ててくれた」

「その後、重田社長は、小型エンジンを製造する会社の経営に乗り出されましてねえ」

中川の猫なで声が補足すると、

「ウチには万が一のときのために隠していた資産があったんだ。もっとも隠していたのはオレじゃなく、オヤジの方だが。オヤジとしてはほとぼりの冷めた頃にそれでまた事業を興そうとしていたんだろう。期せずしてオレがその遺産を継いだわけだ」

重田は悪びれずにいった。「そのカネで何をやろうかと考えていたとき、ある会社が経営難に陥っているという話が耳に入ってきた。随分面倒を見て、ウチが行き詰まったときにも迷惑がかからないよう代金を払ってやった会社だ。エンジン周りの会社なら、それまでに蓄積したノウハウと人脈がある。オレはその会社を買収し、重田工業時代には封印していた、オレ流のやり方で立て直しを図ったんだ。リストラを断行し、社名を変え、社員の意識を変えた。皮肉な話だが、重田工業が倒産したことで、オレは初めて自分流で経営する自由を摑んだってわけだ」

スーツの胸ポケットから名刺入れを出した重田は、一枚を抜いて伊丹に手渡した。

株式会社ダイダロス　代表取締役　重田登志行

「ダイダロスは急成長を遂げ、新たな事業展開を探るステージにまで辿りついた。そしてオレが次に目をつけたのがトランスミッション——あんたの会社だ」

伊丹を真正面から見据え、重田は続けた。「覚えてるかな。オレは以前、M&Aの仲介業者を使って、お宅に買収を提案したことがある。名前を名乗る前に、門前払いを喰らったがね」

そういえばそんなことがあったな、と伊丹は思い出した。会社を売る気などなかったから、相手の社名も聞かず言下に断ったはずだ。つまり重田は、その頃からギアゴーストに目を付けていたことになる。

「それが最近、お宅が紛争に巻き込まれているとあるスジから耳にしてね」

それがどこのスジか、重田はいわなかった。「これは神様がオレにくれたチャンスだと思ったわけだ。同時にこれは、あんたにとってもチャンスなんじゃないかと勝手に想像しているんだが」

重田は、追い込まれて苦しんでいる伊丹の胸中を、とうに見透かしている。

「こちらが重田社長からの買収条件案、その骨子です」

一枚の書類を滑らせて寄越した中川が、重田の代わりに読み始めた。「まず、一番目。買収は重田社長個人ではなく、法人名義の株式会社ダイダロスによって行います。二番目。株式会社ダイダロスは、ケーマシナリーとの紛争とその賠償など、かかる費用の一切を負担する代わり、ギアゴースト全株式の無償譲渡を希望いたします。三番目。従業員の雇用は保障しません。不要な従業員には退職してもらいます。四番目。伊丹さんには社長を続投していただきます」

「どうだ、良い条件だろう」

重田は自画自賛した。「断る手はない」

返事を待つ重田の目が、じっと伊丹に注がれている。

たしかに、ここで了承すれば、目下の難局からは脱出できるだろう。

だが、その書類には、どうしても首を縦に振れない一文があった。

従業員の雇用を保障しない、というくだりである。それを呑んだら、町工場の息子として生まれた自分のアイデンティティを踏みにじることになる。

断るべきだ。

だが——。

「条件はわかりました。検討しますので、時間をいただけますか」

自分でも驚いたことに、伊丹はそう告げていた。と同時に、父の言葉が胸に蘇る。

——カネに縛られるほど、無様なことはない。

伊丹の心に、たちまち苦いものが滲み出した。

6

「どうだったの、話し合い」

その日の夕方、思い詰めた顔で戻ってきた伊丹に、島津はきいた。

「ケーマシナリーとは交渉の余地無し」

伊丹は社長室の椅子の背にもたれ、短い息を吐き出す。目は島津にではなく、壁の一点に向けられたままだ。

「末長先生はなんて」

交渉余地のないことは、島津にしても予想の範囲内だ。「あのこと、きいてみた?」

「中川弁護士とは親しくもなんともないとさ」

「嘘だよね、それ」

眉を顰めた島津に、

「ああ。嘘だな」

何事か考えながら、伊丹のこたえはどこか虚ろだった。

「見せたの、神谷先生からもらったあの記事」

とになる」

「いや。結局、見せなかった」

余程、疲れたのか、伊丹は大儀そうに首を横に振った。「もし、本当に末長さんが先方と結びついてるのなら、ウチがそれに気づいていることは知られない方がいいだろ。手の内を明かすこ

伊丹は傍らのブリーフケースを開けて封筒を取り出すと、テーブルに置いた。

先日の面談時、帰り際に神谷から渡された封筒である。

それは、ある雑誌に掲載された記事のコピーであった。

「ロービジネス」という業界誌に、一昨年掲載された対談記事だ。見開きで大きく写真が掲載されているのは、右が中川京一、左に末長孝明というふたりの弁護士である。

司法修習生時代から親しい間柄で、いまも時々ゴルフや会食で親交を深めている様子が嬉々として語られたその記事は、伊丹と島津にとってはまさに青天の霹靂《へきれき》としかいいようのないものだった。

その後の調べで、その業界誌は昨年廃刊になっており、さらにウェブへの転載もないことから、インターネット検索をかけてもヒットしない記事だということがわかっている。中川との親交がないと主張したところでバレる心配はない――そう末長が考えたことは容易に想像がついた。

「もし末長先生が、中川と結びついてるとすればさ、このまま裁判したっていい結果になるわけがないよ。やっぱり、神谷先生に頼んだ方がいいんじゃないかな。この前のこと謝ってお願いすれば、引き受けてくれる気がする」

島津はいったが、伊丹が返して寄越したのは言葉にならない曖昧な返事であった。

「ねえ、何かあった？」

その態度に違和感を覚えた島津はきいたが、

「別に」

そっけない返事とともに伊丹の視線が斜め下へ急降下していく。「なんだか、がっくり来ちまってさ」

続いて吐き出された伊丹の言葉は、半ば独り言のようであった。「人間の信条なんてさ、結局は弱いものかもな」

末長のことをいっているのだろうか？

違うような気が、島津にはした。

「何か迷ってる、伊丹くん？」

返事はない。

ただ、重苦しい沈黙だけが、伊丹との間に挟まっただけだ。

東京地方裁判所からの訴状が届いたのは、その二週間後のことであった。

7

「おかえり。晩飯食ったか」

その夜、娘の利菜《りな》が帰宅したのは夜十一時過ぎのことであった。

「まだ。お腹ぺこぺこだよ」

疲れ切った表情の利菜は佃がかけているソファの隣に体を投げると、「また今日もお勉強か。

がんばるね、パパも」、目の前のテーブル一杯に広げられた論文や専門誌の山を見て感心するというより、呆れたような顔をしてみせた。

「少しは休んだら？　かなり疲れた顔してるよ」

ここのところ連日、佃は、日米、イギリス、さらにフランスの専門誌や論文を片っ端から読み漁《あさ》っている。

「こんなに論文をひっくり返して、また何か開発するの？」

「開発のために読んでるわけじゃないんだ」

佃はこたえ、手にしていた専門誌から顔を上げた。「実は、なんとか救いたい会社があってな」

「救いたい会社？」

利菜はぽかんとして、きいた。「論文を読むと会社が救えるの？　なんか訳がわかんないな」

利菜に、神谷弁護士から聞いた話をして聞かせると、「なるほどねえ」、といたく感心し、

「その発想も目から鱗《うろこ》だけど、そんな崖っぷちでも諦めずに戦ってるってところがすごいよ」

そんな感想を洩らす。「その点、ウチの会社は情けないよなあ」

「なにかあったのか」

それとなく、佃はきいてみる。

大学を卒業した利菜が、研究職として帝国重工に入社し、宇宙航空部に配属されたのは三年前のことだ。いま利菜は、ロケット打ち上げを支える技術者のひとりとして現場を見守り続けている。

「今日、的場取締役が開発部門の会議に顔を出したんだけど、大型ロケットの採算が悪いだの、

ロケット本体だけじゃなくて人員削減も含めてコストダウンを検討すべきだのって、とにかく当たりが強いんだ。頼みの財前部長も遠からず現場を外されるっていうんで、みんなガックリきちゃってるんだよ。私も含めてだけどさ」

「このままだと大型ロケットから撤退するかも知れないってか」

利菜は悲愴《ひそう》な表情で頷いた。

「私、ロケットの打ち上げを見て、帝国重工に入ろうと決めたんだよね。もし、大型ロケットから撤退したら、これからどうしていいかわからないよ。それに、もしウチがロケットやめちゃったら、佃製作所だって困るよね」

「そうなったときには、ウチのバルブシステムも使い途《みち》がなくなっちまうかもな。ただ、どうかな」

佃は居間のなんでもない空間を見据えながら、考えた。「紆余《うよ》曲折はあっても、日本から大型ロケットがなくなることはないんじゃないか」

「なんでそう思えるの」利菜はきいた。

「大型ロケットに採用されているのは、世界に誇る最先端技術だ」

佃は続ける。「それは、ロケットを打ち上げようと情熱を燃やしてきた技術者たちが連綿と培ってきた、尊い努力の賜《たまもの》なんだよ。目先の利益だなんていうバカげたもののために、そんな貴重な財産を捨てるなんて、そんな馬鹿な話があるか。この国も、そして帝国重工も、そんな愚かじゃない。オレはいままでは町工場のオヤジだけどな、ロケットの打ち上げに携わったことのある技術者の端くれとして、そう信じてる」

黙ってきいていた利菜は唇を噛み、

「私も、いつかそんな技術者になれるといいな」

そういって無理矢理、笑顔を浮かべた。

「お前はもう立派な技術者だろうが」

佃は、少し涙ぐんでいる娘を励ました。「あとは、オレみたいに挫折《ざせつ》しないことだな」

「挫折したかも知れないけど、パパは立派な技術者だよ」

利菜は大まじめな顔でいった。「尊敬すべき研究者だと思う」

思いがけない言葉に、佃はぽかんとして娘の顔を見た。普段、こんなことをいうはずのない娘だが、利菜は利菜なりに、思うところがあるのだろう。

「嬉しいことをいってくれるじゃないか」

わざと冗談めかして佃は笑った。「これからのことはさておき、いまは目の前にある仕事を完璧にこなすことだけ考えろ。結果は黙っていても向こうからやってくる」

「パパもね」

論文の山を一瞥した利菜は、「ああお腹すいた」、そんなことをいいながらソファを立ってキッチンに行き、晩ご飯の残り物を温めはじめた。

佃がようやくひとつの論文に行き着いたのは、その数日後のことであった。

第八章 記憶の構造

1

訴状の内容は、これまでの交渉で先方が主張してきたものと同様であった。

ギアゴースト製トランスミッション『T2』に対して特許侵害を主張し、本来得たはずのライセンス料として請求された金額は、十五億円。

敗訴なら、ギアゴーストなどひとたまりもなく吹き飛ぶ金額である。

そして、状況は、限りなく敗訴に近い。

「要するに、絶体絶命ってことか」

訴状にひと通り目を通した島津はいい、「どうする」、と目の前の肘掛け椅子で思案している伊丹にきいた。「末長先生とはもうやっていけないよね」

「さっき佃さんに連絡を入れて、訴状の件は話した」

ため息まじりに伊丹はいい、「明日の午後、今後のことを相談に行こうと思う。一緒に行くよな」、そう島津に問うてくる。「結局、神谷先生が正しかった。それは認めるしかない」

島津はそのとき、まだ何事かありそうな伊丹の表情を不思議そうに見つめた。長年一緒にやってきた島津だからこそわかる微細な感覚である。

社長室のガラス窓を挟んで、オフィスにいる社員たちの不安そうな顔がこちらを見ている。ケーマシナリーから特許侵害で訴えられたことは、すでに全員が知るところだ。

社長室を出、伊丹がその場で社員たちを集めた。掻《か》い摘《つ》まんで説明しはじめたのは、ギアゴーストが置かれた状況だ。

「もし裁判で負けたら、そのライセンス料、支払えるんですか」

遠慮勝ちにきいた柏田は蒼ざめている。

「正直、自力では無理だ」

伊丹は隠すことなく認めた。「それを承知でケーマシナリーは訴訟を仕掛けてきた。ウチを潰すためだ。だが、一方で力を貸してくれる会社もある。どうあれ、オレはみんなの職は必ず守るから。心配をかけるが、今まで通り、安心して仕事を続けて欲しい。頼む」

力強い伊丹の言葉に頷く社員もいたが、「あの――」、再び柏田が挙手する。

「力を貸してくれる会社って、どこなんですか」

答えまでに僅《わず》かな間が挟まったのは、伊丹自身に躊躇《ちゅうちょ》があったからかも知れない。

佃製作所の名前に社員がどう反応するか。

果たして佃製作所が本当に助けてくれるのか。

曖昧にする言い方もあったろうが、伊丹はそうはしなかった。

「最初の候補は、佃製作所だ。佃さんからは真剣に協力を申し出てもらってる」

微妙な空気がその場に流れた──ように島津には見えた。誰もが、大手企業の名を期待していたはずだからだ。

さらにいくつかのやりとりがあって、その場は散会となる。

何かが違った。

いつもの伊丹ならもっと力強く、説得力有るスピーチで全員を納得させただろう。だが、このときの伊丹には社員を引っ張っていくだけの何かが欠けていた──そう島津は思う。

もうひとつ、気になることもある。

佃製作所のことを、最初の候補、といったことだ。ならば二番目の候補があるのか。

やはり、何かが違う。だがそれが何であるのか、このときの島津にはわからなかった。


「なんとか乗り切れるといいですね」

柏田がその晩何度目かのため息をついて、建て付けの悪いガラス窓の外へぼんやりとした表情を向けた。

同僚数人と立ち寄った、会社にほど近い馴染みの居酒屋だ。窓際のテーブル席には、課長の堀田もいて「こうなったら、社長に任せておくしかないだろ」、と綺麗に骨だけになった手羽先を皿に戻し、諦め顔で指をナプキンで拭っている。

「社長に、というより佃製作所にお任せって感じだけど」

やはり不安そうにいったのは、営業の山下《やました》だ。社歴は柏田より短いが、転職組で年齢は三つ上の三十歳。「近い将来、株式上場できるといわれて期待して入社したんだけどなあ、オレ。騙《だま》されたかなあ」

そんなことをいっている。

「あのな、上場云々の話じゃなくて、存続云々の話をしてるんだ」

横からいったのは、同じ営業の志村《しむら》だった。普段は歯に衣着せぬ男だが、さすがにこの日はいつもの舌鋒《ぜっぽう》も影を潜めている。「佃製作所って、ウチとどっこいどっこいの中小企業じゃないんですか。頼りになるんですか」

それは、伊丹の説明を聞いたとき誰もが抱いたに違いない疑問だ。

そのとき口にしなかったのは、伊丹への遠慮というより、聞くのが怖かったからではないか。

「小耳に挟んだことなんだが、佃製作所はかなり潤沢な資金を持つ優良企業なんだそうだ。うちが要求されているライセンス料をなんとかできるかも知れない」

堀田の情報は、三人の愚痴を黙らせるだけのものを含んでいた。

「じゃあ、その資金を出してくれるってことですか」

山下はいったが、ちょっと待てよ、とばかり考え込む。「でもそれって、ウチが佃製作所の傘下に入るってことじゃないですか？」

「まあ、そういうことになるかな」

堀田のひと言で、一旦遠ざかった陰鬱な雰囲気が再び舞い戻ってくる。

「他に情報はないんですか」

柏田は、頬のあたりを硬くして、焼酎のグラスを口に運んでいる堀田にきいた。「さっき、島津さんと話してましたよね」

飲みかけた焼酎を噴き出しそうになりながら、「よく見てるな、お前。もうちょっと、集中して仕事しろよ」、そんなふうに堀田はいったが、誤魔化せないと思ったらしい。

「ここだけの話にしろよ」

ひと言断り、前のめりで声を潜める。「佃製作所から知財専門の優秀な弁護士を紹介してもらうらしい。まずは法廷で闘う。それで万が一負けて、本当にライセンス料を払う段になれば佃製作所に救済を頼む。二段構えだ」

「弁護士まで佃製作所頼みってことか」

志村がやれやれとばかりにいい、タバコに火を点《つ》けた。「それでいいのかなあ。オレはそんな弁護士、信用しないね。凄腕？　よく言うよ。この状況で何ができるっていうんですか。オレにはただ佃製作所が顧問弁護士の営業にひと肌脱いだぐらいにしか思えませんね」

「なんとか助けたいという佃製作所の気持ちは本物ですよ」

柏田は手元で汗をかいているハイボールのジョッキを強く握り締める。「リバース・エンジニアリングしたとき、彼ら本気で手伝ってくれました。あれは、嘘じゃないです」

「とはいえ、たかが中小企業だろ」

哀しげに笑った志村に、「ウチだってそうじゃないですか」、そうムキになって反論した柏田だったが、後に続く言葉はない。

いま自分たちにできることは、運を天に委ねて、ただ待つことだけだ。

2

「社長、ギアゴーストさん、その後、どうなったんですか」

夕方、ふらりと三階へ上がった佃に、立花が問うた。その隣にはアキがいて心配そうに眉根を寄せている。

「訴状が届いたらしい。さっき連絡があった」

「じゃあ」

アキの目が驚きに見開かれた。「いよいよ裁判になるってことですか」

「あっという間に負けちまうんじゃねえか」

そんなことをいったのは、ちょうどその場に居合わせた軽部だ。

「不吉なことといわないでくださいよ、軽部さん」

アキに咎《とが》められても、

「ライセンス料をちょこっと減額してもらうぐらいが関の山ってとこだと思うぜ」

意見は容赦ない。「ギアゴーストの弁護士に何か秘策でもあればいいが、そんなものがそうそう転がってるはずもないしな」

「その弁護士だが、神谷先生に頼みたいといってきたよ」佃がいうと、

「いままでの弁護士はどうするんですか。ギアゴーストにも顧問弁護士はいるんですよね」

驚いて、立花がきいた。

「顧問契約を打ち切ることにしたらしい」

佃のひと言に、「マジかよ」、さすがの軽部も目を点にしたが、中川と末長の関係について佃が話すと、

「弁護士のモラルも地に墜ちたな」

怒っていいのか呆れていいのかわからない表情で天井を仰ぐ。「どんな業界にだって良い奴もいればロクでなしもいるがね。しかしそうなると、ケーマシナリーの特許を侵害したとかそういう単純な話じゃないってことになる。顧問弁護士の立場なら、ギアゴーストの開発情報を盗んでケーマシナリーに渡すこともできただろう。一足先にケーマシナリーの特許を成立させ、それを根拠にギアゴーストを特許侵害として訴える——考えられなくはねえな」

「そんなの犯罪じゃないですか」

アキが声を荒らげた。「なんとかならないんですか」

「その末長とかいう弁護士が情報を流出させたことを証明できればなんとかなるだろうが、どうかな」

軽部がそれとなく首を傾げて考えた。「最初から仕組んだとすれば、そんな簡単に尻尾《しっぽ》摑ませるようなことはしないだろうよ。ましてや、札付きの悪徳弁護士と組んでるとあらばなおさらだ」

「だけど、神谷先生はこの訴訟、引き受けてくださるんですか」

まさに肝要を口にしたのは立花だ。「ほぼ勝ち目のない訴訟ですし。どうなんですか、社長」

「一応、神谷先生には話を投げているところだ」

状況を佃は説明した。「明日、伊丹さんたちと会った上で決めることになってるんだが、正直、オレにもどうなるかわからんな。ただ、勝ち目が全くないわけではない」

「へえ。そうなんだ」

軽部がおもしろそうにきいた。「どんな手を使うんですかね」

「ここだけの話だが、ヒントは論文だ」

佃が話し始めた内容に、全員が真剣に耳を傾けた。

3

「お忙しいところ、お時間をいただきありがとうございます」

佃の社長室を訪ねてきた伊丹と島津のふたりは、揃って恐縮した面持ちでソファにかけた。前回、神谷・坂井事務所での、半ばケンカ別れのような一幕があるだけにバツの悪さもひとしおに違いない。

「改めて、報告があります」

伊丹は拳を握った手を両膝におくと、なにかの口上でも述べるがごとく背筋を伸ばした。

「ご相談させていただいた件、交渉の甲斐《かい》無く、昨日、裁判所から訴状が送られてきました。内容については電話でお話しした通りです」

そういって茶封筒から訴状を出すと佃の前に広げて見せる。

「ついに来ましたか」

「私共としましては、神谷先生に弁護をお願いしたいと考えております」

伊丹は真正面から佃を見た。「ただ、先日は知らぬこととはいえ神谷先生に失礼なことを申し上げてしまいました。おそらく気を悪くされていることと思います。なんとか佃さんから口添えをいただけないでしょうか。お願いします」

島津共々頭を下げた伊丹に、

「その神谷先生ですが、間もなくここにいらっしゃることになっていますから」

社長室のドアがノックされるのと、ふたりの目が驚きに見開かれるのは、ほぼ同時だった。そして——、

「どうも。お邪魔します」

いつものざっくばらんな調子で現れたのは他ならぬ神谷本人である。

神妙な面持ちで、伊丹と島津が立ちあがった。

「先生、先日は失礼の段、申し訳ありませんでした」

伊丹が腰をほぼ直角に折って神谷に謝罪した。島津もそれに倣《なら》って頭を下げたが、

「ああ、別に気にしてませんから」

神谷は軽く受け流し、「それでどうでしたか。あの雑誌のコピー、役に立ちましたか」、と早速尋ねる。

「自らの不明を恥じ入ることになりました」

唇を噛んだ伊丹に、

「状況を聞かせていただけますか」

神谷はいい、中川との交渉の経過、その後の末長とのやりとりにしばらく耳を傾けた。

「末長さんがケーマシナリー側に開発情報を漏洩させたことを、証明できますか」

やがて尋ねた神谷に、

「私の開発用ファイルに不正にアクセスしていれば証明できるかも知れませんが、そもそもそんな徴候があれば事前に察知できたはずです」

島津がこたえる。「私から末長先生にお渡しした情報が外部に流出したとすれば、こちらで証明することは不可能です」

頷いた神谷は、

「末長弁護士とはどうされるおつもりですか」

改めて伊丹に問う。

「顧問契約は打ち切るつもりです」

伊丹はずいと膝を詰めた。「こんなぶしつけなお願いが叶《かな》うかどうかはわかりませんが、神谷先生に弊社の代理人、お願いできないでしょうか。お願いします」

伊丹はそういうと、またしても島津と一緒に頭を下げる。

「ひとつお伺いしたいんですが」

神谷はふたりに問うた。「あなた方はこの裁判、勝てると思っていらっしゃいますか」

「それは……」

視線を逸らし、伊丹は思わず口ごもる。「クロスライセンスを狙える材料もなく、情報漏洩の証拠もありません。状況としては厳しい裁判になると覚悟しております。ただ、最悪の結果になったとしても、誰に責任を押し付けるということはしません。結果は全て我々の責任だと受け止めるつもりです」

「なるほど。ただね、伊丹さん。最初に申し上げておきますが、私は負ける裁判はやりません」

明確な神谷のこたえに、伊丹は戸惑いの表情を浮かべた。

「しかしこの状況では――」

伊丹を遮り、神谷は島津に問うた。

「島津さん、先日お話を伺ったとき、問題の副変速機について、こうおっしゃいましたよね。『以前から知られている技術の応用だと解釈していた』と。それは何故でしょう」

「何故といわれても……」

さすがの島津も返答に窮する質問だ。神谷は鋭く島津の表情を射るように眺めていたが、返事がないとみるや、提げてきたカバンから一通の書類を取り出した。

説明はない。ただ、「どうぞ」、と島津の前に滑らせただけだ。

戸惑いを浮かべ、中に入っているものを広げた島津の目が驚きに見開かれるのを、佃は見た。

「この論文を佃さんが見つけて私に送ってくれていなかったら、この裁判の弁護、検討するまでもなくお断りしたと思います」

神谷は、伊丹と島津のふたりから佃に視線を向けた。「実は私もあれからいくつか論文集や専門誌を調べていたんですが、この論文にいきつくことはできませんでした。正直、驚きましたよ、佃さん。よくぞこれを見つけられました。敬服いたします」

「いえいえ」

佃は謙遜《けんそん》して顔の前で手を横に振った。「最初は私も先生と同じで有名論文集や専門誌の論文データベースを当たっていたんです。ところが見つからなかった。そこで目を付けたのが、公の位置づけにはなっていますが、目に付きにくい可能性のある論文――」

佃は島津を見た。「東京技術大学発行の論文集に目を付けました。島津さんが在籍されていた頃、当時大学院生だった方が書かれた論文を見つけるのはそう難しいことではありませんでした」

「なるほど、素晴らしいご推察です」

感嘆の眼差しでいった神谷に、運が良かっただけですと謙遜してみせた佃は、真剣な眼差しで神谷に頼み込んだ。

「引き受けていただけますか、ギアゴーストさんの代理人を」

伊丹と島津が息を吞み、神谷を見つめている。

「もちろんです」

頷いた神谷は、力強く言い放った。「ケーマシナリーを、いや、中川京一を徹底的に論破しようじゃありませんか」

4

「そろそろ訴状が到着している頃だと思いますが、伊丹社長からは何かいってきてませんか」

中川に言われて、末長は酌をしようとしていた手を止めた。

赤坂にある和食の店である。目の飛び出るようなカネを取るが、料理の方は気が利きすぎていて、余程の食通以外、その良さがわからない。

「何もいってこないなあ」

末長は、思案顔でこたえる。「届いていればすぐに連絡があるはずなんだが。この前買収の話はしたんだよね」

「こちらは予定通り、重田社長とご対面していただきましたよ。伊丹社長にしてみればかなりの衝撃だったと思いますがね」

中川は底意地の悪い笑みを浮かべた。「検討するといって持ち帰られました。結論からいうと、伊丹社長は買収を受け入れる以外の選択肢はないと思うんですが」

「それは私も同感だが」

末長が表情を曇らせた。「ただ、ひとつ気になることがある……」

末長が口にしたのは、先日伊丹から中川との関係を問われた件である。

中川が浮かべていた笑いをすっと引っ込め、疑わし気な視線を末長に投げて寄越す。

「なんでそんな話になるんですか。先生何か気取られるようなことをおっしゃったんじゃないですよね」

とんでもない、と末長は不機嫌に首を振った。

中川から、いい儲け話があると誘われたのは、かれこれ三年以上も前のことだったろうか。親しく付き合っている男からの気楽な仕事の誘いだろうと、そのとき末長は軽く考えていた。

中川行き付けの銀座のイタリアンで会い、いつものように楽しく過ごした後、二軒目に向かったバーのカウンターで、中川は声を低くした。

「ところで、ギアゴーストという会社、末長先生、顧問をされてませんか」

司法試験に合格したのは同年度だが、歳は末長の方が二つ上ということもあってか、中川はいつも敬語を使う。

「ギアゴースト？」

突然の話に少々戸惑いながらも、末長は頷いた。「一応、顧問だけど。何かあるの?」

「実はその、開発情報をいただけたら嬉しいなと思いましてね」

中川の誘いは単刀直入である。

「ダメダメ。とんでもない」

一旦は末長も断った。ところが、

「これだけ払います」、とそのとき中川は指を三本立ててみせた。

三百万円か。首を横に振ろうとした末長に、そのとき中川が囁《ささや》くようにいったのだ。

「単位は億ですよ」

知財専門の看板を掲げているものの、正直、顧問先に恵まれず、事務所の経営は楽ではなかった。その足下を見て、中川は声をかけてきたのかも知れない。

「有益な情報であれば、いただいた時点でまずこれだけお支払いします」

人差し指を一本、立てる。「残りは買収が完了した段階で。末長先生には絶対に迷惑はかけません」

末長の胸の中で葛藤が渦巻いたが、それは長く続かなかった。それだけのカネがあれば事務所を立て直すことができるだけでなく、欲しいクルマもゴルフ会員権も難なく買える。

「開発情報というと、どんなものが欲しいんだ」

〝断る〟という選択は消えていた。

中川の計画は実に周到であった。尖鋭的な知財戦略をとるクライアント、ケーマシナリーに技術情報を流して特許で先行させ、その後特許侵害で訴える法廷戦略だ。そして、ギアゴーストを窮地に追い込んだところでダイダロスの買収案を提示する。十五億円ものライセンス料を要求しているが、実際にそれが支払われた後には、多くが弁護士費用やコンサルタント料として中川やダイダロスに環流する取り決めがすでに出来ているに違いない。

その数ヶ月後、末長が提供したのは、ギアゴーストの新トランスミッション『Ｔ２』に関する開発情報である。

かくして、事は計画通りに進み、先日の交渉では、交渉後に買収先を紹介したいので、ビルの前で少し立ち話をしてくれないかと頼まれた。別れた後、サブ担当の青山が追いかけて声をかけるという段取りだ。回りくどい演出だが、その立ち話で中川との関係を問われたことは唯一の計算外である。

あのときの伊丹の問いは、弁護士業としての根幹を揺るがすものだ。それを金額に見合ったリスクだと思うこともできようが、いざそうなってみると自分には泰然と構えているだけの度胸がないことは明らかだった。

「いずれにせよ、末長先生には早晩、買収提案についての相談があるでしょう。そのときは、応じるよう誘導していただけますか。それもお支払いするコミッションに含まれているとお考えください。よろしいですね」

「言われるまでもないよ」

なにしろ、残額二億の成功報酬がかかっている。

末長のところに、ギアゴーストの伊丹から連絡があったのは、その二日後のことであった。

5

「先日はお疲れ様でした。いかがですかその後」

手帳を持って会議室に入ってきた末長は、立ち上がった伊丹と島津のふたりに手振りで掛けるよう促した。

「実は、ケーマシナリーからの訴状が届きました」

伊丹のひと言に、末長は驚いた顔をしてみせた。訴状が届いた日を尋ね、

「伊丹さん、もう少し早く来ていただかないと困りますよ」、そう苦言を呈する。「第一回の口頭弁論期日はいつなんですか」

そういって肝心の訴状が出てくるのを待つ。だが、伊丹はじっと末長を見据えたまま動かない。

「あの――まず、訴状を拝見できますか。持って来られましたよね」

催促した末長に、伊丹が返してきたのはよそよそしい視線であった。そして、

「末長先生。突然ですが顧問契約、今月をもって打ち切らせていただけませんか」

そう申し出た。

果たしてこれが何を意味するのか。頭が混乱し、考えがまとまらないうちに、腹の底から危機感だけが急速に込み上げてくる。

「どういうことですか、それは」

「本当におわかりになりませんか」

伊丹はいいながらちらりと末長の目を覗き込んだ。そこに見まがうまでもない疑念が浮かんで

いるのを見て、末長はひそかに動揺した。

　この男は知っている。

「検討した結果、他の弁護士にお願いすることにしました。長い間、お世話になりました」

　一方的にいって、伊丹は頭を下げる。

「別に、契約を打ち切るとおっしゃるのならそれでいいですよ」

　精一杯の虚勢を、末長は張った。「ですがね、この裁判、誰がやっても同じだ。それはご理解いただきたいですね。弁護士を替えたって、面倒なだけで何の得にもなりませんよ」

「私どもはそう思っていません。それは先生が一方的に決めつけていらっしゃるだけですよね」

　末長のプライドを傷つけるひと言だ。狼狽から一転、末長の内面に怒りが点灯した。

「誰か勝てるとでもいった弁護士がいるんですかね」

「ええ、そうなんです」

　今度答えたのは島津のほうだ。「私たち、そちらの先生に賭けることにしました」

「ふうん」

　末長は顎を突き出し、「それで」、と問うた。「誰に頼むんですか、今度は」

「神谷修一弁護士です」

　伊丹が名を告げた途端、末長はすっと息を呑んだ。あの神谷がこんな案件を引き受けたというのか。そんな驚きの一方、大物への鞍《くら》替えに嫉妬の焔《ほむら》が燃えはじめる。

「神谷さんね。それは結構」

　小馬鹿にする口ぶりで末長はいった。「大物ならこの裁判が勝てるとでも思ってるんですか、あなたたち」

「勝てない裁判ならやらない方がマシ——そう神谷先生にはいわれました」

「だったらやめたらいい」

カッとして末長は言い放つ。「どこかに買収されるかして、それでライセンス料を支払う。結論からいって、それしかないんですよ」

伊丹が押し黙った。じっと末長を凝視する眼差しは、服や皮膚を突き抜け、心の奥底まで射るようだ。耐えがたい沈黙に、

「なんなんです。別にいいですよ、それで」

末長は開き直った。「どうぞ、おやりなさい。結局、時間とカネの無駄だったと後でわかるだけのことだ」

そのとき、

「この訴訟のことを、先生はどれぐらい前から予想されてましたか」

唐突ともいえる島津の問いに、末長は息を呑んだ。「なんだって？」

「どれぐらい前から、先生はこうなることをご存じだったのかなと思って」

島津はさらに続けた。「末長先生は、中川京一ととても仲がいいんですってね。なんで、そうおっしゃらないんです」

「な、なにいってるんですか」

核心を突かれ、末長は狼狽した。「中川なんかと親しいわけないでしょう。そんなこと、誰がいったんです。下衆《げす》の勘ぐりだ、そんなのは」

「へえ。そうですか」

冷ややかに島津は言い放ち、「行こう。ダメだこのひと」、隣の伊丹を促す。

その態度に、末長は色をなした。

「あなた、失礼だろう。なんの根拠があってそんなことを」

伊丹とともに立ちあがった島津は改まって末長と対峙するや、

「いままでお世話になりました」

ぺこりと頭を下げ、

「これ、餞別《せんべつ》です」

カバンから出した封筒を差し出すと、さっさと辞去していく。

「なんて失礼な連中なんだ」

だが――。

力任せにデスクを叩き、封筒の中味を確認した末長は、それを持つ手が震え出すのをどうすることもできなかった。

手にした記事のコピーから自分と並んで写真に収まっている中川京一の笑顔が末長を見上げている。

そして――。

はっと我に返った末長は、ズボンのポケットに入れていたスマホを取り出し、あたふたとある番号にかけた。

「はい、どうも。いかがされましたか」

気取った中川の言葉は、末長とは正反対の余裕を常に漂わせていて神経に障《さわ》る。

「ギアゴーストの件ですが、いまよろしいか中川先生」

「ええ、構いませんよ。買収に応じることになったのかな」

ほくそ笑むような膨らみが声に加わった。

「いや」

短くこたえた末長はスマホを握り締めたまま、首を横に振った。

電話の向こうで不可解そうな間が挟まる。その沈黙に向かって、末長は吐き捨てた。

「顧問契約を打ち切られた」

は、といったきり、再び電話の向こうが静かになる。今度は不可解というより、鉈《なた》で寸断されたような沈黙だ。

「あんたとの関係がバレた。以前、業界誌で対談しただろ。そのときのコピーを突きつけて帰っていったよ。大丈夫なんだろうな」

「大丈夫って、何がです」

「情報提供の件、洩れたりしないだろうな」

「当たり前じゃないですか」

中川もまた苛立ち、思いがけない状況に少なからず衝撃を受けたのがわかる。「しかし、あんな廃刊になった業界誌の記事がなんで――」

「神谷だよ。神谷修一だ」

末長は叫ぶようにいった。「神谷が顧問についたらしい」

沈黙が流れ、

「それはおもしろい」

という嬉々とした中川の声が聞こえてきた。「あの神谷が、ギアゴーストの顧問弁護士になったというんですか。神谷に頼めば負けないとでも思ってるのかな」

「裁判には勝つそうだ。それまでは買収云々の話にはならない」

「バカですね」

吐き捨てた中川は、「勝てるもんなら勝ってみろ」、そう喧嘩腰のひと言を投げつけてくる。

「私にいうな。神谷にいえ」

すかさず応じた末長は、「とにかく」、と続けた。「私から情報提供した件、ぜったいに洩れないよう、お願いしますよ。それと、買収が決まったら、そのときは約束の成功報酬もらうからな」

「心得ております」

再び気取った口調に戻り、その電話は中川の方から切られた。

会議室のドアにノックがあったのはそのときだ。

「はい」

ぞんざいにこたえた末長は、ドアの向こうから顔を出した秘書と、そのすぐ後ろの島津の姿にぎょっとなった。

「まだ何か」

取り乱しそうになりながら問うた末長の返事にはこたえず、島津はずかずかと部屋に入ってくるや、さっきまで自分が座っていた椅子の足元から小さなトートバッグを取り上げた。一瞬、バッグにプリントされたクマが、小馬鹿にしたような顔を末長に向けた。

「忘れものです。もう二度と来ませんから」

言い捨てて消えた島津を、末長はただ唖然《あぜん》として見送るしかなかった。

6

農作業を終えて自宅に戻ったとき、すでに陽《ひ》は大きく傾いていた。実家の中庭は、西側にある倉庫の屋根の黒い影にすっぽりと覆われようとしている。そのとき、縁側にぽつんとひとり父が座って外を眺めているのを見て殿村は、「寒くないか」、と声をかけた。

四月とはいえ、夕方になると気温は下がって肌寒さを感じるほどだ。

「ちょうどいい。春の夜風だ」

呑気《のんき》な返答に苦笑しつつ、倉庫の定位置までトラクターを乗り入れてエンジンを止めた。運転席を降りながら首に巻いたタオルで汗を拭った殿村は、ゴム長をごぼごぼ鳴らしながら中庭を横切り、なにをするでもなく父親の横に座った。一気に静けさが押し寄せてくる。

「疲れたか」

「いい運動になった」

そんな会話を交わしながら、手にしたペットボトルの水を喉に流し込む。

家の中から、妻と母が一緒に作っている夕餉《ゆうげ》のにおいがした。

——体調いいから今年も田んぼ、やりたいっていってるよ。

そんな母からの電話がかかってきたのは、二月頃だったろうか。

「やめた方がいいんじゃないか」

そういいながら殿村は、台所に立っている妻の咲子をちらりと見た。

昨年父が倒れてからというもの、咲子は殿村について実家を訪れ、家事や農作業を手伝ってきた。神保町《じんぼうちょう》にある税理士事務所の事務をしている妻からすれば、たまの休みまでこき使われるのだからたまったものではなかったろう。

そのとき、背中を向けたまま、咲子は殿村のやりとりを聞いていた。話の内容は察しているはずだ。

「それがね、今年一年だけやらせろってきかないんだよ」

「自分たちでできるのかよ」

質問形式ではあるが、こたえはわかっている。できるはずがない。ただ、父はそうはいわないだろう。そんな判断力の甘さも老化現象のひとつかもしれない。

「私からいってもダメだから、あんたからいってくれないかい」

母に頼まれ、殿村は困ってしまった。

「またやるんだ」

受話器をおいた殿村に、ようやく振り向いた妻がいった。「がんばるね、お父さん」

皮肉に聞こえる。

――今年は手伝うけど、もし来年もっていわれたら、私、やらないからね。

父が倒れ、田んぼの手伝いが始まった頃の、それが咲子の言葉だった。

「で、どうするの」

「やめてくれっていうしかないだろう」

殿村はいったが、

「別にいいんじゃないの」、そう咲子はいった。

「でもお前、今年は手伝わないっていってたよな」

「まあ、いったかな」

咲子は頷き、少し思案顔になる。「ただ、手伝ってるうちにさ、こういうのも悪くないかなって」

割り入れたカレーのルーを溶かすのに、右手のお玉で鍋をかき混ぜながら、咲子は続けた。

「田んぼの世話は大変だけど、考えてみれば税理事務所の仕事よりはマシだしさ。毎日毎日、朝から晩まで数字ばっかり追いかけて。そういうの、結構きついんだよ。仕事なんてこんなもんだと割り切ってきたけど、米づくりみたいに自然を相手にする仕事ってのも有りだなって。あなたもそうなんじゃないの」

鋭い質問であった。たしかに、最初は殿村も迷惑だと思ってはいた。だが手伝ううちに、これはこれでいい――そんなふうに思えてきたのも事実だったからだ。

「いいんじゃない、お父さんの気の済むまでやらしてあげれば」

妻はいった。「もし途中で私たちも手伝えなくなって、ダメになりそうになったら、その農業法人の人たちに譲るなり、貸すなりすればいいでしょ」

縁側には春の穏やかな夕陽が差していた。

ほんのりと黄色い空が見える。時々、どこかに冷たさの混じる風がそよいでいるが、父親は気にすることもなく缶ビールを呑んでいる。

そのとき、

「お前が前にいってた話、考えてみるかな」

父のそんな言葉が耳に入って、殿村は振り返った。何のことか、すぐにはピンとこずに見つめると、

「田んぼやらせてくれって話、あっただろう。ほら、お前の友達のさ――」

「稲本？」

父は黙って頷く。

「その話、詳しく聞いてきてくれないか」

「本当に、いいのか」

そっと父親の横顔を窺って、殿村はきいた。日焼けした横顔は、長年の農作業のせいでなめし革のような皮膚に覆われている。

「やっぱり、こんな半病人みたいな体でできるほど米づくりは甘くねえなと思ってな。情けないよ」

しわがれた声がいった。火を点けたタバコの煙が殿村の鼻腔《びこう》をかすめていく。「お前や咲子さんにも迷惑をかけっぱなしだ。かといって、田んぼほったらかしたらご先祖様に申し訳がたたねえ。もし他人様《ひとさま》でうちの田んぼやってくれるっていうんならそれでいいのかなあ、なんて思ってな」

「大したカネになるわけじゃないよ」

　おおよその金額についてはこの前会ったときに聞いた。殿村が驚くほどの安さで、売っても貸してもそれだけでは余生をしのげるほどの額にならない。

「売るぐらいなら、貸した方がまだマシかな」

　殿村はいった。「そうすれば毎年、幾ばくか入ってくるし、年金と合わせればそれでギリギリなんとかやっていけるでしょ。万が一、田んぼに出られるようになったら返してもらえばいいんだし」

「もういいさ」

　淋《さび》しげに父は首を横に振る。「潮時ってやつだ。こういうときは退き際が肝心。覚悟してたことだ」

「本当にいいのか、それで」

「十分にやった」

　たしかに人間なら誰もが限界を迎える年頃だ。しかし、そうした人間の摂理を親子の絆で守り続けてきたのが、殿村家の三百年だったのではないか。それにピリオドを打ってしまっていいのか——。殿村の胸に葛藤が渦巻いた。

　父は目を細め、いま藍色が入り混じった空を見上げている。殿村家の先祖たちが三百年、見続けてきた空だ。農家にとって空はただの空ではない。空は、明日の天気や、気温や、近づく低気圧や風、様々な気候の変化を映し出すバロメーターだ。

「ひとつ頼みがあるんだけど」

　黙ったままタバコを吸っている父にいった。「米づくりのこと、オレに聞かせてくれないか。

オヤジの頭の中にしかない知識や経験を教えてくれよ」

「そんなもん聞いてどうする。お前、サラリーマンだろ」

殿村が考えていることを悟って父はいった。農業はそんな簡単なものじゃないと、その横顔が告げている。「やめとけ。サラリーマンなら安定してるじゃないか」

「サラリーマンは安定なんかしてないよ」

殿村は思わず反駁《はんばく》した。「意に沿わない仕事を命じられ、理不尽に罵られ、嫌われて、疎ましがられても、やめることのできないのがサラリーマンだ。経済的な安定と引き替えに、心の安定や人生の価値を犠牲にして戦ってるんだよ。オレはそうやって生きてきた。ひたすら我慢して、生きてきた。でもな、子どもも大きくなった。もう我儘《わがまま》のひとつぐらい言っていいと思う」

父は黙ったままタバコを吸っている。陽がいよいよ西に傾き、父と殿村のいる縁側も陰って、どこかで夜の虫が鳴き始めた。

その虫の音を聞きながら、親と子は黙したまま、そこに座している。

7

ダイダロスは、大崎駅に近い小綺麗なオフィスビルに入っていた。十二階建ての最上階だ。エレベーターを降りると、正面の壁に「株式会社ダイダロス」というプレートが塡《は》まっているだけの無人受付があった。海外の他、国内工場をマネジメントしている本社機能がここに集約されているという。

一台だけある電話で案内通りに「9」を押し、ロック式のドアの内側へ案内される。

待つこと数分、

「どうも、お待たせしました」

ゆったりとした声とともに、重田がのっそりと顔を出した。

立ち上がりかけた伊丹に椅子を勧め、リラックスした様子で向かいの肘掛け椅子に収まる。

重田から、先日の続きを話したいと連絡があったのは昨日のことだ。

その誘いを断ることもできた。いや、本来なら断るべきだっただろうが、伊丹にはそれができなかった。重田の話には、伊丹を引き付けるだけの吸引力がある。そしてそれは、伊丹にとって忘れ難い過去と密接に結びついているのだ。いまだ納得もできず、赦すことのできない帝国重工時代の苦々しい過去に——。

「先日の件でしたら、もう少し時間をいただけませんか」

切り出した伊丹に、

「そんなことを聞くために声をかけたんじゃないよ」

重田はいった。「かつて、あんたは帝国重工を追い出された。プライドをずたずたにされてな。自分を追い出した連中を見返してやりたいと思ってるだろう」

どこで聞きつけてきたかは知らないが、おそらく重田はまだ帝国重工社内、あるいはその取引先に情報源を持っているに違いない。重田が口にした過去は、生々しい心の創傷となって癒されることなく伊丹を苦しめてきた。

「あんたはちょっと調子に乗りすぎたんだ」

重田は伊丹の内面を見透かすように続けた。「目立ちすぎたために帝国重工という組織に利用される隙を与えてしまった。あんたがやろうとしたことは組織にとって必要なことではあったが、同時にそれは彼らのアイデンティティに対する反逆でもあった。あんたは、古い財閥系企業に蔓延《はびこ》るダブルスタンダードの罠《わな》に落ちたんだよ」

重田の分析は、伊丹から言葉を奪うに十分であった。伊丹の脳裏に、かつての記憶が急速な勢いで蘇ってくる。

それはちょうど、重田が経営する重田工業が倒産した後のことであった。

「君らもわかっていると思うが、この収益率では、まだまだ不十分だ。さらにコストを見直して、収益の底上げを図って欲しい」

具体的な数字が出たとたん、会議室に声にならないため息が広がるのがわかった。徹底したコスト削減に取り組んだ後だけに、「まだ足りないのか」、そんな雰囲気が漂いはじめている。

機械事業部で開かれた収益会議であった。

製造機種ごとに五つに分かれた事業部と、伊丹が配属されている事業企画課合わせて約七十名。中央の席で檄《げき》を飛ばしているのは部長の的場俊一だ。

「厳しいな……」

会議室の傍らにいた伊丹の耳に、苦悩の呟きが聞こえた。課長の照井和生《てるいかずお》である。

照井という男をひと言で表現するなら、「事なかれ主義」だ。保守的で伝統を重んじる、典型的な帝国重工マン。新しいことを嫌い、伊丹にいわせれば、先達から引き継いだ商習慣を堅持し伝えていくことが自分の使命だと勘違いしている愚か者だ。

採算改善のため、重田工業との取引を打ち切りたいといったとき、真っ向から反対してきたのもこの照井であった。

その重田工業の一件で、伊丹に対する評価は賛否両論入り混じることとなった。

的場に認められ、抜本的な取引先改革をやってのけた風雲児としての好評価の一方、既存の枠組みを破壊し、的場新部長に取り入って好き放題をやる警戒すべき存在としての悪評もまた根強い。

毀誉褒貶《きよほうへん》が相半ばする立場になったことは、もちろん伊丹も自覚していた。それでも自分がやったことは正しく、時間の経過とともに理解してもらえるはずだと楽観的に構えていたのも事実だ。その直後、伊丹がまとめた、ある企画書が予想外の物議を醸すまでは。

――機械事業部のサプライチェーンに関する考察と提案

これは結果的に、帝国重工社員として伊丹が最後に提出した、一大プロジェクトのたたき台といってよかった。

キモとなるのは、旧態依然とした取引先会の解散と、取引の抜本的見直しだ。協力会というぬるま湯体質と予定調和の破壊によって生まれる競争力をコストに反映させ、機械事業部の構造的転換を図る――いわば、名門事業部とそれにぶら下がる取引先が連綿と受け継ぎ、馴れ合ってきた伝統の否定である。

伊丹がこの新たな企画を思いついたきっかけとなったのは、重田工業であった。重田工業を倒産に至らしめたのは何だったのか。それを、コストダウンに応じないからといって取引を打ち切ったことに原因を求めるのは、間違っている――そう伊丹は考えた。いや、考えたかった。

そもそも重田工業の技術力と体力があれば、会社をもっと大きく、強くすることができたはずだ。そうしなかったのは、ひとえに帝国重工への強度の依存体質に原因があったからではないか。安穏とした取引に胡座《あぐら》をかき、本来持つべき危機感を忘れる。過度に取引先を重視する帝国重工の特殊性、協力会などというぬるま湯がなければ、重田工業はさらに技術を磨いて新たな取引先を獲得し、価格競争力を備えた優良企業になれた。

第二の重田工業を出さないためにいま必要なのは、一刻も早く協力会を解散し、真の競争に基づく取引関係を構築することだ。それこそが取引先を守り、ひいては帝国重工の収益基盤を確固たるものにするに違いない。伊丹の企画書はまさに、その理想に至るまでの壮大なロードマップといってよかった。

一介のヒラ社員が、ここまで大胆な改革案をぶち上げるのは、帝国重工始まって以来のことである。

「こんなものが認められるわけはない」

案の定、この企画書を一読した照井は拒絶反応を見せた。

ならばどんなものなら認められるのか。その代替案はないのに、否定だけはしてみせる。赤字体質脱却のために抜本的改革が急務といわれていながらも、一方で照井や、そのほか大勢の部員たちの頭には、「既存の枠組みの中で」という暗黙の諒解《りようかい》が存在していた。

「この企画を、課長の一存で廃案にするんですか」

伊丹は、鼻っ柱の強さもあって、普段心の中で小馬鹿にしている照井に言い放った。こんな男が課長じゃなかったら、機械事業部はとっくによくなっていたはずだという思いもあるから言葉にも容赦ない。「回してくださいよ、上に。それでダメなら諦めます」

「的場さんがこんなものを評価すると思ってるのか、お前」

照井は照井で、伊丹のことをバカにして、笑いとともに吐き捨ててみせる。「ああ、いいだろう。お前がそういうなら、回してやるよ。だがな、お前の思想は、帝国重工の慣習と伝統に全くそぐわない。極めて自分勝手で危険な発想だということは、この場でいっておく。みんなもよく聞いておけ。自分だけよければいいという発想では、ビジネスはうまく行かないからな」

耳を傾けていた社員たちに向かって、これみよがしに照井は言い放った。

「それは曲解です。そういう意図で書いたものではありません。これは新たなビジネスプランなんです」

即座に伊丹は反論したが、「そうとしか読めないんだよ。お前の筆力がなさ過ぎてな」、蔑むようにいった照井は、伊丹の企画書を摑むと、「もういい」、振り払うように手を振った。

ダメだ、こいつは。

憤然と席に戻りながら、伊丹は体内に燃え上がる怒りを持てあました。

機械事業部には、無限の可能性があるはずだ。なのに旧態依然とした取引慣行が邪魔をし、さらに聖域と称される協力会への遠慮が本来の思考能力を奪っている。照井にはその現状を打破するだけの気概も度量もない。

伊丹は自分の企画に自信があった。

照井課長がどういおうと、いまの機械事業部を救うためには、大胆に事業構造を転換するほかない。企画に込めた伊丹の思いは、もはや確信といっていいものに膨らんでいたのである。ところが――。

その企画を審議する課長会で、伊丹の確信はあっさりと裏切られた。

「こんなことをしたら、機械事業部のサプライチェーンが崩壊する」

「重田工業でうまくいったというが、重田工業は倒産したじゃないか。それが君にとっての成功なのか」

「うぬぼれの産物だな」

「新進気鋭の経営者気取りもいいが、もっと基本的なところを勉強するべきじゃないのか」

「バカバカしくて、聞く耳もたない」

企画説明のため会議に出席した伊丹に、続々と酷評が投げつけられる。

そのどれもが、企画のというより、伊丹自身への否定の言葉に聞こえ、胸に突き刺さった。

矢のごとく降り注ぐ侮蔑と敵意、蔑みの入り混じった意見にひとりさらされながら、伊丹は悟った。

この発言の裏には照井の強力な根回しがあったに違いない、と。

結局のところ、ひとりとして伊丹に賛成する者もなく、それどころかこんな部下をもって君も大変だなと照井に同情する者まで出る始末だ。

それでも伊丹は、望みを捨てきったわけではなかった。

まだ可能性はある。

的場だ。的場ならこの企画をかならず評価してくれる。課長会でどれだけバッシングを受けようと、その一存でひっくり返してくれるはずだ。

課長会の全面的な否定意見を添えられた企画書が的場の決裁に回された日、的場から意見を聞かれることを想定した伊丹は、外出を控えてデスクに留まっていた。

だが、どれだけ待っても、的場から声がかかることはなかった。

いったいどうなっているんだろう。

焦りが募りはじめた夕方、

「おい、伊丹」

後ろの席にいる照井に呼ばれると、投げつけられるようにして伊丹の企画書は戻ってきた。

「ボツ」

照井はひと言、そう言い放った。「わかったか」

そういうと、何もいわず伊丹のことなど無視して手元の書類に目を通し始める。

呆然とした足取りで自席に戻り、開いた企画書には、的場の閲覧印とともに、赤のボールペンで大書きされた「見送り」のひと言が記されていた。

なんのコメントも説明もない。

同僚たちの何人かが悄然《しょうぜん》とした伊丹を遠目に見ていたが、声をかけてくる者はいない。

いつのまにか、伊丹は、部内でも浮いた存在になっていたのだ。

「いい気になりやがって」

誰かの聞こえよがしのひと言が耳に入った。

このとき伊丹はこの機械事業部にとって、ただの邪魔者に過ぎなくなった自分を意識した。会社の伝統に楯突き、そして返り討ちに遭った無様な勘違い人間。それが伊丹に貼られたレッテルだ。保守的な帝国重工では、一度レッテルを貼られたら二度と剝がすことはできない。

そんな伊丹に総務部への辞令が下ったのは、それから間もなくのことであった。

「新しいことを主張するなら、一から組織を勉強することだな」

体よくそんなふうに言われて送り込まれた総務部で、伊丹に任された仕事はひたすら退屈な事務ばかりだ。

業務の第一線から完全にはじき飛ばされ、やりたい仕事を取り上げられた伊丹は、遠くかけ離れた組織の片隅へと追いやられたのである。

あの企画書で構築したビジネスプランは、正しかったはずだ。

どうあろうと、伊丹の確信は変わらない。

あの連中は皆間違っている。大馬鹿だ。

だが、このままここにいたところで、伊丹の先に控えているのは万年うだつのあがらないサラリーマン人生だけであった。

甘んじてそれを領諾するのか、はたまたこの組織を見返すべく「行動」を起こすのか。

日々、葛藤と苦悶を繰り返す伊丹はそれでも、機械事業部への復帰に一縷《いちる》の望みを捨てきれないでいた。同部での仕事に知悉《ちしつ》し、任せてもらえれば誰よりも成果を上げる自信はある。

八重洲《やえす》にあるホテルの小宴会場を借り切って、半期決算のささやかな打ち上げ会が部内で開かれたのは、伊丹が着任して間もない頃だ。

全員参加が義務づけられているその会は賑やかであったが、どうも気乗りしない伊丹が会場の片隅で誰と話すでもなくひとり呑んでいると、

「よお、伊丹くん。呑んでるか」

瓶ビールを片手に、部員たちの間を回っていた課長の塩田《しおた》が伊丹の肩を叩いた。宴会も終わりに近くなった頃である。

「ええ、はい」

職場の仲間と上っ面の会話だけで場を繋いでいた伊丹は、「さあ」、という塩田の催促で、宴が始まってからずっとそこに置いたままだった気の抜けたビールを半分ほど呑んでコップを差し出した。相当呑んでいるのか、塩田の危なっかしい手つきでビールが注がれる。「ありがとうございます」、と儀礼的に一口含んでテーブルに戻した伊丹に、

「君、終身刑だから」

塩田はそう言い放った。

思わず顔を上げた伊丹が目にしたのは、微動だにしない冷めきった組織人の眼差しだ。「もう、事業部復帰はないからな。期待するなよ。恨むなら、照井を恨め」

酔った勢いもあっただろう。会場の喧騒の中、誰も聞いていないと思ってもいただろう。だが、その言葉は紛れもない本音であり、組織が下した「判決」に違いなかった。

またふらふらと宴席を彷徨い歩く塩田の姿をただ呆然と眺める伊丹に、

「ここ、帝国重工の墓場だから」

そんな声が聞こえてきたのはそのときだ。

振り向くと、気の毒そうな目をした同僚のひとりが、伊丹の斜め後ろに立っていた。どうやら塩田との間で交わされたやりとりの一部始終を聞いていたらしい。

「帝国重工の、墓場？」

伊丹は繰り返した。

「そう」

同僚は短いため息をつく。「いろんな部署で煙たがられて、使い物にならないと判断されるとここに来る」

その同僚の名前を伊丹は知らなかった。総務部に来て日が浅く、全員の顔と名前を覚えているわけではない。

見かける顔だが、どんな経歴かさえも知らない。

「あの、君は――」

「島津です。島津裕」

相手は名乗ると、どうも、と軽くお辞儀をした。気取ったところのない、さっぱりとした雰囲気の女性だ。

「ああ、君が」

トランスミッションの開発チームに、島津という天才的な女性エンジニアがいる、という話は聞いたことがあった。噂と現実の人物が一致した瞬間だ。

伊丹の胸に浮かんだのは、その天才エンジニアがなぜ「墓場」にいるのかという素朴な疑問であった。

その理由を伊丹に話して聞かせたのは、他ならぬ島津本人である。隠し立てもせず、ただ淡々と島津はそれまでの経緯を語って聞かせたのだ。

「組織に天才は必要ないってことか」

つぶやいた伊丹の胸に、天啓ともいえるアイデアが浮かんできたのは、その直後のことである。

ならば、天才が必要とされる組織を作ればいいのではないか——。

思いついたのは、機械事業部で完全に否定されたアイデアにさらに磨きをかけたビジネスプランだ。

終身刑——その塩田のひと言で、伊丹の腹は固まった。

帝国重工を飛び出し、起業する。

そして、このビジネスプランを実行することで、自分の能力を見下し、否定した連中を見返してやるのだ。

だが、そのためには、どうしても必要な条件があった。

天才、島津裕が、このビジネスに参画することだ。

成功を確信できるところまでビジネスプランの詳細を詰めた伊丹は、あるとき意を決して島津のところへ出向くと声をかけた。

「なあ。オレと一緒に、会社を興さないか」

島津が見せたのは、おもしろいことを言って笑わせようとでもしている友達を見ているような笑みだ。

「どんな会社？」

終業後、近くの居酒屋で待ち合わせた伊丹は、夜を徹する勢いで自らの計画を熱く語った。

伊丹のビジネスプランに、島津の技術力——。

この二つこそ、事業の根幹をなす両輪である。頻繁に質問を交えながら聞いた島津が最後に発したのは、「で、会社の名前は?」、だ。

「ギアゴースト」

伊丹はこたえた。「オレたち、墓場の住人だから。オレたちは、トランスミッションを作るために墓から出てきた変わった幽霊だ」

島津が笑い出し、ひとしきり笑った後で右手を差し出してきた。

「わかった。一緒にやろう」

8

「あんたがポストを外され、バックオフィスへお払い箱になった後、機械事業部が果たしてどうなったか――」

胸の内にどんな企みを抱えているのかわからないまま、重田は問うてくる。

「的場さんの活躍で、業績は急上昇。結局、赤字体質から脱却した」伊丹はこたえる。

「その通り。結局、あんたが提案した事業再構築は必要なかったということだ」

重田は断じた。「既存の取引先をうまく使い、それまで以上の収益をあげることができた。あんたの負けだ」

負け。

その言葉を聞いたとき、伊丹にはわかった。そうだ、負けだ。いままで自分が認めず、避けて通ってきたものがあるとすれば、まさにそれではないかと。その負けを認めたくないために、帝国重工を飛び出し、彼らが切り捨てたビジネスモデルで見返してやろうと考えたのではないか。

「ところで、不思議に思わなかったか」

過去の苦みに耐えている伊丹に、再び重田が問うた。

「協力会の名の下に胡坐をかいてきた取引先では、コストダウンは難しいとあんたは判断したはずだ。なのに、その取引先をそのまま使って収益が上がった。なにをどうやったんだ？」

重田の指摘は、重く伊丹の脳裏に響いた。

深く考えたことはなかったが、たしかにその通りだ。あの取引先との関係、コスト構造を引きずったまま収益が改善できたとすればそれは――奇跡だ。だが的場は、その奇跡を起こした。

「コストダウンに非協力的だということでウチとの取引が打ち切られた後、あんたは知らないと思うが、協力会の中で警戒感と反発が強まった」

重田はおもむろに続ける。「的場は機械事業部の立て直しを命じられ、聖域なき改革を断行したつもりらしいが、一方ではそのやり方に危機感を覚え、あるいは反発する上層部もいたんだ。さらに決定的なものにしたのはひとつの新聞記事だった。帝国重工の非情なリストラによって、千人近い期間工がクビになったという東京経済新聞社会面の記事で、帝国重工批判が巻き起こった」

それは、伊丹も知っている。収益至上主義の犠牲者は常に弱者だというトーンは、一般に受け入れられやすい。日本を代表する大企業であり、財閥の親方企業である帝国重工としては、捨て置けないイメージダウンだ。

「すると的場は、そうした社会的イメージを気にする上層部におもねる形で、抜本的改革の鞘《さや》を収めてみせたのさ。それだけじゃない。あんたが出してきた事業再構築の企画書を課長たちに命じて徹底的に批判させ、さらにあんたを事業部から外に出す決断をした。間違った改革の象徴としてのあんたをスケープゴートに仕立ててな」

「まさか」

伊丹は言葉もなく、重田を見据えるしかなかった。

「あんたは自分を追い落としたのは照井課長だと思ってるだろう」

まるで伊丹の心の動きを手に取るように重田はいい、「だが、それは完全な間違いだ」、と断言してみせる。「たしかにあの照井という男は単なるバカだ。卑怯《ひきょう》なイエスマンで、保守的で、自分の保身しか頭にない男に違いない。だが、あんたを事業部から追い出し、場末の部署に追いやったのは照井じゃない。あの的場だ。いまや、帝国重工次期社長候補として名高い、あの的場俊一なんだよ」

見えない糸が交錯するかのような、じっとりとした沈黙が訪れた。

「的場は取引先との関係を維持し、上層部との軋轢《あつれき》を回避した。あんたを見せしめにすることで、自分は違うと主張したわけだ。だが、それだけでは収まらなかった。なぜなら、的場は収益を改善しなければならない命題を抱えていたからだ。そこで最初の問いに戻る。果たして、従来通りの取引先を抱え、どうやって収益を改善していったのか？」

疑問形にはなっているが、伊丹に問うたものではない。重田の自問自答のようなものだ。

その答えがいかにも呆れたものであるかのように、重田はうんざりした様子で椅子の背にもたれ、しばしの間を空ける。

「取引関係は継続した。その代わり、的場がやったことは、徹底的な下請け叩きだったのさ。重田工業でどんなことが起きたのか、知らない会社はいなかった。それを利用して、取引継続を条件に、徹底的にコストを削減する。発注時の仕切りを無視し、支払時にはさらに値下げさせるなんてことはしょっちゅうだ。それを上層部は見て見ぬふりをした。それだけのことだ。機械事業部の取引先は、そのコストダウンによって体力を奪われ、疲弊していった。帝国重工の機械事業部は、その見かけとは裏腹にあのときあんたが提案したというビジネスモデルとは比べものにならない、えげつない取引を強引に進めただけだ」

「それが、真相ですか……」

やがて、つぶやくように伊丹はいった。「なんでそんなことをご存じなんです」

「協力会の連中とはいまだ付き合いがあってね。帝国重工の社員の想像以上に、協力会には様々な情報が入ってくる」

思いもよらなかった過去の真相を突きつけられ、目から鱗が落ちた。歴史観が塗り替えられるというと大袈裟《おおげさ》だが、それに近い衝撃を、伊丹は覚えた。

打ちひしがれた伊丹に、重田はいった。

「オレはあんたを恨んではいない。なぜなら、あんたもまた被害者だということを知っているからだ。的場俊一という悪党に騙され、踊らされ、用済みとなった途端、うち捨てられた同じ被害者だからだよ」

伊丹はただ愕然とし、焦点の合わない視線を重田に向けることしかできなかった。

「あんたはこのままでいいのか。やられっぱなしで平気か」

その虚ろな表情に向かって、重田が問いかける。「もしあんたが的場を見返してやろうと思うんなら、オレと組むことだ。オレと組んで、あいつを叩き潰す。次期社長候補だと？　ふざけんな。オレは絶対に的場だけは許さない。オレはあんたに復讐《ふくしゅう》しようと思って買収を提案したんじゃない。あんたと一緒に戦おうと思って提案したんだ」

重田の真剣そのものの目が、伊丹を射た。「訴訟になって悪あがきをするのはあんたの勝手だ。やりたけりゃやればいい。だが、オレと組むのはあんたにとって悪くないはずだ。もし、的場俊一を叩き潰し、帝国重工の愚かな連中の鼻を明かしてやりたいのならな」

重田はそれだけいって立ち上がった。「もうこれ以上、余計な勧誘をする気はない。あとはあんたが決めればいい。オレは待ってるから」

最終章　青春の軌道

1

　第一回口頭弁論期日を翌日に控えたその晩、佃は、山崎と殿村に声をかけて、近くの居酒屋でささやかな決起集会を開いた。

「この裁判にはギアゴーストだけではなく、ウチの将来もかかってますからね。なんとしても神谷先生には頑張ってもらわないと」

　山崎が鼻息も荒くいい、眦《まなじり》を決する。「トランスミッション用バルブが伸《の》るか反《そ》るかの大勝負です」

「とはいえ、裁判に絶対はありません。負けた場合のことは考えておく必要があると思います。どうされますか、社長」

　真剣な口調で殿村が問うた。週末の農作業で日焼けした殿村の顔は精悍で逞《たくま》しく、どこか現実を受け入れる潔さのようなものを感じる。

「そのときは――」

決然とした意思を、すでに佃は固めていた。「ただちにギアゴーストに出資する」

山崎の表情が引き締まった。佃は続ける。「判決次第だが、出資額は十五億前後になるだろう。オレの条件はひとつだけだ。ギアゴーストの全員に残ってもらい、佃製作所グループの一員としていままで通り付加価値のあるビジネスを継続してもらうことだ。ウチはギアゴーストと連携し、エンジンとトランスミッション、その両方を世に問うメーカーになる。裁判で勝っても負けても、ウチは前進する」

断言した佃は、改めて殿村に問うた。「トノ、そのときは出資を了承してくれるよな」

ぐっと顎を引いた殿村は、渾名《あだな》の由来となったトノサマバッタのような縦長の面の中で、ぐるりと大きな目を見開いた。

「この出資をすれば、うちの支払い能力はほぼ三分の一に縮小します。開発資金についても、いままで以上に慎重を期して、選別していかなければならないでしょう。それでも出資する覚悟はありますか、社長」

「たしかに、一時的に資金は大きく目減りするだろう。だが必ず盛り返せると信じてる」

佃は、まるでそこに遠くの未来があるかのように、居酒屋の何でもない空間を見据えた。

「みんなで力を合わせればなんとかなる。力を貸してくれ」

山崎が覚悟の面差しで大きく頷く。その一方で、殿村の表情を過《よ》ぎっていった一抹《いちまつ》の揺れに、このとき佃は気づくことはなかった。

「明日、いよいよだね」

社員がほとんどいなくなったギアゴーストのフロアはがらんとしていて、古びた木造社屋と比較的新しい事務机がアンバランスで心許《こころもと》ない印象を運んでくる。だがこのオフィスが宿命的に持ち合わせているようなその不均衡が、島津は好きだった。

古いものと新しいものが渾然《こんぜん》一体となって無秩序に同居する空間は、実のところギアゴーストの現状そのものではないかと思うのである。

まだ若くて力はあると思う。だけど、規模も実績も中途半端で世の中で広く認められるところまではいっていない。

そんなちっぽけな会社なのに、訴えられている。

その事実はなんとも現実離れしていて、考えてみると滑稽だと思うのだ。伊丹とともに必死で頑張ってきたこの六年。失敗と成功を比べれば、圧倒的に失敗ばかりの会社である。財産と胸を張れそうなのは優秀な社員たちとビジネスモデル、それにトランスミッションの技術力だけだ。

いつのまに警戒されていたんだろう。

いつのまに裏切られていたんだろう。

考えるとキリがない。

「東京地裁の玄関前で待ち合わせしようや」

一日忙しく外を歩き回ったせいか、伊丹の表情はどこかどんよりとしていた。

いつからこんなオッサンになったのかな。すごく疲れてる、このひと——そんなことを島津はちょっと考え、だったらあんたは何なんだ、と自分に反問したところで考えるのをやめた。お互い様だ。

「わかった。あのさ――」

島津は改めて伊丹にきいた。「もしウチが負けたら、佃製作所さん、助けてくれると思う?」

答えはすぐにはない。

手を差し伸べようとする意思が佃にあることに疑いはない。問題は本当にそれを実行できるかどうかだ。そのためには、企業精査など踏むべき手順と越えなければならない壁は数多い。

買収不調になれば、ギアゴーストは、一気に危ういところへ追い詰められることになる。果たして、そのときどうなってしまうのか――そんな危機感を共有したかったのだが、

「負けないだろ」

伊丹から出てきたのは、島津が投げた仮説そのものの否定に過ぎなかった。

「私さ、負けても佃製作所と一緒に仕事できるんならいいと思ってるんだ」

伊丹はふっと肩を揺すっただけで答えない。そして、

「負けないって。仮定の話なんかするな」

またいった。

「現実と隣合わせの仮定なんだよ」

島津はちょっと膨れ、いつのまにか他人のようになってしまった伊丹との関係を思った。

伊丹とはこの六年間ずっと一緒に仕事をしてきているが、個人的な感情を抱いたことは一度もない。

同じ歳頃の男女が朝から晩までひと所で額を付き合わせるようにしているのに、なんの関係に

も発展しない。島津にとって伊丹という存在は恋愛の対象ではなく、どちらかというと家族に近かった。或《ある》いは、ひとつの目的に向かって進む、緩やかな共同体。同時に、お互いの気心を知りつくし、尊敬しつつ許し合える相棒でもあったはずだ。

そもそも伊丹が島津を共同経営者に誘った理由は、実に合理的だ。

伊丹には、類《たぐ》い希《まれ》な発想力とビジネスプランはあったが、肝心の技術力がなかった。

一方の島津には、技術力はあったが、それをカネに変える商才はなかった。

ふたりは帝国重工という旧態依然とした大組織の盤根錯節《ばんこんさくせつ》に疲弊し、将来のフレームワークを描けないまま、時間を浪費するしかない場所に追いやられていた。

そのときのふたりには、追いやられた閉塞的状況に風穴を開け、自らの将来を自らの手に引き戻しコントロール下におくための何かが必要だったのだ。

ギアゴーストという会社は、伊丹と島津というふたつの才能を結び付け、会社組織の無意味で非効率な混沌《こんとん》から抜け出すための、夢の乗り物になる——はずであった。

帝国重工を飛び出した当初、伊丹は、三年でギアゴーストを上場させると豪語していた。

だが、現実がそんなに甘くないことはすぐにわかった。

眼前に出現したのは、トランスミッションを思うように作れず、売れず、まるで泥の中を這いずり回っているような日々だ。見えていたはずの光は遠く、希望すら見出せず、カネもない。そんな状況をなんとか乗り切れたのは、ひとえに伊丹という共同経営者がいたからだと断言できる。

島津にとって伊丹は気の置けない親友であるとともに、気持ちをひとつにできる戦友なのだ。

起業から六年経った。

上場はしていないし、上場できる目途もない。

だが島津にはそんなことはどうでもよかった。いま島津が一番気にしているのは、伊丹の胸の内がわからなくなる瞬間がある、ということだ。

かつて寄り添っていたはずの伊丹を見失い、やっていることは同じでも、お互いに考えていることがズレている。

いまもそうだ。

伊丹の顔に、思い詰めたような陰を見出したものの、はたしてそれが何なのか、島津にはわからなかった。伊丹は何かをひとりで抱え、悩んでいる。そしてそれを島津の手の届かないところに隠している。

「ねえ、何かあったの」

思い切って島津はきいてみた。

「別に」

投げやりにも聞こえる返事にはどこか島津を拒絶する響きすらあった。

いまそこにいる伊丹は、この六年間、島津が頼りにしてきた伊丹ではない。かつての伊丹はどこへ行ってしまったのか、その行方を、島津は探しあぐねていた。

2

佃が開いたささやかな〝決起集会〟は、殿村の心のどこかに消せない苦みを残していた。

――みんなで力を合わせればなんとかなる。

その佃の言葉に、素直に賛同できない自らの事情を抱えていたからだ。

先週の日曜日のことである。

田植えを終えて農道に出ると、いつからそこにいたのか、痩せて杖をついた父の正弘がひとりぽつねんと立っていた。

日も舂《うすづ》き、夕暮れの風に吹かれている正弘の姿は矍鑠《かくしやく》として、気骨を感じさせる眼差しを真っ直ぐに向けている。そこに広がるのは、半世紀近く自分が見守り大切にしてきた見渡す限りの圃《ほ》場《じよう》であり、歴史である。

田植機のエンジンを切り、声をかけようとして殿村はふと、口を噤んだ。

足下に杖を置いた父が頭を垂れ、静かに合掌したからである。

祈りは、なかなか終わらなかった。

近づこうとした殿村は、その祈りの真剣さに気づいて思わず足を止める。

それが豊穣《ほうじよう》を願ってのものだけではないと気づいたからである。これが最後の田植えになるだろうことを父は覚悟している。過去三百年に亘り殿村家に実りをもたらしてくれた圃場への感謝の気持ちと、ついにその営みの終焉《しゆうえん》を迎える無念さを父は忍んでいるに違いない。

長い祈禱《きとう》であった。

それはひとりの老人と自然との、訣別の図に見えた。自然と人間との間に連綿と引き継がれた崇高な結びつきの終着である。

殿村の胸底から湧出した感情が、そのとき抗《あらが》いがたい奔流となって胸を衝《つ》いてきた。

三百年もの間、殿村の家はこの地で米を作り続けてきた。その行為自体、神との交信であり、神による加護の賜ではあるまいか。さして信仰心のあるわけではない殿村だが、このときそう思ったのは、殿村自身この土地に生まれ育った一個の人間だからかも知れない。

同時に殿村の胸を衝いたのは、この世の中に三百年間続くビジネスなど、ほとんどないという思いであった。ひとの営みに必要だからこそ、続くのである。

父も母も、米づくりに人生のほとんどを賭してきた。

儲からないかも知れない。ときに自然の災害に見舞われ、手痛い経験を強《し》いられることもあるだろう。それでもこの田んぼは、殿村の先祖を支え、父や母の生活を支え、そして殿村の人生の基礎となるものをくれた。

この壮大な歴史と恵みを前に、いま殿村が抱えている仕事に果たしてどんな意味があるのだろうか。

日々忙しさに齷齪《あくせく》し、胃の痛い思いをしながら人に仕え、社業を支える。

それはそれで尊いだろう。

だがもっと尊く、忘れてはならないものが自分にはあるのではないか。祈るべきものがあるのではないか。そのことに殿村は、唐突に気づいたのであった。そのとき——。

ある思いが天の強弓から放たれた矢のごとく飛来し、殿村の胸を深く貫いた。

オレは、この場所に帰ってくるべきではないのか。戻るべきではないのか、と。

いま、自宅のリビングにいて再びその思いにとらわれた殿村は、すでに散々呑んできたにもかかわらず、冷蔵庫から缶ビールを出してプルトップを引いた。

「呑み過ぎじゃない?」

お茶を飲みながらテレビを見たまま咲子がいい、「何かあったの」、とそれとなくきいた。

「うちの田んぼのことなんだけどさ」

テレビでタレントの馬鹿騒ぎが始まり、リモコンで音量を下げた咲子が殿村を見た。

「オレ、やろうかなと思って」

咲子が、穴の開くほどの視線で殿村を見ている。やがて、

「それはその――農家を継ぐと。そういうこと?」、そうきいた。

「まあその――そういうことだ」

咲子の手が再びリモコンに伸びてテレビを消した。

「佃製作所の仕事はどうするの」

ぐっと、殿村は顎を引いた。

「辞めようと思う」

返事なし。

「ずっと考えてたの、そのこと」咲子がきいた。

「考えに考えた上でのことなんだが、お前の意見も聞かせてくれ」

殿村は改まった調子で妻と向き合う。「一緒にやらないか、田んぼ」

殿村を見ていた咲子の目が逸れて上を向き、そうだな、といいながら腕組みをしてしばしの思考に耽《ふけ》る。

「私はやらない。少なくとも、しばらくは」

やがて、はっきりとした返事を咲子は寄越して、殿村を黙らせた。

「そうか……」

落胆するのは、以前咲子が農作業について好意的なことを口にしていたからだ。もしかしたら一緒にやろうといってくれるのではないかと、殿村は期待していた。

「だってさ、うまく行かなかったときのこと考えてよ。もし私が仕事辞めちゃったら、そのときウチはどうなるの。共倒れになっちゃうよ」

その通りだった。殿村より、妻の方がリスクを正確に把握している。「あなたは、いままで二十年も銀行でがんばって、佃製作所でも苦労しながらやってきた。そして私たち家族を支えてくれた。そのことはすごく感謝してる。だから、いまあなたが新しいことをやろうというのなら反対はしない。やってみれば」

もやもやとしていたものが、すっと晴れていく。咲子は続ける。「でも、佃製作所に迷惑がかかるような辞め方はしない方がいいと思う」

「わかってる」

殿村の胸に、佃製作所で経験した様々なことが一挙に蘇ってきた。

出向して社員たちには煙たがられる存在だった殿村は、実は半ば諦めていたのだ。銀行でもこの新天地でも、やはり自分は嫌われる運命なんだと。だけど、嫌われても疎ましがられても、与えられた仕事だけは愚直にやっていこうと、それだけは自分に言い聞かせていた。

会社の業績が芳しくなかった就任当初、あえて苦言を呈した自分に、佃は耳を傾けてくれた。知財で訴えられて四苦八苦し、海の物とも山の物とも知れない水素エンジンのバルブシステムを巡る帝国重工との攻防があり、おそらくは経営の屋台骨を揺るがしかねないピンチを幾度となくくぐり抜けてきた。

そんな経験を経て、殿村は、ようやく佃製作所の一員として受け入れられ、全員に認められる仲間になれたのだ。

サラリーマン生活の最後に、こんなに幸せな経験ができると誰が想像しただろう。

それもこれも佃航平という、情熱家で涙もろい、真っ直ぐな男が支えてくれたからだ。

その佃製作所を、殿村は去る決断をした。

果たしてそれが正しいのかどうか、自分にはわからない。

だが、ひとつだけわかっていることがある。

たとえ去るにせよ、自分は佃製作所のことを心から愛しているということだ。

佃も山崎も、津野や唐木田も、江原ら営業の連中も、みんな一所懸命に生きている。そんな熱い連中が、殿村は好きだった。本当の仲間だと思えた。

オレがいなくなっても、頑張れ、みんな。

自宅でビールを呑みながら、殿村は心の中で仲間たちに熱いエールを送った。

――みんなと過ごした時間はオレにとって、かけがえのない宝物だ。

3

原告側の代理人席には、田村・大川法律事務所の中川京一と青山賢吾ら、四人の弁護士がすでに陣取っていた。テーブルに広げた書類を見つめ、あるいは腕組みをして何事かを考え、いまだ空席の被告側の代理人席に、時折視線を向ける。

東京地方裁判所の小法廷であった。開廷時間は十時。いまはまだその十分ほど前で、傍聴人席の原告寄りには、中川らが代理を務めるケーマシナリー知財本部の馴染みの社員たちが五人ほど陣取っている。一方、その反対側に固まっているのはギアゴーストの伊丹らだ。中川がひそかに眉を顰めたのは、どういうわけかそこに佃製作所の佃航平たちの姿を見つけたからであった。

——何故、佃が。

中川が疑問に思ったとき、

「今日は来ないんじゃないですか」

空席の代理人席を見ながら、青山が耳打ちした。裁判の口火を切る第一回の口頭弁論期日、つまり最初の裁判は、原告代理人と裁判所のみで日時を決める。そのため被告代理人は、スケジュールが合わないという理由で欠席することも珍しくない。

「いや。来るだろ」

中川はいった。でなければ、被告側の傍聴人が来廷するはずがないからだ。

案の定、そのとき傍聴人席後方のドアが開いたかと思うと、中川がよく知る、そしてあまり見たくもない顔が入室してきた。

神谷修一である。同じ事務所の若手弁護士を引き連れて入廷した神谷は、軽く黙礼して着席する。それを見計らったかのように判事らが着席し、開廷時間を迎えた。

「原告代理人から訴状と、請求、および請求の原因が提出されていますが、原告代理人、陳述は擬制《ぎせい》されますか」

裁判長の問いに、

「そうさせていただきます」

余裕の表情で中川がこたえる。陳述の擬制とは、そもそも書面で提出しているものを法廷で読み上げたことにするという、いわば省略である。

通常の第一回口頭弁論期日では、この後被告代理人が事前に提出した答弁書について同様に陳述を擬制し、次回の期日のスケジュール合わせをしただけで閉廷する、というのが一般的な流れだ。

時間にしてせいぜい五分から十分程度。あっという間に終わる。具体的な論戦を戦わせるのは、二回目以降の期日からと相場は決まっている。

「被告代理人はどうされますか」

この一週間ほど前、神谷が提出してきた答弁書には、肝心の特許侵害に関する論点について「争う」としかなく、その根拠すら示されていなかった。打つ手無し。そう見てとった中川は、神谷が苦し紛れの時間稼ぎに出るのではないかと予想していた。

ところが、その予想はどうやら外れのようだった。

「今回は提出期限までに準備書面が間に合わなかったのですが、ようやくまとまりましたので、本日、この場で提出したいと思います。よろしいでしょうか」

裁判長の許可を得て準備書面が提出されると、副本が直ちに被告代理人席に運ばれてきた。さらに、

「争点のみ陳述させていただいてよろしいでしょうか」

という神谷の申し出があって、中川はさらに驚いた。

そんなことは異例だからである。

「読めばわかりますが。どうせこの場で回答できませんし」

すかさず中川が牽制した。

すると、

「すぐに回答できることも含まれておりまして。非常に重要なことなので、読ませていただけませんか」

意外な展開になってきた。神谷の主張に裁判長もしばし考えたが、「では、どうぞ」、とその場での陳述が認められる。

なにをしたいのかわからないが、少なくともこれは神谷のペースだ。傍聴席のざわめきを裁判長が静めると、

「争点のない部分については省略し、答弁書の〝三〟について読み上げさせていただきます。

――被告ギアゴーストは、原告ケーマシナリーが侵害を主張する当該特許について、無効を主張し、乙第一号証を提出する」

なにをバカな。中川は開いた口が塞《ふさ》がらなかった。傍聴席を見ると驚き呆れた表情のケーマシナリーの知財部長、神田川と目が合った。たちまち、両肩を竦《すく》める気障《きざ》なゼスチュアをした神田川は、不愉快極まる眼差しを被告代理人席に向けている。

神谷の陳述が続いた。

「乙第一号証は、東京技術大学栗田《くりた》章吾《しょうご》准教授が二〇〇四年に発表された論文『ＣＶＴにおけ

る小型プーリーの性能最適化について』です。実は栗田さんは一昨日まで海外の学会に出ておら れまして、その帰国を待ち、この論文の主旨についてお話を伺う必要があったことから準備書面の提出が遅れましたことを、ここにお詫び申し上げます。昨日、私が直接栗田准教授にお会いし、乙第一号証の論文について、お話を伺ってまいりました」

いまその論文のページを乱暴に開いた中川は、そこに記載された副変速機についての内容に取《と》り憑《つ》かれたように見入った。

まさか——。

顔を上げた中川の腋《わき》から冷たいものが流れていく。それはまさに、中川が末長からの開発情報に基づいて申請し、取得した特許内容とほぼ一致していたからだ。

ざっと音がするほどの勢いで、全身の血液が流れ落ちていくような感覚を、このとき中川は味わっていた。はじけ飛びそうになった意識が再び法廷に戻ると、淡々とした神谷の発言がまだ続いているところであった。

「わが国の特許法では、出願前にすでに公開されていた発明は特許として認められることはありません。ただし、論文の執筆者だけは論文発表後六ヶ月以内であれば特許申請が認められる——それが特許法三十条ですが、栗田先生はクルマ社会の技術的発展のためにあえてそれを見送られました。したがいまして、この論文で発表された技術情報は公共の益に帰するべくして公開されたものであり、根幹部分の多くをこの特許に負っている原告側特許は、無効であると主張するものであります」

まだ論破されたわけではないと、中川は絶望の縁《ふち》で思いとどまり、自分を鼓舞した。たしかにこの栗田論文の副変速機の構造は、多くの部分で内容がかぶっている。だが、まったく同一というわけではなく、そこに新規性を見出すことができれば特許として成立するはずだ。そこに裁判の争点を移せばなんとかなる――。

ところが、神谷の陳述はまだ終わりではなかった。

「次に――」

狼狽を必死で抑え込む中川は、奥歯をぐっと噛みしめ、さらに続けようとしている神谷を睨み付けた。

「我々はそもそも原告側の特許申請の正当性について疑問を差し挟むものであります。ケーマシナリーによる当該特許は、その申請直前にギアゴーストで開発した副変速機と酷似しております。ギアゴースト製副変速機は乙第一号証論文で発表された構造と技術に、同社独自の解釈とノウハウにより修正を加えたものですが、その修正部分にまで原告側特許が及んでいるのは、極めて不自然な偶然だと言わざるを得ません。ひとつだけ納得できる解釈があるとすれば、ギアゴースト内部からの技術情報の不正な流出であり、その傍証としてこの第二号証を提出するものです」

そういって神谷が高々と掲げたものは、ＩＣレコーダーであった。

「いまから三週間ほど前、ギアゴーストの伊丹社長および島津副社長は、末長孝明弁護士のもとを訪れ、本件について相談を致しました。末長氏は、当時まで被告の顧問弁護士を務めておられました。その際、被告はやりとりの一部始終をＩＣレコーダーに録音しておりまして、それを忘れたまま末長弁護士の元を辞去し、また十分近く後、取りに戻りました。これはそのときに偶然録音された、末長弁護士とある人物との会話の一部始終です。重要なところですので、聴いていただいてよろしいでしょうか。ほんの数分で終わります」

「いまここで聴くのが必要なんですか」

裁判長の問いに、神谷の視線が真っ直ぐに中川に向いた。

中川京一は、見えない手に胃袋を捻り上げられるような苦痛と口から飛び出そうな心臓の鼓動をどうすることもできなかった。

まさか――。

あのとき何を話した、オレは。

急流に搦《から》め捕《と》られ、意識の彼方へ押し流されそうになりながら、中川は自問した。

「はい。本件にとって極めて重要な録音で、いまこの場で聴いていただくことに大きな意味があります」

神谷の視線は鋼のように鋭く、容赦なく中川を射ている。「その真偽について当事者に問うことができると思いますので」

「どれほどの重要性かわかりませんが。いいですか、原告代理人」

突如裁判長に振られ、

「必要とは思えません」

かろうじて、中川は絞り出した。必死だった。いま中川が賭しているのは、自分の弁護士人生そのものだ。「後でその――」

言いかけた中川は、血走った目を見開き、声の限り叫んだ。「おい、やめろっていってんだよ、神谷！」

――ギアゴーストの件ですが、いまよろしいか中川先生。

中川の異議を無視し、テーブルに置かれた大型スピーカーからいま大音量で声が流れた。

そのひと言が流れたとき、裁判官、そして傍聴人の何人かが中川を振り向くのがわかった。驚きに見開かれた目とともに。

――いや。……顧問契約を打ち切られた。あんたとの関係がバレた。以前、業界誌で対談しただろ。そのときのコピーを突きつけて帰っていったよ。大丈夫なんだろうな。

――情報提供の件、洩れたりしないだろうな。

――神谷だよ。神谷修一だ！　神谷が顧問についたらしい。

――裁判には勝つそうだ。それまでは買収云々の話にはならない。

――私にいうな。神谷にいえ。

そう応じた末長の声が「とにかく」、と続く。

――私から情報提供した件、ぜったいに洩れないよう、お願いしますよ。それと、買収が決まったら、そのときは約束の成功報酬もらうからな。

神谷がスピーカーの音源を落とすと、法廷に静謐《せいひつ》が落ちた。

じっと考えるような間が挟まる間、被告代理人席のスピーカーと中川との間を、全員の視線が往復するのがわかる。

「乙第三号証は、この会話の中に登場する業界誌の記事です。ご覧いただきたい」

裁判長が確かめ、眉を顰めるのがわかった。

「この対談記事は末長孝明弁護士と、原告代理人中川京一弁護士との、親密な関係を語ったものですが、末長孝明弁護士は、ギアゴーストに対して原告代理人である中川京一弁護士と全く親交はないと主張していたそうです。さて中川先生に伺います」

神谷の眼差しに、そのとき殺気が漂った。「いまの電話で末長弁護士と話していたのは、あなたですね、中川先生」

中川の呼吸が止まった。

「き、記憶にありません」

「記憶に無いはずはないでしょう。ごく最近のやりとりですが」

「記憶にありません」

そのひと言をひたすら繰り返す中川を、どれだけ見据えただろう。神谷の視線がすっと引いていき、再び淡々とした口調が法廷内に響きわたる。

「乙第四号証は、末長孝明弁護士にこの録音テープを聴いてもらい、本人と確認した旨の確認書です。同時に、電話の相手が中川京一弁護士であること、そして中川氏に頼まれ、本件副変速機にかかるギアゴーストの開発情報を提供したこともすでに認めております。仮に乙第一号証で示した論文の内容と比較して当該特許に新規性が認められたとしても、それはこのような不正な手段により獲得されたものであることを証明するものです。私からは以上です」

神谷が着席すると、それまで誰もが緊張して呼吸すら忘れていたかのように、傍聴席で一斉にため息が洩れるのがわかった。裁判長ですら、予想外の展開に戸惑いを浮かべているように見える。

「原告代理人、いまの指摘についてはどうですか」

壇上からの問いに、

「次回までに回答いたします」

もはや顔面蒼白《そうはく》になった中川は、そういうのがやっとであった。

波乱の、そして第一回の口頭弁論期日としては異例の法廷は、かくして興奮のうちに閉じられたのであった。

―― 4

「特許無効」の勝訴判決が言い渡されたのは十月最初の金曜日の午後のことだった。

第一回口頭弁論期日での強烈な先制パンチから原告側の主張は論理的にも道義的にも崩壊し、なんら反論の余地もないままわずか半年ほどで下された判決であった。判決に先立ち、一昨日には、ギアゴーストから開発情報を流出させた末長孝明、それを指示した中川京一のふたりが不正競争防止法違反の疑いで逮捕されている。

「それにしても、もったいないことをしましたね」

夕方、会議室で開いたささやかな祝勝会でそうニヤリと笑ったのは、唐木田である。「もし、ウチがこの訴訟を引き受ける代わりに株を譲ってもらっていれば、ギアゴーストがタダ同然で手に入ったのに」

「いいじゃないか、別に」

佃は笑い飛ばした。「そんなふうに買収しても、騙したみたいで気分が悪いだけだ」

「ひとが好くて商売下手。それが社長のいいところですから」

そういったのは津野だ。

「それは褒めてるのかけなしてるのか、どっちだ」

佃が改めてきくと、「褒めてるにきまってるじゃないですか」、と津野は真顔でこたえる。「これが上場企業だったら、常に右肩上がりの成長を求められるでしょうけどうちは違いますからね。成長のために道義を曲げることもなく、堂々と人の道を行く。こんな馬鹿正直な会社があってもいいんじゃないですかね」

「どうにも褒められてるようには聞こえないんだが、気のせいかな」

首を傾げてみせ、缶ビールを呑む佃に、社員たちは笑いを堪《こら》えている。

「タダ同然で買収はできませんでしたが、ギアゴーストとの商売はより広がるはずです」

殿村の頬には、ビールのアルコールと勝訴の興奮で赤味が差していた。「社長は、儲かるかどうかという以前に、人として正しいかどうかという基準で経営判断されたんです。それは、すばらしいことだと私は思います」

「殿村部長のいう通りだなあ」

江原がやけにしんみりとしていった。「合法的だがモラル無し、って会社少なくないですからね。なりふり構わず儲けに走る企業に、どれだけの人が泣かされてるか」

「コンプライアンスを法令遵守と解釈して、法律だけ守ってればいいって考え方だな。だけどそういう会社がいまは一般的なんだよな」

唐木田もいった。「法律以前に守るべきモラルや信義則があると思うんですけどね」

「まったくですよ」

頷いた江原だが、「そういえば、ギアゴーストの伊丹社長から連絡はありましたか」、と話を変えた。

「さっき連絡があったよ、ありがとうございますって。改めて明日、お礼にいらっしゃるそうだ」

「それはよかったですね。ただちょっとひっかかるというか」

ふと江原は言いかけて口を噤む。

「なにか、あるのか」

気になって問うた佃に、「伊丹さんが以前、帝国重工で、かなり下請けイジメをされてたという話を聞きまして」、意外なことを言い出した。

「おいおい、本当かよそれ」

聞き捨てならないとばかり津野が身を乗り出す。「誰にきいた」

「戸倉《とくら》社長です」

戸倉製作所は、佃製作所が親密に取引している会社のひとつだ。機械製造の老舗中堅企業で、帝国重工とも古い取引があったはずである。

「伊丹さんから無理なコストダウンを命じられた挙げ句、取引を打ち切られて倒産した会社があるとか。それが社内で問題になり、辞めざるを得ないような状況になったという話でした」

「マジかよ」

津野がいい、泳いだ目のやり場を探して宙を見つめる。「そんなのを助けちまったのか、オレたちは」

「あくまで噂だろ」

唐木田が冷静にいった。「戸倉社長だって伝聞でしかないんだから。でもオレたちは直接、伊丹さんがどういう人か知ってるわけでさ。どっちを信じるか考えるまでもないと思うけどな。仮に何かあったとしても、過去は過去。人間は変わる」

「どんな理由で帝国重工を辞めたにせよ、いまはウチにとって重要な取引先です。それでいいじゃないですか」

殿村もきっぱりといった。「これから、一緒に事業を拡大していければそれに越したことはありません」

「それもそうですね」

江原は少々申し訳なさそうに頭を下げた。「すみません、余計なことをいっちまって」

「あれだけの組織で、それなりのことをやっていれば、いろんなことを言う人がいるってことだ」

別に江原を責めるでもなく、佃はいった。「大切なのは過去じゃない。これからどんな取引ができるかじゃないか」

ギアゴーストと佃製作所。一緒に戦った二社にとって、今回のことは名実共にパートナーとして共存共栄していく貴重な一歩になる——はずであった。

5

「よかった。本当に、よかった」

裁判所で判決文を聞いた途端、島津は思わず立ち上がり両手で顔を覆った。そして隣にいる伊丹と、軽い抱擁を交わす。

勝訴の一報を会社に入れて戻ると、堀田が段取りしたらしい祝勝の宴《うたげ》が準備されていた。ケータリングの料理と缶ビールで社員たちと勝利を祝い、その後近くの居酒屋へ移動しての二次会になる。仕事の片付けが残っていた島津は、二次会の後、一旦会社に戻ってきたのだが、しばらくすると、そこへふらりと伊丹が現れた。

「あれ、カラオケ行ったんじゃないの？　早いね」

驚いた島津に、「まあな」、と伊丹はなぜか思い詰めたような表情で答え、近くの椅子を引っ張ってきて腰を下ろした。

「シマちゃんと話したいことがあってさ」

いつもとは違う、ただならぬ気配があった。相当酒を呑んでいたはずだが、伊丹の顔面はむしろ青白く、まるで酔っているようには見えない。

「訴訟になる前、相手方の中川弁護士のところへオレと末長さんで最後の交渉に行ったことがあったの覚えてるよな」

「決裂したっていうやつ？」

「そう」

伊丹は頷き、躊躇《ためら》うように間を置くと、がらんとした事務所にあてどない視線を向ける。「交渉はたしかに決裂した。ところがその後、呼び止められてさ。ウチを買収したい会社があるって、そういわれたんだ」

初めて聞く話に島津の目が見開かれたが、声は出なかった。黙ったまま、伊丹に先を促す。

「ダイダロスという会社だった。シマちゃんも知ってると思うけど、小型エンジンメーカーだ。

が、それ以上に驚いたのは、社長があの——重田登志行だった。重田工業社長のあの重田だ」

島津の目がにわかに見開かれ、紛れもない驚愕の色を浮かべた。

「以前、倒産したっていう、あの——？」

重田工業の倒産に伊丹が関わった話は、以前聞いている。当時の帝国重工内では有名な事件だった。

「重田さんから聞いたんだけど、あの時オレを機械事業部から外したの、照井課長じゃなかった」

淡々として、伊丹はいった。「的場だったんだ。あの的場俊一だったんだよ。あいつがオレを裏切り、オレを切ったんだ」

裁判で勝訴した夜にする話ではなかった。

「なのにあいつはどうだ、自分の責任はすべてオレに押し付け、いまは帝国重工の社長候補だ。オレはあいつにいいように利用され、捨て駒にされたんだよ」

静かな怒りに貫かれ、伊丹は虚空《こくう》を睨み付けている。

「もういいじゃん。昔の話でしょ」

島津はなだめるようにいった。「もう忘れようよ。何でいまそんな話するの」

「これからいよいよ始まるからだよ」

伊丹の表情に、一転、煮えたぎるほどの怨念が宿っているのを見て島津は息を呑んだ。

「きっちり片を付けてやる」

つぶやくように、伊丹はいった。

「ねえ、ちょっと待ってよ。片を付けるって、どうするつもり？」

「重田さんと一緒にやる」

意図を汲み取ることができず、島津は当惑した。

「一緒にやるってなんなの」

「ダイダロスの資本を受け入れ、業務も提携する」

「ちょっと何言ってんの」

島津は慌てていった。「佃製作所を裏切るつもり？　あんなに私たちのために親身になってくれたんだよ。その思いを踏みにじって、競合する会社と手を組むっていうの？」

その剣幕に全く動ずることなく、伊丹は平然としている。

「佃製作所よりダイダロスの方が将来性は上だ。ウチはダイダロスと組むべきだ。そして的場に復讐する」

「あんた本気？」

島津は気色《けしき》ばみ、語気を荒らげた。「佃製作所の技術は優れてる。ダイダロスのことは私も知ってるけど、ただの組み立て屋。どっちと付き合うべきかは、考えるまでもない」

「ダイダロスは急速に力をつけてる。すぐに技術も佃製作所に追いつくだろう。そのエンジンとウチのトランスミッション。この組み合わせがあれば、無視できない存在になれるはずだ」

「それで何？　目立つ存在になって的場を見返そうとでも考えてるわけ？」

島津は立ち上がり、椅子にだらしなく体を投げている伊丹を睨み付けた。「あんたが帝国重工を辞めた事情を気に病んでることは知ってたよ。だけど、そんなことは乗り越えただろうと思ってた。でもそれは私の思い過ごしだったってことだよね。あんたはたしかにビジネスプランに関してはは天才的だと思う。だけど、私が思ったよりずっと小さい人間だよ。昔のしがらみなんかより、いまの方が大切でしょう。過去に遡ってどうするの」

伊丹に島津は呼びかけた。「目を覚まして、伊丹くん」

だが――そのとき伊丹が浮かべたのは、面倒くさそうな表情だ。

「オレは冷静だ、いつだって。たしかに佃製作所には世話になった。だけど、それはそれ。これはこれだ。今後、どっちと組んだ方が社業に寄与するか、少し考えればシマちゃんにだってわかるさ。もう決めたことだ」

「何ひとりで決めてんの」

島津は声を荒らげた。「私、共同経営者でしょ。その意見を無視するの？」

ふっと伊丹の肩が揺れた。笑ったのだ。そして、

「いやならいいよ。シマちゃんはもう――必要ない」

島津は凍り付き、すっと言葉を呑んだまま、ただ伊丹を見つめることしかできなくなった。

6

快晴の種子島に、三月の風が吹いている。秒速三メートルの南風だ。

この風はおそらく、射場を見下ろす丘の上にいる見物客たちの髪を揺らしているだろうが、打ち上げに支障を来すほどのものではない。

いま――。

最終作業が行われている射場では、準天頂衛星「ヤタガラス」を搭載した全長五十六メートル

の大型ロケットが発射のときを待っている。

エンジンは佃製作所のバルブシステムをキーデバイスとして搭載したコードネーム「モノトーン」。「ヤタガラス」はこの七号機をもって打ち上げを完了し、これによって日本における位置測定システムは格段に精度が向上することになるはずであった。

佃の隣では、いつになく硬い面持ちの財前が、モニタ越しのロケットをじっと見つめている。藤間社長がぶちあげたスターダスト計画をプロジェクトリーダーとして支え、コントロールしてきた財前だが、ついにこの「ヤタガラス」七号機の打ち上げで現場を去ることが正式に決まっていた。

現場の雰囲気がいつも以上の緊張感に満ちているのは、これが財前にとって最後の打ち上げになることを、ここにいる全員が知っているからだ。

「大丈夫。うまく行きますよ」

佃が敢えて明るく声をかけたとき、発射一分前のアナウンスが総合司令塔のスピーカーから流れた。打ち上げ予定時刻は、午前七時一分三十七秒だ。

打ち上げまでおよそ三十秒を切り、いまウォーターカーテンの撒水《さんすい》が始まったところである。

やがてカウントダウンが一桁《ひとけた》になり、全システムの準備が完了したとき、

「メインエンジンスタート――！」

佃の隣で財前の発した声が、場内アナウンスと重なった。

「リフトオフ！　モノトーン！」

今度ははっきりと、抑制された財前の声が聞こえた。「リフトオフ！」

炎と煙に包まれた射場から、ゆっくりとロケットが浮かび上がった。かと思うと、轟然《ごうぜん》たる勢いで、やや霞んだ春の空に突き刺さるように飛び出していく。

財前の祈るような目がモニタに映し出されたロケットを追い続けていた。まるでその勇姿を記憶のスクリーンに刻みつけるかのように。

機体はみるみる小さくなっていき、すぐに視界から消えて見えなくなる。後には、煙が描く軌道が残るのみだ。

燃焼を終えた固体ロケットブースターが分離され、小笠原《おがさわら》追跡所でのロケット追尾が始まった。

「順調だぞ」

誰かの声がするが、司令塔は緊張に包まれたままだ。

「がんばれ、モノトーン——！」

モニタに映し出された軌道を睨み付けながら、佃は拳を握り締めた。

一六五〇秒後。

——第二段エンジン第二回燃焼停止。

アナウンスに全員が息を呑んで、モニタを見つめている。

——ヤタガラス、分離。

そのアナウンスに拍手と歓声が上がったのは、打ち上げからおよそ、二十八分後のことであった。

「佃さん」

財前が右手を差し出した。「お世話になりました」

「こちらこそ」

握手を交わす。財前は、司令塔内にいる一人一人と言葉を交わし、肩を叩いて労《ねぎら》いの言葉をかけて回り始めた。

ひときわ大きな拍手が起きたのは、花束が司令塔内に運ばれてきたときだ。

見れば花束を抱えているのは、利菜である。

「財前部長、お疲れ様でした。いままで本当にありがとうございました」

花束を渡した利菜の頬を大粒の涙がこぼれ落ちるのを、少し離れたところから佃は見ていた。

「どうもありがとう」

財前は全員に向かって花束を掲げてみせた。拍手が止み、ふいに訪れた静寂の中、財前最後のスピーチが始まろうとしている。

「スターダスト計画が発表されたとき、帝国重工が夢見たのは大型ロケット打ち上げビジネスへの参入でした。欧米に比肩しうる性能のロケットを飛ばし、宇宙航空ビジネスで勝利する――。それが藤間社長が思い描いたゴールだった。それから十数年。私は皆さんと共に、そこに至る行程をずっと見守り続けてきました。夢を実現するといえば聞こえはいいが、その実態は苦難の連続だ。計画自体が挫折しかかったことも、何度あったか知れない。そんな苦しいとき、逃げずに立ち向かい、局面を切り拓《ひら》いてこられたのは、ここにいる全員の英知と結束があったからだと思う。我々みんなが、同じ夢を見て、それを追いかけてきた。夢は、我々に力をくれます。夢は、我々を成長させてくれる。思えばそれを目の当たりにした十数年でした」

財前は間を置き、食い入るように自分を見つめる多くの部下たちひとりひとりに語りかけている。「かくして我々はいまスターダスト計画の行程表通り、まずは大型ロケットビジネスへの参入を果たすまでになりました。まだまだ道半ばとはいえ、夢の一部は実現したのです。ところが、夢というのは不思議なもので、実現したとたん現実に変わる。競争相手と鎬《しのぎ》を削り、収益性が問われ、否応なくコスト削減の波にさらされる。経営環境も変わりました。帝国重工の業績悪化によって、いま我々が突きつけられているのは不採算部門のレッテルであり、撤退の可能性です。いままで積み上げてきたものが、崩壊する危機に瀕《ひん》しています。ですが――リスクのないビジネスなど存在しません」

財前は信念を込めたひと言を絞り出した。「リスクを克服し、障害を乗り越えてこそ、ビジネスは真の成長を遂げていきます。究極的にビジネスの存廃を決めるのは、会社の都合や経営方針ではありません。世の中の評価なんです。そのためには、ただ大型ロケットを打ち上げているだけでは十分ではありません。もし我々に足りないものがあるとすれば、この大型ロケット打ち上げがいかに重要で役に立っているのか、それを世間に知ってもらう努力に他なりません」

財前の指摘は、とかく社内ばかりに向きがちな部下たちの思考に、巨視的な視点を加えようとしている。

「私は今回の打ち上げをもって任務を終了し、この現場を去ることになります。今度の行き先は、宇宙航空企画推進グループです」

初めて聞く、財前の赴任先であった。「ロケット打ち上げビジネスに関連する様々なビジネスを立ち上げることを目的としたこの部門で、私が最初に手がけようとしているのは、あれに関するものです――」

財前が真っ直ぐ壁を指さしたのを見て、どよめきが起きた。

そこに衛星のポスターが張られていたからだ。

準天頂衛星ヤタガラス。

先ほど、その最終機ともいえる七号機を打ち上げたばかりである。

「これからの私は、このロケット打ち上げビジネスの価値を知ってもらうために、皆さんの側面支援に回ります。我々の生活にとって、ロケットがいかに重要で必要なものなのか。これはある種の布教活動であり、夢の続きを見るための地ならしのようなものです。いままでの十数年、私は皆さんに支えてもらいました。これからの私は、逆に皆さんを支えるために全力で尽くしたい。そのために、私が第一弾としてぶち上げるのは農業です。私は——危機にあるこの国の農業を救いたい」

何人かの部員たちが目をまん丸にしている。

「農業……」

そんな呟きがあちこちで聞こえる。「なんで農業なんだ」。どの顔にもそんな疑問が浮かんでいるように見える。しかし、佃は腹の底から湧き上がってくるような武者震いを感じないではいられなかった。

財前はおもしろい男である。

なにを考えているかと思えば、農業か——。

別れの挨拶を一転、将来への展望に変えて見せたスピーチも鮮やかだ。

ヤタガラスと農業、か。おもしろいじゃねえか。

「長い間、どうもありがとう」

財前はいま目にうっすらと涙を溜《た》めて礼を口にした。「いつかまたこの打ち上げの現場に戻り、皆と仕事をすることがあるかもしれない。が、しかし今は、新たに与えられた職務に全力で取り組もうと思う。我々の夢は、いつも宇宙《そら》につながっている。皆さんの健闘を期待しています」

割れんばかりの拍手が湧き上がる中、財前は花束を掲げながら、ゆっくりと司令室の外へ見えなくなった。

佃の胸に去来したのは、悲しみや淋しさではなく、未来への希望だ。

ありがとう、財前さん。いつかまた一緒に仕事しようや、そのときまで——。

佃は小さな声でいった。

「しばしのお別れだ」

7

辞表

私こと、殿村直弘は、一身上の都合により、株式会社佃製作所を退職いたしたく、ここにお願い申し上げます。

大恩ある佃製作所を去るのは断腸の思いですが、退職後は実家の農業を担い、佃製作所で学んだことを無駄にすることなく邁進《まいしん》いたす所存です。

長い間、本当にお世話になりました。

それを置いて殿村が社長室を出ていった後、佃は机に置かれた辞表を幾度も、幾度も読み返した。

読み返すうちにどうしようもなく熱いものが込み上げ、視界を滲ませる。

佃の脳裏に、銀行から出向してきたばかりの殿村の、堅苦しい表情がいまでも目に浮かぶ。誰もが遠慮していえない苦言を、敢えて佃に呈してくれた殿村。帝国重工へのバルブシステム導入を応援してくれ、誰よりも心配症で誰よりも悔しがり、成功を喜んでくれた殿村。

いつも佃の傍らにいて、支えてくれた男――。

その男がこの日、佃製作所を去る決断を下したのである。

「苦しかっただろうな、トノ。力になってやれなくて、申し訳ない」

誰もいない社長室でひとり佃は涙し、頬を震わせた。

8

「お時間をいただけないでしょうか」

ギアゴーストの島津から、そんな電話が佃のもとにかかってきたのは、四月半ばのことであった。

まだ春だというのに、やけに暑い一日だ。じりじりとした日差しは、夏のそれと大して変わらないと思えるほどである。

「いったい、世の中どうなっちまったんだ」

ちょうど目の前の道路を見下ろせる社長室の窓際に立ち、半ば口癖のようになっている愚痴をこぼした佃はそのとき、駅からの坂道をこちらに下ってくるひとりの女性の姿に気づいた。すこし小太りで、割烹着《かっぽうぎ》でも似合いそうな雰囲気に愛嬌がある。

島津だ。

傾いた西日に逆らうように、ずんずんと歩いてくる島津は真っ直ぐに前を見据え、やけに決然とした表情を浮かべていた。その姿がやがて佃製作所の建物に遮られたかと思うと、

「社長、ギアゴーストの島津さんがお見えになりました」

事務員の知らせと共に、佃の前に現れた。

「どうぞ」

出迎えた佃に島津は控えめな笑みを浮かべ、「訴訟の折には、ありがとうございました」、そう深々と一礼する。

「いえいえ。お役に立ててよかったですよ」

そう応じた佃に、いつか伊丹が礼に来たときの記憶が蘇った。勝訴の後のことだ。そういえばあのときは島津はおらず、伊丹がひとりで来た。そして裁判のこと以外具体的な話は何もせず、通り一遍の挨拶だけで引き上げていったのである。

そういえば、そろそろヤマタニが次期トラクターの仕様を決め、ギアゴースト製トランスミッションの搭載を決める頃だ。佃の期待は、それを機にギアゴーストとの関係を深め、新たなビジネスを切り拓くことにある。そのことを話しに来たのだろうか。

さていま、島津は険しい表情で両手を膝に乗せ、背筋を伸ばしていた。

どうやら、あまりいい話ではなさそうだな——そう思った佃に、

「今日は、佃さんにご報告とお詫びがあって参りました」

そう島津は切り出した。「昨日、ギアゴーストは、ダイダロスと資本提携を結びました。お互いに資本を持ち合い、今後両社は企画、製造、そして営業活動において協力していく旨の契約を締結いたしました」

「なんですって？」

あまりのことに佃は動揺し、返す言葉を失った。

「それは一体、どういうことなんでしょうか」

ようやく佃は口を開いた。「伊丹さんからは何も聞いていませんし、ウチは、御社の窮地に社員一丸となって協力を惜しみませんでした。一緒にやっていけると思ったからです」

「皆さんのお気持ちは重々、承知しています」

島津は悔しそうに唇を噛んだ。「本当に申し訳ございません」

掛けていたソファから立ちあがるや、深々と腰を折る。

どう応じていいかわからず、「まあ、お掛けください」、そんなふうにいっただけで佃は途方に暮れた。やがて、

「どうしてそんなことになったのか、教えていただけませんか」

島津は頬を硬くしたまま、しばし沈黙する。そして、

「伊丹は、過去のしがらみから抜け出すことはできませんでした」

意を決したように、経緯を口にし始めた。

帝国重工時代から今にいたるまでの、長い話だ。それは同時に、伊丹と島津というふたりの、

前途洋々たる若者たちの青春、その挑戦と挫折の物語でもあった。

「伊丹が、ダイダロスの重田と組んで何をしようとしているのか、私にはわかりません。ですが、これだけはいえます。私たちが作ったギアゴーストという会社には夢がありました。いままでになく斬新で、快適で、そして乗って楽しいトランスミッションを作ることです。私には、クルマに乗って、家族で出掛けたときの楽しい思い出があります。クルマ好きの父がハンドルを握り、私が助手席に乗って母と弟たちが後ろの座席に乗っているんです。その記憶は私にとってかけがえのない財産です。私たちの作るトランスミッションは、人々の夢を乗せて走るためのものであり、そのものづくりの本質は、世の中への貢献以外の何物でもありません。ましてや復讐のためでも、過去のしがらみによるものでもない。ギアゴーストは、そんなもののために設立したわけではないんです」

苦悩に満ちた表情で、島津は訴えた。「ですが、私たちの気持ちはいつのまにか離れ離れになっていました。伊丹には伊丹の道があるのでしょう。でもその道を、私は一緒に歩むことはできません」

そういうと島津は真っ直ぐに顔を向けた。「本日、私はギアゴーストを退社いたしました。短い間でしたが、たいへんお世話になりました」

そしていま――さっきと同じように社長室の窓辺に立ち、暮れかかった住宅地の坂道を遠ざかる島津の姿を、佃は眺めている。

濃い夕景に塗れ、天才と呼ばれたひとりのエンジニアは、そうして佃の前からその姿を消したのであった。

この作品は書き下ろしです。また、本書はフィクションであり、実在の場所・団体・人物等とは関係ありません。

池井戸 潤
いけいど・じゅん

1963年岐阜県生まれ。慶應義塾大学卒。1998年『果つる底なき』で第44回江戸川乱歩賞を受賞。2010年『鉄の骨』で第31回吉川英治文学新人賞、2011年『下町ロケット』で第145回直木賞を受賞。他の作品に『空飛ぶタイヤ』『ルーズヴェルト・ゲーム』『七つの会議』『陸王』『民王』『アキラとあきら』や、半沢直樹シリーズ『オレたちバブル入行組』『オレたち花のバブル組』『ロスジェネの逆襲』『銀翼のイカロス』、花咲舞シリーズ『不祥事』などがある。

下町ロケット　ゴースト

2018年7月25日　初版第1刷発行
9月11日　第3刷発行

著者　池井戸 潤
発行者　飯田昌宏
発行所　株式会社 小学館
〒101-8001
東京都千代田区一ツ橋2-3-1
電話／03-3230-5961（編集）　03-5281-3555（販売）

印刷所　凸版印刷株式会社
製本所　株式会社 若林製本工場

 ISBN978-4-09-386515-9

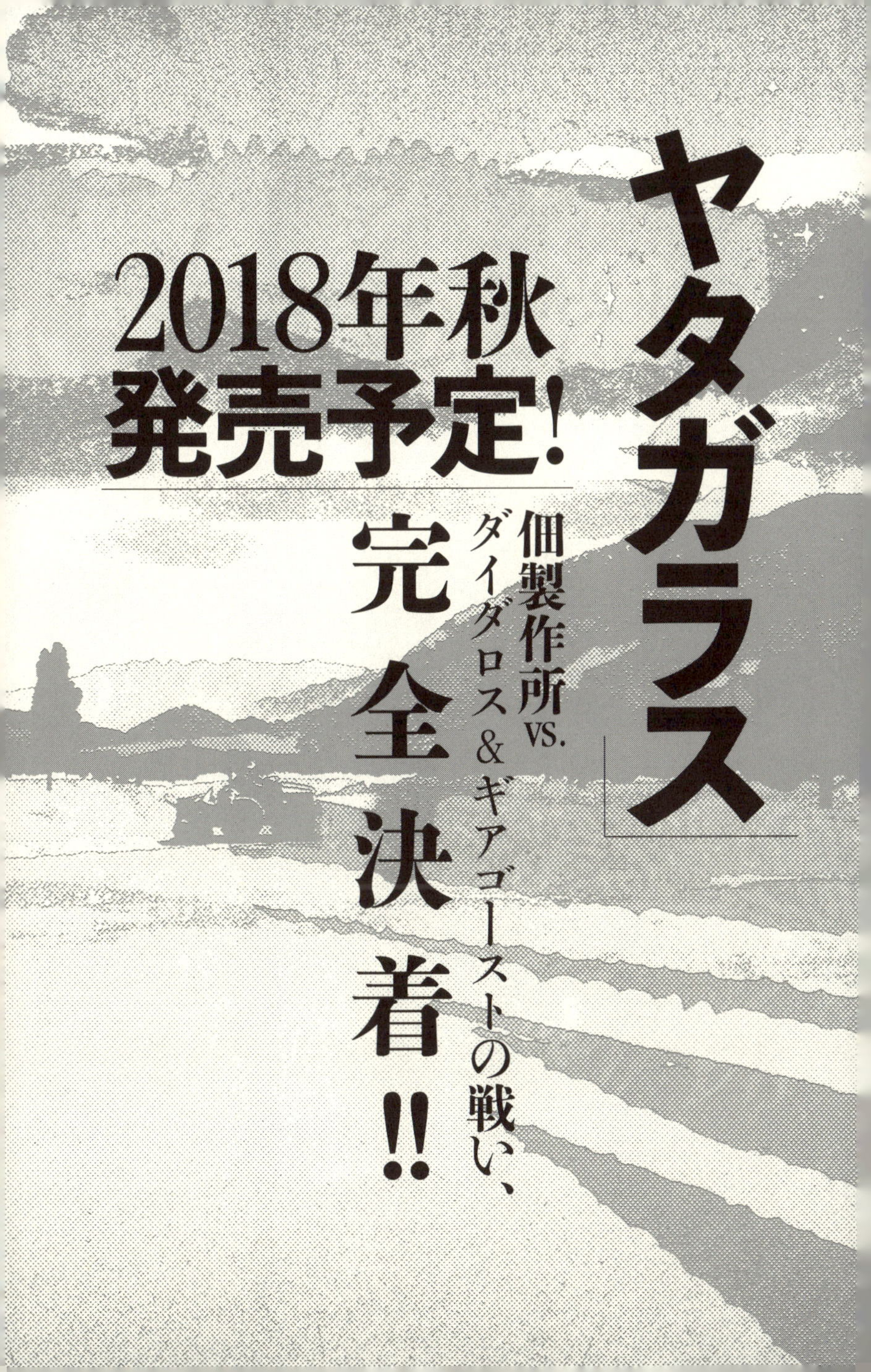
ヤタガラス」
佃製作所vs.ダイダロス＆ギアゴーストの戦い、
完全決着!!
2018年秋
発売予定!